Ennemis ancestraux

Danielle Paquette-Harvey

1984 -

Couverture par Jennifer Givner

ISBN 978-1-7782178-1-4

Première édition : Mai 2022

Publié par : Danielle Paquette-Harvey

Inscrivez-vous à ma liste de diffusion pour ne rien manquer !

daniellephauthor.com

Suivez-moi

- Facebook : Danielle Paquette-Harvey
- Instagram : daniellephauthor

Autres livres dans cette série (Âme sœur du désir)

1. La prophétie (*disponible sur amazon*)
   ISBN 978-1777572181

Danielle Paquette-Harvey

Ennemis ancestraux

Avertissement

Ce livre contient des expressions québécoises. Il a été traduit au Québec. Il est possible que certaines expressions soient un peu différentes qu'en France.

Bonne lecture !

Prologue

L e brouillard s'installait au niveau du sol. Je sentais la fraîcheur de la rosée sous mes pieds, marchant dans la douce nuit d'été. Dans le ciel, la lune était pleine, baignant la nature de sa douce lumière. Dans l'air flottait l'odeur terreuse de la pluie sur l'herbe ; résultat des averses légères qui étaient tombées plus tôt. Je me suis dirigée silencieusement vers les formes dans la brume, me cachant dans un buisson à proximité. Derrière les ombres dormait l'eau paisible d'un lac. J'étais effrayée, mais trop curieuse pour m'éloigner.

« Quelqu'un t'a vu ? » demanda l'homme.

« Non, ne t'inquiète pas, personne ne m'a vu », a répondu la femme.

« Bien, tu l'as apporté ? »

Sans répondre, la femme a pris quelque chose dans son sac.

« Le voilà… Es-tu certain ? »

L'homme a semblé réfléchir pendant un moment. « C'est le seul moyen. »

La femme a hoché la tête avant de serrer l'homme dans ses bras.

« Je serai de retour ici dans une semaine, je te le promets. » Il l'a embrassée tendrement.

« Tu ferais mieux de l'être, tu sais ce qui arriverait si quelqu'un découvrait qu'il a disparu. »

L'homme avait un visage sérieux. Il a seulement répondu, « Je sais. »

Je ne comprenais pas vraiment ce qui se passait, mais je savais qu'il ne devait pas y avoir de témoin de cette rencontre. J'avais l'impression de connaître cet homme, mais je ne pouvais pas le voir clairement avec tout le brouillard, malgré un sens de la vision nocturne avancé. Son odeur m'était également familière. J'avais aussi un sens de l'odorat avancé, mais il n'était pas complètement développé, puisque j'étais si jeune.

Alors que j'essayais de m'approcher d'eux, une luciole est venue se poser sur le bout de mon nez, me faisant éternuer.

« Atchoum ! »

Au bruit de mon éternuement, la femme a fait un pas en arrière, haletante. L'homme a fait un pas dans ma direction en demandant sur un ton menaçant, un grognement s'échappant de sa poitrine.

« Qui est là ? »

J'avais peur, mais je savais qu'il était trop tard pour essayer de me cacher. Je ne pouvais pas m'enfuir, je n'étais pas assez rapide. Ils m'attraperaient à coup sûr. J'ai fait quelques pas dans leur direction, le cœur battant. Je me suis présentée à eux, à la lumière du clair de lune.

J'ai dit timidement : « Ce n'est que moi. »

Maintenant que j'étais plus proche d'eux, je pouvais les voir tous les deux clairement. J'ai reconnu l'homme comme étant oncle Zach. Je me suis sentie soulagée.

« Salut oncle Zach. »

Je l'ai regardé en souriant. Son visage s'est adouci en me regardant et la femme s'est détendue.

« Salut Kate. Tu veilles tard aujourd'hui », m'a-t-il dit d'une voix taquine. « Tes parents savent-ils que tu es ici ? »

Je pense qu'il avait surtout peur que d'autres personnes arrivent et découvrent sa rencontre avec la mystérieuse femme. J'ai secoué ma tête.

« Je suis une grande fille maintenant, tu sais… Mais… Tu ne leur diras pas que je suis sortie, hein ? »

Zach a ri à ma question.

« Hum… voyons voir… Tu as raison, tu es une grande fille maintenant. Cinq ans, c'est vraiment grand, donc… Et si on faisait de ça notre petit secret ? »

Zach a fait un clin d'œil. J'ai toujours aimé oncle Zach, il était le meilleur.

Je me suis sentie soulagée par sa proposition. Je ne voulais pas avoir d'ennuis pour être encore sortie toute seule. Heureuse, j'ai hoché la tête et je l'ai serré dans mes bras.

Puis j'ai tourné la tête pour regarder la femme qui se tenait à côté de lui.

« Est-ce ton amie ? » Ils ont tous les deux souri à ma question.

Zach a répondu, « on peut dire ça. »

Je l'ai regardée, elle était très belle. Elle avait de longs cheveux raides et noirs comme l'ébène et sa peau était blanche comme la neige. Ses lèvres étaient rouges comme le sang et ses yeux avaient une lueur dorée.

Je ne me rappelais pas l'avoir déjà vue. Son odeur avait quelque chose de spécial, mais je ne savais pas ce que c'était. Je n'ai jamais senti quelqu'un comme elle.

Je veux dire que j'ai senti à la fois des loups-garous et des humains dans le passé, mais elle n'était ni l'un ni l'autre, donc je n'étais pas sûre de ce qu'elle était exactement.

« Viendra-t-elle jouer chez nous demain ? Elle a l'air gentille. »

Elle s'est agenouillée à mon niveau. « Je crains que ce ne soit pas possible pour le moment, ma chère… »

J'ai été déçue par sa réponse. Je suppose que ça se voyait sur mon visage puisqu'elle a ajouté rapidement : « Mais peut-être que bientôt ça le sera. »

L'entendre dire ça a fait réapparaître mon sourire. Elle avait vraiment l'air gentille, et j'espérais que nous pourrions être amies. Je l'ai serrée dans mes bras, ce qui a semblé la surprendre au début, mais elle m'a ensuite rendu la pareille. Sa peau était fraîche au toucher, je l'aimais bien. J'espérais qu'elle viendrait nous rendre visite de temps en temps.

Zach m'a regardé. « Eh bien, il est temps que tu ailles au lit, petite demoiselle. »

J'ai protesté en faisant la moue. « Oh… Mais je ne veux pas. »

Même si je ne voulais pas l'admettre, je commençais à être fatiguée. Je voulais rester éveillée, mais rester debout était de plus en plus difficile. Mes paupières semblaient devenir plus lourdes, et je devais encore marcher jusqu'à la maison.

À contrecœur, je lui ai dit, « OK… tu as raison. »

« Tu ferais mieux de rentrer chez toi avant que tes parents ne se rendent compte de ton absence », a ajouté la femme avec un clin d'œil. Je leur ai fait un signe de tête.

Zach a pris le visage de la femme dans sa main et l'a embrassé avec amour. La façon dont il la regardait aurait rendu la lune jalouse. C'était comme si elle était le trésor le plus précieux du monde.

« Je te verrai bientôt mon amour », lui a-t-il dit.

« J'attendrai. »

Zach a pris ma main. « On y va ? »

J'ai bâillé et hoché la tête en frottant mes yeux endormis. Nous sommes retournés à la maison, Zach me portant dans ses bras sur les derniers mètres, car j'étais trop fatiguée pour marcher.

Tout était silencieux, les lumières étaient fermées. Zach m'a bordé dans mon lit avant d'aller dans sa chambre. Mes pensées ont vagabondé vers la femme que j'ai vue ce soir alors que je glissais vers le sommeil. Qui était-elle ? Je n'ai même pas pensé à lui demander son nom. Qu'avait-elle donné à oncle Zach ? Je suppose que je pourrais le lui demander demain, mais pour l'instant, j'étais trop fatiguée et je ne pouvais pas résister au sommeil.

Chapitre 1 (Kate)

Vacances d'été

* Dix-huit ans plus tard *

J'ai ouvert les yeux. Les rayons du soleil s'infiltraient à travers les stores des fenêtres. Je pouvais déjà sentir l'odeur du café frais venant d'en bas.

Je me suis levée et je me suis habillée. C'était le premier jour de mes vacances. Je travaillais comme comptable au centre-ville de Montréal. J'aimais mon travail, mais j'étais due pour des vacances ! Ce sera une journée formidable !

J'avais hâte d'aller dans les bois. En sortant de ma chambre, j'ai vu Bianca qui sortait aussi de sa chambre. Elle avait l'air aussi excitée que moi.

« Salut sœurette », dit-elle en me souriant. « Il fait encore la grasse matinée. »

Elle pointait la chambre de notre frère.

J'ai rigolé. Will faisait toujours la grasse matinée. Il devait suivre des cours le soir pour devenir un jour le chef des protecteurs d'élite de la meute. Il était déjà l'un des loups les plus forts de la meute. Et le fait que notre père soit l'Alpha signifiait que Will était encore plus grand et fort que la plupart des autres loups.

Nos parents avaient de grands espoirs pour lui. Mais à cause de ça, il restait toujours debout très tard le soir. Alors, bien sûr, le matin venu, il avait du mal à se lever.

Je pensais qu'il s'entraînait trop, mais il disait toujours qu'il fallait être prêt à tout, on ne sait jamais ce qui peut arriver. Je savais qu'il donnait tout ce qu'il avait, prenant son rôle de protecteur au sérieux.

Malgré tout, je savais qu'il ne serait pas heureux si nous allions au bois sans lui. J'ai dit à ma sœur : « Je vais le réveiller, tu vas préparer le déjeuner, d'accord ? »

Bianca a hoché la tête avant de se diriger vers la cuisine.

Je suis entrée dans la chambre de mon frère et j'ai essayé de le réveiller doucement.

« Hé, l'endormi. C'est l'heure de se réveiller. »

Il s'est tourné sur le côté et a grogné : « … laisse-moi dormir. »

J'ai haussé les épaules. « Comme tu veux. Nous allons bientôt dans la forêt pour voir Steven de toute façon. »

À ces mots, je l'ai entendu soupirer. Will a ouvert les yeux. « C'est vrai, j'avais oublié ça. »

Steven était notre cousin. C'était son anniversaire ; il avait dix-huit ans aujourd'hui et nous avons tous convenu d'aller traîner ensemble dans la forêt comme quand nous étions enfants. Dix-huit ans était un âge important pour les loups-garous, car nous devenions officiellement majeurs et pouvions donc trouver notre âme sœur. Bien que la plupart d'entre nous ne trouvaient leur âme sœur que plus tard dans la vie.

Will aimait particulièrement se battre avec Steven, car il était aussi l'un des loups les plus forts de la meute. Il était un excellent adversaire d'entraînement. Après tout, sa mère, notre tante Suzan, avait aussi du sang d'Alpha dans les veines. Même si elle n'était pas la chef de la meute, elle était quand même plus forte que la plupart des membres de la meute.

J'ai regardé mon petit frère, qui n'était plus si petit que ça, puisqu'il avait maintenant vingt et un ans et mesurait presque un mètre quatre-vingt. Avec tout son entraînement, il était en train de devenir très beau. Il rendrait une louve heureuse un jour. Mais pour moi, il était mon petit frère que j'aimais.

« Bien, alors je te verrai en bas pour le déjeuner. »

Il m'a souri. « OK, sœurette, j'arrive. Attends-moi avant de sortir. »

Je suis descendu à la cuisine. Ma mère et mon père discutaient avec Bianca. Ma mère, Sarah, avait toujours l'air jeune et belle, elle n'avait pas encore la cinquantaine. Mon père, Sam, était toujours un Alpha fort. J'aimais mes parents. Même si j'avais mon appartement à Montréal, je passais toujours toutes mes vacances au domaine de mes parents, avec le reste de la meute. En tant que loup-garou, il était important de se serrer les coudes et de se protéger mutuellement.

Mon frère était une copie exacte de mon père ; grand, large poitrine musclée, cheveux bruns foncés, mais il avait des yeux bleus au lieu des yeux verts de notre père. Et moi, j'étais une copie exacte de ma mère : petite, cheveux bruns et yeux noisette.

Personne ne savait vraiment de qui ma sœur Bianca tenait. Elle avait de longs cheveux blonds, presque blancs, et des yeux d'un bleu glacé perçant. Pour autant que l'on puisse dire, elle était humaine, comme ma mère. Elle avait maintenant vingt ans. Elle ne s'était pas transformée en loup une seule fois.

Habituellement, les lycanthropes comme nous se transforment pour la première fois lorsqu'ils atteignent l'âge de douze ou quatorze ans maximums. Mais Bianca ne s'est jamais transformée, et elle ne montrait aucun signe qu'elle allait se transformer en loup de sitôt. On pensait qu'elle n'avait pas reçu les gènes lycanthropes. Contrairement à mon frère et moi. On les a eus de notre père. On ne parlait pas trop de ça, car on savait qu'elle espérait toujours se transformer en loup un jour.

Le déjeuner était déjà sur la table et une tasse de café torréfié chaud m'attendait. L'odeur du café mélangée à celle des œufs semblait irrésistible. J'ai serré mes parents dans mes bras avant de plonger dans mon assiette. Peu après, mon frère est descendu lui aussi et a dévoré son déjeuner. Dès que nous avons fini de manger, nous nous sommes excusés et sommes partis dans la forêt.

Normalement, quand Will et moi allions dans la forêt ensemble, nous prenions notre forme de loup, car c'était plus rapide de courir de cette façon que sur deux jambes. En plus, quand on était sous notre forme de loup, on avait cette sensation de liberté et le vent qui soufflait dans notre fourrure.

Puisque Bianca était là avec nous aujourd'hui, nous resterions sous notre forme humaine. Nous ne voudrions pas qu'elle se sente exclue.

Nous avons couru ensemble, connaissant très bien le chemin vers notre lieu de rencontre préféré, près de la rivière. Le soleil brillait et était chaud. Les oiseaux chantaient dans les arbres.

En me rapprochant de la rivière, j'ai pu voir au loin un grand loup blanc aux yeux bleus. C'était Steven, il était arrivé avant nous. Il n'y avait pas beaucoup de loups blancs par ici, mais le père de Steven en était un, et il a hérité de lui.

Les joues de Bianca sont devenues rouges. Je savais qu'elle aimait voir le loup de Steven et il en était bien conscient aussi. Il le faisait exprès aussi souvent qu'il le pouvait, la faisant rougir chaque fois. Il aimait l'effet qu'il avait sur elle.

Même s'il était notre cousin, je savais que Bianca était amoureuse de lui. Je ne m'en suis jamais trop inquiété, car aucun de nous n'avait encore trouvé son âme sœur. Le jour où ça arriverait, elle perdrait tout intérêt pour Steven et il perdrait tout intérêt pour elle aussi.

Comme nous approchions, Steven s'est mis
derrière un buisson et a repris sa forme humaine.
Il a pris un sac à côté de lui et s'est habillé.

Lorsque nous passions de notre forme de loup à
notre forme humaine, nous étions complètement
nus, alors nous gardions toujours des vêtements
de rechange cachés dans les bois à proximité. Il
était complètement habillé lorsque nous sommes
arrivés à ses côtés.

« Hé Steven ! Joyeux anniversaire ! » Je lui ai
dit, en lui faisant un câlin.

« Yo, joyeux anniversaire », lui a dit Will en lui
donnant une tape sur l'épaule. Ils ont fait cette
sorte de poignée de main secrète d'hommes
étrange, en terminant par se cogner le poing. Je
les avais vus le faire de nombreuses fois, mais je
n'arrivais jamais à me souvenir des
mouvements.

Steven a regardé Bianca. Elle se tenait
timidement devant lui. « Joyeux anniversaire,
Steven. »

Il a passé ses doigts dans ses cheveux. « Merci !
Je suis si heureux de vous voir. »

Nous nous sommes tous assis face à la rivière, à notre place habituelle. Bianca à côté de Steven, puis Will et enfin moi. Nous étions tous les quatre à profiter du soleil, à parler et à plaisanter, à profiter de la vie. Quand nous étions ensemble comme ça, j'avais l'impression d'être de retour en enfance ; pas de soucis, juste profiter de la vie au maximum.

La journée passait vite ; les gars sont allés chasser quelques proies pour que nous puissions les manger. Bianca et moi avons ramassé du bois et allumé un feu en attendant qu'ils reviennent. J'adorais l'odeur du feu et le crépitement que le bois faisait en brûlant. Quand les gars sont revenus, nous avons rôti la viande sur le feu et l'avons mangée.

Nous n'avons même pas remarqué que le soleil se couchait. Il faisait sombre, mais notre vision nocturne était bonne, grâce à nos gènes de lycanthrope. La lune était dans le ciel et les étoiles brillaient. On riait et on parlait, la vie était belle.

« Hé Steven, » dit Bianca, « J'ai un petit cadeau pour toi. »

Nous l'avons tous regardée. Elle a sorti de sa poche une petite breloque.

« C'est un porte-bonheur. » Il avait la forme de la lune et était suspendu à une ficelle. « Je l'ai fabriqué moi-même », a-t-elle ajouté avec un grand sourire.

Steven lui a souri en retour. « Alors je suis sûr qu'il me portera chance. Peux-tu l'attacher autour de mon cou, s'il te plaît ? »

Je savais sans regarder que Bianca devait rougir en ce moment. Elle s'est mise à genoux et a commencé à attacher la breloque autour du cou de Steven. Comme elle le faisait, elle a perdu l'équilibre. Steven a mis ses bras autour de sa taille, afin qu'elle ne tombe pas.

J'ai regardé mon frère et j'ai dit avec un clin d'œil : « Hé Will, pourquoi ne viens-tu pas avec moi, on va rentrer à la maison. »

Il a regardé Bianca et Steven et a souri. « Ouais, OK, vous nous rejoindrez plus tard. »
Nous n'avons pas attendu de réponse. Je me suis levée avec mon frère et nous avons commencé à marcher vers la maison.

Alors que nous marchions, j'ai commencé à me demander comment ce serait quand je trouverais enfin mon âme sœur. Will et moi nous sommes promis il y a longtemps de nous le dire quand nous aurions trouvé notre âme sœur, notre moitié parfaite, celui ou celle que la déesse de la lune a choisis pour nous. Jusqu'à présent, aucun de nous ne semblait avoir trouvé son âme sœur.

« Alors Will, aucun signe de ton âme sœur ? »

Mon frère m'a regardé. « Non. Tu sais que je te l'aurais dit si ça avait été le cas… Mais, en attendant, j'ai obtenu un rendez-vous avec cette mignonne louve blonde. »

J'ai soupiré. « Pas Marie ? »

Will a rigolé. « Quoi ? Qu'est-ce qui ne va pas avec elle ? »

J'ai grogné ; je ne pouvais pas supporter Marie. « Tu sais que je ne l'aime pas. En plus, la moitié de la meute a vu son cul. »

Will a pouffé. « Eh bien, je ne vois aucun mal à m'amuser un peu tant que je n'ai pas trouvé ma compagne. »

J'ai ri de son commentaire. « Oui, je suppose que tu as raison », ai-je admis.

Même si je ne l'aimais pas, au moins elle n'était pas son âme sœur, ce qui était un soulagement. S'il fallait que je doive l'endurer pour toujours.

En plus, ce n'était pas comme si je n'avais jamais eu de rendez-vous non plus. Certains loups-garous ne trouvaient jamais leur partenaire. Tu ne savais jamais quand et si tu allais le trouver, donc c'était bien de s'amuser en attendant.

Je pensais à tout ça quand une étrange odeur m'a frappé. J'ai arrêté de marcher. J'ai regardé Will et d'après son regard, il l'avait senti aussi. Ce n'était pas l'odeur d'un loup ni d'un humain. Je n'étais pas tout à fait sûre de ce qu'était cette odeur. Bizarrement, j'avais l'impression que ce n'était pas la première fois que je la sentais.

Nous avons regardé autour de nous en silence, cherchant d'où ça provenait. Un frisson a parcouru mon corps, faisant se dresser les cheveux sur ma nuque.

Soudain, un homme est sorti du buisson. Il avait environ la même taille et carrure que mon frère. Il avait de longs cheveux bruns avec des mèches qui descendaient au milieu du dos, une barbe taillée et une petite moustache.

À la façon dont il nous regardait, je savais qu'il n'était pas amical. Ses yeux étaient rouges et sa peau était pâle. C'était sûrement un vampire. Mais que faisait un vampire sur notre territoire ? C'était une violation du traité de paix.

« Cours ! » Mon frère m'a crié avant de prendre sa forme de loup.

Étrangement, le regard de l'homme semblait m'hypnotiser. Alors qu'il me regardait, je pouvais sentir qu'il fixait mon âme. Je savais que je devais m'enfuir ou attaquer, mais je ne pouvais pas bouger. Pour une raison quelconque, mon loup voulait le voir davantage, je me sentais attirée par lui.

Will lui a sauté dessus, ce qui a poussé l'homme à rompre notre contact visuel qui m'hypnotisait. Dès que je me suis réveillée, j'ai couru aussi vite que possible vers notre maison.

J'avais une peur bleue et mon cœur battait la chamade. Je ne pouvais pas m'empêcher de me demander s'il y avait d'autres vampires dans le coin. Serais-je attaquée pendant que je courrais ?

J'ai essayé de repousser ces pensées et j'ai continué à courir aussi vite que je le pouvais, jusqu'à ce que mes poumons me fassent mal. Heureusement pour moi, je suis arrivé à notre maison quelques minutes plus tard.

Quand je suis entrée dans la cuisine, mes parents étaient tous les deux assis sur le sofa. Mon père lisait un livre. Dès que je suis entrée dans la pièce, il a levé les yeux de celui-ci et m'a regardée. Il pouvait entendre mon respire et sentir l'état de panique dans lequel je me trouvais. Je tremblais.

« Que s'est-il passé ? » a-t-il demandé anxieusement.

« Nous avons été attaqués ! »

Ma mère s'est levée et a couru vers moi. « Est-ce que tu vas bien ? Tu es blessée, ma chérie ? » m'a-t-elle demandé.

Je leur ai dit, en reprenant mon souffle, « Je vais bien. »

« Qu'est-ce qui t'a attaqué ? » a demandé mon père.

Cette question a fait resurgir tout ce qui s'était passé et l'image de l'homme dans mon esprit.

« C'était un vampire. J'ai vu ses yeux rouges et sa peau pâle. »

Mon père a grogné. « Les vampires ! Comment osent-ils rompre le traité de paix ? Où sont les autres ? »

« Will se battait avec lui quand je suis rentrée en courant. Bianca était avec Steven à la rivière. »

Ça m'a frappé ! On avait laissé Bianca et Steven derrière nous ! J'espérais qu'ils allaient bien. Bianca ne pouvait pas se transformer en loup, elle était donc vulnérable. Heureusement, Steven était un solide combattant, il la protégerait, j'en étais sûre, ou du moins c'est ce dont j'essayais de me convaincre.

Avec toute cette agitation, mon oncle Zach est descendu. Il vivait avec nous. Certains des loups importants de la meute vivaient aussi avec nous dans la maison. Le reste de la meute vivait dans des maisons voisines. Nous restions proches les uns des autres pour nous protéger mutuellement.

« Qu'est-ce qui se passe ? » a-t-il demandé.

Sans répondre, mon père a pris sa forme de loup.

Ma mère s'est dirigée vers la porte pour le laisser sortir, mais avant qu'elle ne puisse le faire, la porte s'est ouverte en claquant. Bianca et Steven sont entrés dans la maison.

Steven tenait un loup blessé dans ses bras. Je pouvais reconnaître ce loup noir n'importe où ; c'était mon frère.

« Will ! » J'ai crié en allant le voir.

Il était blessé, mais ça ne semblait pas être mortel.

Si seulement j'étais restée et m'étais battue avec lui. Je n'aurais pas dû rentrer à la maison. J'étais la pire des grandes sœurs. Des larmes ont commencé à couler sur mes joues.

Derrière eux, ma mère a fermé et verrouillé la porte. J'entendais mon père qui reprenait sa forme humaine et Zach qui venait voir si Steven et Bianca allaient bien.

« Hey, hey, c'est quoi le grand drame ? » a demandé une voix taquine.

J'ai regardé Will. Il était sur le sol, sous sa forme humaine.

Je lui ai crié : « Hé toi ! Ne plaisante pas avec ce genre de chose ! Tu m'as fait peur ! »

J'ai fait une moue et j'ai jeté une couverture pour le recouvrir. Will a ri, toujours allongé sur le sol.

« Je ne plaisantais pas. Je pense que ma cheville est tordue, ou quelque chose comme ça. Steven m'a porté pour que nous échappions à l'homme qui nous a attaqués. »

« Il t'a fait du mal ? » lui a demandé anxieusement mon père.

« Il a essayé de me mordre et de me griffer avec ses ongles. »

Le visage de mon père s'est assombri quand mon frère a continué, « mais il a disparu avant que je ne puisse vraiment lui faire du mal. »

« Mais qu'est-ce qu'ils font ici ? » demanda mon père avec haine, « Zach, on doit faire une réunion d'urgence du conseil tout de suite ! »

« Oui Sam, tout de suite », a répondu Zach.

Zach est monté à l'étage pour rassembler quelques affaires. Mon père s'est agenouillé près de mon frère.

« Tu es sûr qu'il ne t'a pas mordu ? »

« Oui, j'en suis sûr. »

« Bien, on se voit dans mon bureau alors », a répondu mon père avant de monter.

Je ne savais pas quoi penser. Je n'avais jamais vu de vampire auparavant. Pourquoi étais-je si hypnotisée par lui ? Je n'ai pas pu l'attaquer. Tout ce que je pouvais faire était le fixer. Même maintenant, je me souvenais si clairement de son regard. Je pouvais y voir mon reflet. Il semblait aussi hypnotisé par mes yeux que je l'étais par les siens… Mais ce n'était pas le moment de penser à cela, me suis-je rappelé. Nous avions des affaires urgentes à régler.

Mon frère était toujours allongé sur le sol avec sa cheville foulée. Je l'ai serré fort dans mes bras.

« Je suis désolée de t'avoir laissé seul. »

Je me sentais vraiment mal, on aurait dû rester ensemble. J'aurais dû être là pour lui.

Il a fait un clin d'œil.

« Ne t'inquiète pas pour ça, sœurette. Je ne serais pas un bon frère si je laissais quelque chose arriver à ma sœur. »

« Pourtant, j'aurais dû rester avec toi pour me battre. » Je lui ai jeté quelques vêtements.

Mon frère m'a regardé et m'a dit d'un ton taquin après s'être habillé : « De toute façon, tu n'avais pas l'air de vouloir te battre de sitôt. »

Je ne savais pas vraiment quoi répondre à ça. C'était comme si j'étais hypnotisée par le vampire. Je me sentais encore plus mal à cause de ça. Non seulement je me suis enfuie, mais j'ai été figée sur place au lieu de l'attaquer.

« … Oui, je sais… Je ne sais pas ce qui m'est arrivé. »

Mon frère a haussé les épaules.

« Ne t'inquiète pas. Nous devrions aller à la réunion. »

Il avait raison. En tant que premier enfant de l'Alpha, j'étais l'actuelle Beta, la future Luna de la meute. Le compagnon que je choisirais deviendrait le futur Alpha. C'était un rôle important. Je me sentais sous pression pour trouver un compagnon fort. Je ne voulais pas vraiment le titre, mais j'étais l'aînée. J'aurais volontiers donné le titre à mon frère à la place. Tant de responsabilités en découlaient. Pourtant, je devais assister à la réunion, tout comme mon frère et ma sœur.

J'ai aidé mon frère à se relever. Il a passé son bras musclé autour de mon épaule. Il boitait un peu. Même si sa cheville lui faisait mal, il se tenait quand même assez droit sur sa jambe. En tant que loups-garous, nous avions des pouvoirs de guérison. Étant les enfants de l'Alpha, les nôtres étaient plus forts que ceux des autres loups-garous. Je savais que dans quelques minutes, sa cheville irait probablement mieux. Pour le moment, j'étais heureuse d'être là pour lui, le laissant s'appuyer sur moi.

Nous sommes allés dans le bureau de mon père. Les lumières donnaient un aspect chaleureux et jaunâtre à la pièce. Quelques membres de la meute étaient déjà là.

Steven était là, en tant qu'un des principaux combattants de la meute. Bianca était à ses côtés. Ils se regardaient en attendant que tout le monde arrive. Zach, l'un des conseillers les plus fiables de la meute, était là aussi.

Mon père se tenait debout derrière son solide bureau en bois. Il étudiait tout le monde, comptant mentalement qui était présent et qui manquait encore à la réunion. Ma mère se tenait à ses côtés, une main sur son épaule. On pouvait lire de la tendresse dans ses yeux. Mon père était toujours un peu nerveux lorsqu'il devait tenir ce genre de réunion. Elle parvenait toujours à le calmer, elle était son roc dans les moments de stress.

Je pouvais entendre des murmures autour de nous. Les gens spéculaient sur la raison pour laquelle mon père convoquait une réunion dans un délai aussi court, la nuit.

Quand tout le monde est arrivé, mon père a fait signe à Zach de fermer la porte. Tout le monde s'est tu, attendant qu'il commence à parler. Il n'a pas tourné autour du pot et est allé droit au but. « Nous sommes réunis ici, car un vampire a été vu sur notre territoire. »

Quelques personnes ont sursauté et des murmures ont commencé à se répandre dans la pièce. Mon père s'est éclairci la gorge, attendant que le silence revienne. « Comme si pénétrer sur notre territoire n'était pas suffisant, il a attaqué mon fils. »

Une femme a demandé, effrayée, « Qu'allons-nous faire ? Avez-vous un plan ? »

Quelques autres questions ont commencé à surgir ici et là, principalement des personnes demandant quelle serait notre riposte.

Un jeune homme a levé la main et a demandé :
« Pourquoi les vampires nous attaquent-ils en
premier lieu ? »

Mon père l'a regardé d'un air sévère. « As-tu
dormi pendant tes cours d'histoire ? »

Tous les regards se sont portés sur le jeune
homme qui est soudainement devenu rouge
comme une betterave.

Mon père a poussé un gros soupir. « Pour ceux
d'entre vous qui ne le savent pas, je pense qu'il
est temps de vous rappeler notre histoire. »

Puis il a regardé Zach. « Tu veux bien ? »

Zach a fait une petite révérence à mon père et a
pris la tête.

« Il y a quelques milliers d'années, les vampires
nous ont attaqués, essayant de nous éliminer. Ils
considéraient que les loups-garous étaient une
menace, un concurrent pour leurs proies, les
humains. Ils ont une piètre opinion de nous,
pensant que nous ne sommes que des bêtes, des
animaux. Ils nous détestent. C'était une guerre
féroce, et nous n'étions pas assez forts. Nous
tombions un par un. Nous avons perdu beaucoup
de meutes de loups dans cette guerre.
Finalement, toutes les meutes restantes se sont

unies et ont combattu, toutes ensemble, contre les vampires. Nous avons été capables d'en éliminer beaucoup. Finalement, avec les deux camps affaiblis et blessés, un traité de paix a été signé. Il a été convenu que nous devions nous laisser tranquilles et ne pas empiéter sur le territoire de l'autre. »

« Mais ce soir, poursuivit mon père d'une voix forte, ce traité a été rompu par les vampires ! Ce qui signifie que la guerre a été déclarée par notre ennemi ! Nous devons nous préparer et nous battre ! »

Les gens ont commencé à acclamer mon père tout autour de nous. J'étais choquée. Je ne pouvais pas croire ce que j'entendais ! Une guerre avec les vampires ? Tout cela me semblait surréaliste. Je n'ai pas vraiment écouté le reste des divagations des autres membres de la meute.

Soudain, l'un des guetteurs a fait irruption dans la pièce. « Ils sont à la porte d'entrée ! Nous sommes attaqués ! »

Mon père a pris une voix autoritaire. « Nous avons besoin de vous en bas pour nous défendre. Bianca, Kate, Sarah. Les filles, retournez dans vos chambres et verrouillez vos portes. »

J'ai protesté. « Quoi ? Je veux me battre aussi ! »

Personne de sensé ne remettrait en question l'autorité de l'Alpha. C'est à dire, à moins que vous ayez envie de mourir. Je voulais vraiment aider à défendre ma meute, en tant que fille de l'Alpha. Dès que j'ai prononcé ces mots, avec les regards que tout le monde m'ont lancés, j'ai immédiatement regretté d'être allé à l'encontre de la volonté de mon père. Mon père m'a regardé avec le regard dur de l'autorité de l'Alpha. Personne ne peut résister à l'autorité de l'Alpha. J'ai regardé le sol, me courbant un peu.

« Tu feras ce que je dis », m'a grogné mon père.

J'ai répondu timidement, sans le regarder, « Oui, père. » J'ai commencé à sortir de la pièce.

« Ne t'inquiète pas, sœurette », m'a soufflé mon frère à voix basse alors que je partais avec ma mère, « Je vais te garder en sécurité. »

Les hommes ont commencé à descendre pour combattre les vampires.

Bianca est allée directement dans sa chambre sans poser de question. Je marchais lentement. J'étais en colère contre mon père. Je suis retourné vers ma chambre avec ma mère. « Pourquoi ne puis-je pas me battre aussi ? J'ai du sang Alpha, je peux me battre, ce n'est pas comme si j'étais inutile. »

Ma mère a soupiré. « Tu sais que ton père veut nous protéger. Son loup devient un peu fou quand il a peur de perdre ceux qu'il aime. Il avait l'habitude de faire ça quand on sortait ensemble, à l'époque. Il fait ça uniquement parce qu'il t'aime, ma chérie. »

Je savais qu'elle avait raison. Les loups-garous, surtout les mâles, étaient très protecteurs envers leur compagne et leur famille. On n'a qu'une seule âme sœur pour toute sa vie, choisie par la déesse de la lune. Si elle meurt, on reste seuls pour le reste de notre vie, se languissant de son âme sœur disparue. J'ai entendu dire que mon père était très protecteur envers ma mère avant ma naissance. Je ne connaissais pas tous les détails, mais j'avais entendu dire que ma mère avait été enlevée et qu'il l'avait sauvé.

« Oui, je suppose que tu as raison. Mais quand même, j'aimerais qu'il me permette de me battre pour la meute. Je suis la Beta. Je veux faire partie de notre meute et nous protéger de ma vie s'il le faut. »

Ma mère m'a serrée dans ses bras. « Ne t'inquiète pas ma chérie, tu auras ta chance.

Laisse ton père te protéger tant qu'il le peut. Un jour, il sera vieux et ce sera ton tour. »

Je lui ai souri. Elle a toujours su comment me réconforter. Les mères savent mieux que quiconque. Je l'ai serrée dans mes bras et suis entrée dans ma chambre. Ma mère a continué vers sa propre chambre, un peu plus loin.

Je suis entrée dans ma chambre. Sincèrement, j'étais un peu épuisée par tout ce qui s'était passé aujourd'hui. Il faisait sombre et je n'ai pas pris la peine d'allumer les lumières. La lune éclairait suffisamment la pièce pour que je puisse voir. Alors que je marchais vers mon lit, j'entendais l'agitation qui régnait à l'extérieur de la maison. Je ne savais pas vraiment si j'allais pouvoir dormir avec la bataille en cours, mais je suppose que je devais au moins essayer.

En m'approchant de mon lit, j'ai senti quelque chose de bizarre. J'ai senti les poils se dresser sur ma nuque. Puis l'odeur m'a frappé. C'était la même odeur que dans la forêt. Il était proche, j'en étais sûre. Mais pourquoi cette odeur était-elle si délicieuse ? J'ai repéré ses yeux rouges dans le coin de ma chambre. Il était caché dans l'ombre.

J'ai dit avec autant d'autorité que possible, en essayant de cacher ma peur, « Je sais que tu es là. Montre-toi ! »

Le vampire a fait un pas dans la lumière de la lune. Il avait l'air d'avoir une trentaine d'années, quelques années de plus que moi. Il avait une large poitrine musclée et était habillé avec élégance. Il serait très beau, si on passait sur le fait qu'il était un parasite suceur de sang qui pouvait vous tuer. Dès que je l'ai vu, mon cœur s'est mis à battre plus vite, et mon loup a voulu sortir. Je suppose que la peur s'emparait de moi. Je me suis battue pour garder le contrôle sur mon loup et essayer de me calmer. Il me fixait sans bouger, comme dans la forêt tout à l'heure.

« Que veux-tu de moi ? » Je me suis retrouvée à nouveau hypnotisée par ses yeux.

Il a répondu à voix basse : « S'il vous plaît, je ne veux pas vous faire de mal. »

Étrangement, j'ai senti qu'il disait la vérité. Je ne savais pas vraiment comment ni pourquoi, mais je me sentais attirée vers lui. Comme je ne l'avais jamais ressenti auparavant. J'ai entendu dire que les vampires pouvaient séduire leur proie avant de boire leur sang. Est-ce que c'était lui qui me faisait cet effet ? Je luttais contre mon corps tout entier, me rappelant qu'il était l'ennemi. Il m'étudiait, j'avais l'impression qu'il essayait de regarder mon âme. Aucun de nous ne bougeait. Ma louve voulait que j'aille vers lui. Je me battais contre moi-même pour ne pas l'écouter.

Soudain, une ombre a bougé dans l'autre coin de ma chambre. J'ai sursauté et me suis retournée pour voir un autre vampire venir vers moi.

« Eh bien… Quand apprendras-tu à arrêter de jouer avec ta proie ? » demanda-t-il au premier vampire.

Dans la lumière du clair de lune, celui-ci avait des cheveux blancs courts, il était plus grand et semblait plus jeune que le premier vampire. Mais il avait l'air plus méchant, je ne lui faisais pas du tout confiance. Ma louve grognait de façon menaçante.

Le premier vampire a répondu : « Attention, nous ne sommes là que pour la relique, ne lui fais pas de mal. »

Le second vampire a ri de son commentaire.

« Puisqu'on est là, autant s'amuser un peu », dit-il au premier vampire avec un sourire narquois, avant de se lancer sur moi. J'ai esquivé son attaque et l'ai repoussé, mais il m'a jeté au sol, me maintenant au sol avec le poids de son corps.

J'ai vu ses ongles commencer à pousser et ses crocs sortir. Il allait m'attaquer et boire mon sang ! La peur a commencé à s'insinuer en moi. Je ne pouvais pas le laisser me tuer comme ça. Ma louve a grogné si fort qu'il a sursauté. Je me suis laissée changer en loup, mes vêtements se déchirant, malgré la présence d'un vampire sur moi. Je l'ai mordu violemment au bras et j'ai pu me relever. Le vampire a juré et a essayé de me griffer avec ses ongles, mais j'ai esquivé ses attaques.

Alors que je pensais avoir le dessus, le vampire m'a coincé dans le coin de la pièce. Je n'avais nulle part où aller. Il était définitivement plus fort que moi. J'ai grogné violemment contre lui, essayant de maintenir ma position.

Au moment où il allait m'attaquer, le premier vampire l'a arrêté.

« Ça suffit, Arius ! »

Il l'a poussé hors du chemin et est venu devant moi.

Le premier vampire m'a regardé dans les yeux et a dit à voix basse : « Pardonne-moi. »

Avant même que je n'aie eu le temps de me
demander ce qu'il voulait dire par là, ou
pourquoi je ne semblais pas pouvoir l'attaquer,
je me suis évanouie.

Chapitre 2 (Damien)

La prisonnière

Il voulait la tuer. Je ne pouvais pas le laisser faire, alors je l'ai rendue inconsciente. Pourquoi diable avais-je fait ça ? Je n'en avais aucune idée. J'étais tellement en colère contre mon stupide frère. Notre but était seulement de voler l'héritage de la famille des loups-garous, pas de tuer quelqu'un. Je suppose que c'est pour ça. Quand j'ai vu mon frère, prêt à boire son sang, à lui prendre sa vie, je n'ai pas pu le laisser faire.

Quand je l'ai rendue inconsciente, elle a repris sa forme humaine. Elle était là, allongée sur le sol, nue. Je n'ai pas pu m'empêcher de contempler sa beauté pendant un moment. Mon frère s'énervait contre moi pour l'avoir empêché de la tuer. J'ai jeté une couverture sur elle pour cacher sa nudité. Je l'ai prise dans mes bras et me suis envolé par la fenêtre, avant que quelqu'un d'autre n'arrive dans sa chambre.

J'étais là, en train de rentrer chez moi, tenant dans mes bras une louve-garelle nue enveloppée dans une couverture. Je savais que j'aurais des questions à répondre à mon retour. Je sentais très bien la colère de mon frère, qui volait un peu plus loin de moi. J'avais jusqu'à mon retour à la maison pour trouver une sacrée bonne raison de ne pas avoir tué cette fille et de la ramener avec moi. Père me tuerait si je ne le faisais pas.

J'étais perdu dans mes pensées pendant que je volais. J'essayais de trouver une excuse à donner à tout le monde puisque nous serions bientôt de retour au château. Pourtant, je ne pensais qu'à elle. J'aimais cette flamme dans ses yeux quand elle combattait mon frère. Je n'arrêtais pas de repenser à la façon dont elle me regardait quand je l'ai rencontrée. Je n'ai utilisé aucun pouvoir sur elle, alors pourquoi me regardait-elle comme ça ? Maintenant encore, dans mes bras, inconsciente, elle ressemblait à un ange. Je pouvais entendre sa respiration, et même entendre le sang pomper dans son corps.

En tant que prédateurs, nos cerveaux étaient faits pour entendre tout ce qui est lié au sang et à la respiration de nos proies potentielles. Mais pour l'instant, c'était un son rassurant, savoir qu'elle était vivante, endormie dans mes bras… Quelles étaient ces pensées ? Elle était notre ennemie, une bête, rien de plus. Je devais rester concentré sur ma tâche, me suis-je rappelé.

Peu après, nous sommes arrivés au château. Les murs du château se trouvaient au sommet d'une montagne. Les murs étaient faits partiellement en stuc blanc et de briques noires. Le contraste donnait un bel accent aux murs. Ça donnait un aspect espagnol au château. Les murs étaient assez hauts, et on pouvait compter six étages avec les fenêtres. À certains étages, il y avait des balcons. Les vignes qui poussaient depuis le sol grimpaient et atteignaient les balcons des étages inférieurs. Je trouvais toujours que le château était magnifique.

La base du château était construite à même la roche de la montagne. On ne pouvait pas le voir comme ça, mais un donjon était creusé à l'intérieur de la montagne, ce qui en faisait une prison naturelle.

Arius ne m'a même pas regardé quand nous sommes arrivés. Il n'a rien dit et est entré directement à l'intérieur. Les gardes à la porte m'ont regardé avec des yeux interrogateurs.

« Bienvenue, Prince Damien », m'ont-ils dit.

Je savais que je ne pouvais pas la garder dans mes bras, alors j'ai dit aux gardes : « Trouvez-lui des vêtements et mettez-la dans le donjon. »

Les gardes l'ont prise et ont fait ce que je leur ai demandé.

En entrant dans le château, j'ai été accueilli par ma mère.

« Bonjour, mon fils, comment ça s'est passé ? », a-t-elle demandé.

C'était un désastre si elle voulait vraiment mon avis. On est partis voler un héritage, mais on s'est ramassé à faire la guerre et kidnapper une fille.

J'ai regardé ma mère, toujours aussi belle après toutes ces années. Les vampires vieillissaient très lentement et vivaient pendant des centaines d'années. Elle n'avait que quatre cents ans. Je l'aimais tendrement.

« Ça ne s'est pas passé comme nous l'avions prévu. On s'est fait prendre et on a dû se battre. Et en plus de ça, nous n'avons pas trouvé l'héritage. »

Elle avait l'air déçue. « Oh, je vois… es-tu blessé ? »

J'ai ri à sa question. J'avais beau avoir deux cent vingt-sept ans, elle s'occupait encore de moi comme d'un enfant.

Je lui ai répondu d'un ton taquin, « Je vais bien, maman. Je ne suis plus un enfant. »

Elle a réfléchi un moment. « Tu seras toujours mon enfant, quel que soit ton âge. »

Je lui ai souri, puis elle a demandé : « Que portaient ces gardes ? Je pensais que tu avais peut-être trouvé l'héritage et qu'il était plus grand que nous le pensions, mais puisque tu as dit que tu ne l'as pas trouvé, je suppose que c'est autre chose. »

Je sentais mon cœur s'emballer dans ma poitrine alors que je cherchais frénétiquement quelque chose à répondre. « C'est une louve-garelle. Nous n'avons pas trouvé l'héritage, mais elle pourra sûrement nous dire où le trouver. »

Je me félicitais mentalement d'avoir pensé à cette explication.

Les yeux de ma mère se sont agrandis. « Tu as amené une louve ici ? Et s'ils essayaient de venir la sauver ? »

J'ai haussé les épaules. « C'était le seul moyen d'obtenir plus de détails sur l'héritage. »

Ma mère avait l'air inquiète.

« Qui as-tu pris ? Où l'as-tu trouvée ? »

Je n'avais pas vraiment la réponse à ses questions, je ne connaissais même pas son nom. J'ai simplement répondu, « Nous l'avons trouvée dans la maison. »

C'était le plus d'information que j'avais de toute façon.

Ma mère m'a regardé avec un visage inquiet.

« Damien, tu dois parler de ça à ton père… Il ne va pas être content. »

Je savais très bien qu'elle avait raison. Je n'avais vraiment pas envie d'affronter mon père en ce moment.

« Je dois d'abord prendre une douche. L'odeur du sang est encore sur mon corps et mes vêtements. »

Je me suis retourné et je suis allé dans ma chambre.

En arrivant dans ma chambre, je suis allé directement prendre une douche, dans la salle de bain attenante. J'ai laissé l'eau chaude couler sur mon dos, en essayant de me détendre, mais je ne pensais qu'à elle. Son odeur me manquait, je voulais la tenir dans mes bras. Qu'allait-elle penser quand elle se réveillera toute seule dans le donjon ? Bon sang, ces pensées ne faisaient aucun sens. Pourquoi est-ce que je pensais à elle de cette façon ? Comment était-ce possible ? Même si j'essayais de me mentir, il était évident que j'avais des sentiments pour elle.

J'ai frappé le mur avec colère. Mais qu'est-ce qui n'allait pas avec moi ? J'étais un vampire et elle est une louve-garelle. Nous étions des ennemis. Je n'avais aucun droit d'avoir des sentiments pour elle.

Comment avais-je pu tomber si vite amoureux d'elle ? Je ne suis jamais tombé amoureux d'une femelle vampire. J'ai eu beaucoup de petites amies au cours de mes deux cent vingt-sept années d'existence, et même quelques maîtresses ici et là. Mais c'était surtout pour le plaisir. Rien de sérieux. Je n'ai jamais ressenti une telle attirance pour quelqu'un avant. Je ne la connaissais même pas ! La seule explication logique serait qu'elle était mon âme sœur.

On disait que le lien d'âmes sœurs entre deux vampires était fort. Mais je ne savais pas qu'il était possible pour un loup-garou et un vampire d'être des âmes sœurs.

Peu importe ce que je ressentais, ça ne pouvait pas arriver. Je devais l'oublier. Nous étions nés ennemis, ça devait rester ainsi. Pendant des générations, nos ancêtres s'étaient battus. Il n'y avait aucune chance que je puisse être en couple avec une louve. Je m'en voulais tellement d'avoir eu de telles pensées ! D'autant plus que j'étais un prince, l'héritier du trône. Je trouverais une gentille dame vampire, et c'est tout. Je ne penserais plus à elle.

Je suis sorti de la douche, convaincu d'avoir réussi à chasser ces idées folles de ma tête, et je me suis habillé correctement. J'ai mis une chemise formelle à manches courtes et un pantalon noir. Avec mes cheveux détachés, je trouvais que ça donnait un look princier décontracté, mais chic.

On a frappé à ma porte. J'ai ouvert la porte. Un esclave humain était là. Il s'est incliné bien bas.

« Bon retour parmi nous, mon prince. Votre père aimerait vous parler tout de suite. »

Bien sûr qu'il voulait me parler. Je suppose que mon frère était allé le voir directement pour lui rapporter tout ce qui s'était passé. Je n'étais pas pressé d'assister à cette rencontre. Un Seigneur vampire en colère peut être assez effrayant. De plus, il était bien plus fort que moi. Les vampires gagnaient en force lorsqu'ils devenaient rois et reines.

J'ai serré les dents à l'idée de rencontrer mon père.

« Dites-lui que j'arrive tout de suite. »

L'esclave s'est incliné et est allé transmettre mon message.

Je savais que je devais aller voir mon père sans tarder. J'ai fermé les yeux et pris une profonde inspiration. Plus vite j'en aurais fini avec ça, mieux ce serait.

Je me suis rendu dans le bureau de mon père. L'esclave attendait déjà à la porte pour me laisser entrer. Je pouvais sentir la colère de mon père à travers la porte. Il n'était pas de bonne humeur, ça, c'était sûr.

Quand je suis entré dans la pièce, mon frère en est sorti. Il ne m'a même pas regardé. Il regardait en face de lui, l'air sérieux.

Je me suis approché à quelques mètres de mon père. Je pouvais sentir une sorte d'aura de colère autour de lui. L'air était chargé d'émotion. Je devenais nerveux. Tout le monde savait qu'il ne fallait pas mettre le Seigneur des vampires en colère.

La réalité était que je ne me suis jamais vraiment entendu avec mon père. Me battre avec lui était un de mes passe-temps favoris. Mais le fait qu'il était déjà en colère contre moi avant même qu'on ait commencé à parler rendait la chose plus dangereuse.

Je ferais mieux de ne pas trop l'énerver…

Il a parlé le premier, « Est-ce vrai ce que j'ai entendu ? Non seulement tu n'as pas trouvé l'héritage qu'on t'a envoyé chercher, mais tu as empêché ton frère de tuer une louve et tu l'as même ramenée ici ? »

Droit au but. Je suppose que mon frère lui a tout dit. Oh bien… ça m'évite d'avoir à le faire.

Je n'avais rien à nier, alors j'ai juste confirmé ce qui s'était passé. « C'est vrai. »

Mon père a tapé du poing sur son bureau avec colère. « Comment ai-je pu élever un héritier aussi faible ? »

Je me suis mis en colère et j'ai répliqué : « Valoriser la vie de quelqu'un, ce n'est pas être faible, père ! »

Il m'a regardé avec la fureur dans les yeux. J'ai fait un pas en arrière sans m'en rendre compte. S'il devait m'attaquer, je ne serais pas capable de le battre. Aucun père sain d'esprit ne tuerait son fils, mais on ne sait jamais.

« Tu oses répliquer ? Tu ferais mieux d'avoir une bonne raison de l'avoir amené ici et de ne pas l'avoir tué ou tu ne verras pas le jour où tu monteras sur le trône. As-tu la moindre idée de ce qui se passerait si sa meute venait ici pour tenter de la sauver ? »

Je commençais à être nerveux, mais j'essayais de le cacher. Les battements de mon cœur s'accéléraient. J'étais sûr que mon père pouvait le sentir, mais j'espérais qu'il n'en ferait pas tout un plat.

Et s'il n'aimait pas ma réponse ?

C'était la seule réponse que j'avais de toute façon, alors j'ai pris mon ton le plus courageux.

« Nous ne trouvions l'héritage nulle part. Elle sait sûrement où il se trouve. Je vais lui soutirer l'information. »

Mon père a froncé les sourcils. Il avait l'air ennuyé, mais la réponse semblait le satisfaire au moins un peu.

« Tu ferais mieux de lui soutirer l'information », dit-il d'un ton menaçant. « Rappelle-toi que le futur Seigneur vampire ne peut pas montrer de

faiblesse, mon fils… Maintenant, va-t'en !
Avant que je ne change d'avis. »

J'ai relâché le souffle que je ne savais pas que je
retenais, j'ai fait une petite révérence et j'ai
quitté la pièce.

En sortant de la chambre, j'ai vu mon frère, les
bras croisés, juste à côté de la porte. Il avait un
air sévère sur son visage, les yeux fermés.

« Alors, c'est vraiment pour ça que tu l'as
amenée ici ? »

Bien sûr. Il avait probablement tout entendu de
l'extérieur de la pièce.

Mon frère et moi étions très différents. On ne
s'entendait pas très bien, mais je suppose que
c'était ça, l'amour fraternel.

Nous nous sommes dirigés vers nos chambres
tout en parlant.

« Oui, bien sûr, je l'ai amenée ici pour trouver
l'héritage. Pour quelle autre raison l'aurais-je
fait ? »

Arius a reniflé.

« Ouais, eh bien je n'y crois pas. Fais ce que tu
veux, mais ne fais pas de bêtise. Tu ferais mieux

de donner à papa ce qu'il veut, sinon tu sais ce qui va se passer. »

Je savais très bien ce qui pouvait arriver si je déplaisais à notre père. Il me tuerait sûrement si je ne faisais pas ce qu'il voulait. Il avait une façon cruelle de diriger le trône et il attendait de ses fils qu'ils fassent de même. Il dirigeait les gens par la peur. Il n'hésitait pas à exécuter les gens qui le défiaient. J'étais sûr qu'il n'hésiterait pas à punir ses propres fils. Je m'assurerais qu'il soit satisfait.

« Bien sûr, je suis conscient de ce qui pourrait arriver. Je ne laisserai pas cela se produire. »

Comme j'approchais de ma chambre, un esclave s'est approché de moi.

« Elle est réveillée, mon prince. »

J'ai figé une seconde, la bouche ouverte, puis je me suis ressaisi.

« Bien, je vais aller la voir. »

Mon frère a ricané.

« Tu trompes peut-être le vieil homme, mais tu ne me trompes pas. Amuse-toi bien. »

Avec ça, il était hors de ma vue.

J'ai regardé mon frère partir, me demandant ce qu'il voulait dire par là. Je n'ai pas réfléchi longtemps, j'étais maintenant en route pour voir la louve dans le donjon. Mon cœur battait la chamade, ma tête était pleine de questions, je ne savais pas vraiment à quoi m'attendre.

*********** PDV de Kate ***********

J'ai ouvert les yeux lentement. J'étais gelée et mon esprit était embrumé. J'ai regardé autour de moi et j'ai vu que j'étais dans une pièce froide qui ressemblait à une cellule de prison. C'est ça ! Les vampires dans ma chambre ! On s'est battus et... et le premier vampire. La dernière chose dont je me souviens, c'est de lui, disant qu'il était désolé.

Mon Dieu, je le détestais tellement de m'avoir capturé. La rage bouillonnait en moi. Je n'étais pas assez forte. Comment pourrais-je faire une bonne Alpha ? J'avais besoin de devenir plus forte.

J'ai regardé autour de la pièce. Les murs semblaient être faits de pierre. Il y avait un petit lit. Il n'était pas question que je dorme là-dedans. Il y avait une fenêtre, mais bien trop petite pour que quelqu'un puisse penser à s'échapper par là.

La seule porte était au bout de la pièce, en acier. Une petite fenêtre dans la partie supérieure de la porte, avec des barres de sécurité, pouvait me permettre de parler avec les gardes… je suppose. Comme si j'avais envie de leur parler de toute façon.

J'ai frissonné. D'après ce que je voyais, je dirais que cette pièce se trouvait au sous-sol. Cela pourrait expliquer pourquoi il fait si froid, même s'il faisait chaud et ensoleillé dehors. Je pouvais sentir des courants d'air passer à travers les murs. L'air était humide et sentait presque comme si j'étais dans une grotte.

La robe que je portais était trop grande pour moi et ne me tenait pas chaud. Mais d'où provenait cette robe ?

Oh oui… Je me suis changée en loup pendant le combat… Ce qui veut dire… qu'ils m'ont vue nue. Dans des moments comme celui-ci, je maudissais ma capacité à me transformer en loup… Ça ne me dérangeait pas d'être nue quand je me retransformais, mais pas devant mes ennemis.

Eh bien, peu importe ce qu'ils voulaient de moi, ils ne l'auraient pas. J'avais juste besoin de temps, un peu de temps, et je trouverais un moyen de sortir d'ici. Je vais leur montrer ce que la fille de l'Alpha est capable de faire. Je leur apprendrai à ne pas se frotter à nous.

Quand quelqu'un arrivera, j'attaquerai et je passerai la porte en courant. Je ne sais pas pourquoi j'ai figé un peu plus tôt, mais je ne referai pas cette erreur.

************ PDV de Damien ************

Quand je suis arrivé au donjon, elle était assise dans un coin de la cellule, les jambes repliées. Elle regardait le sol et je ne pouvais pas voir ses yeux. Ses cheveux bruns descendaient jusqu'au milieu de son dos. Elle portait une robe ample qui était un peu trop grande pour elle, de sorte que ses épaules et son cou étaient nus. Je suppose que c'étaient les seuls vêtements que les gardes ont pu trouver. Mon Dieu, je trouvais sa peau si irrésistible. Tout ce à quoi je pouvais penser, c'était combien j'aimerais embrasser son cou. J'ai réalisé que mes crocs avaient commencé à sortir sans même que j'y pense. Je les ai immédiatement rétractés.

J'ai secoué ma tête. Qu'est-ce qui n'allait pas avec moi ? Je devais chasser ces pensées. Ce n'était pas la raison pour laquelle j'étais ici.

Quand je suis entré dans la cellule, elle m'a regardé. J'ai dû me battre pour ne pas aller vers elle. Je suis resté debout près de la porte. Je savais que je ne pourrais pas résister à mes pulsions si je m'approchais trop d'elle.

Elle était effrayée, je pouvais sentir les battements rapides de son cœur. J'ai pris un visage sévère autant que je le pouvais et j'ai essayé de cacher toute trace d'émotion en lui parlant, « Quel est ton nom ? »

Elle m'a regardé avec de la haine dans les yeux. Bien, ça va m'aider à me débarrasser de ces sentiments.

Elle a répondu d'un air défiant, « comme si j'allais te le dire. »

Tant de feu en elle! J'aimais les femmes fougueuses. Mais encore une fois, je devais me rappeler qu'elle était ma prisonnière.

« Bien, je suppose que je vais t'appeler petite louve alors. Dis-moi petite louve, où est-ce que tu caches ton héritage familial ? »

Elle m'a regardé avec des yeux interrogateurs.

« Je n'ai aucune idée de ce dont vous parlez et même si je le savais, je ne vous le dirais pas. »

J'ai ricané à sa réponse et j'ai répondu froidement : « Bien, on verra combien de temps s'écoulera avant que tu ne parles. »

Je l'ai observée, regardant en silence comment elle frissonnait. Il faisait plutôt froid dans le donjon et cette robe ne couvrait pas assez de peau pour la garder au chaud.

Bien, je me suis dit. Ça devrait la faire parler plus vite. Je me suis retourné et j'ai quitté sa cellule.

J'ai parlé aux gardes devant sa cellule.

« Ne la quittez pas d'une semelle. Si elle veut parler, venez me chercher. Veillez à ce qu'elle ait de la nourriture et de l'eau, mais rien de plus. »

Les gardes ont hoché la tête. Je ne voudrais pas qu'elle meure avant d'avoir révélé les secrets qu'elle gardait.

Chapitre 3 (Damien)

Interrogatoire

Je suis retourné dans ma chambre et j'ai essayé de vaquer à mes occupations, mais je n'arrivais pas à me concentrer. Tout ce à quoi je pouvais penser était elle. Sa peau lisse qui semblait si douce. Son parfum qui sentait si bon. Pourquoi est-ce que je n'arrivais pas à la chasser de mon esprit ? Pourquoi est-ce que le destin m'avait donné une louve comme âme sœur ? Je ne pouvais pas avoir une gentille femme vampire comme tout le monde ? Savoir qu'elle avait froid et qu'elle était seule dans le donjon me rendait fou. Mais encore une fois, je devais me rappeler que ce n'est pas comme si elle m'autoriserait à lui tenir compagnie. J'étais son ravisseur, j'étais l'ennemi. C'était mieux ainsi.

J'étais perdu dans mes pensées quand quelqu'un a frappé à ma porte. J'ai ouvert la porte et, bien sûr, mon frère était là. Il m'a regardé de la tête aux pieds.

« Qu'est-ce qui t'est arrivé ? »

Je l'ai regardé d'un air perplexe.

« Tu as l'air misérable. »

Je ne savais pas vraiment quoi répondre. Se doutait-il de ce que je ressentais pour elle ? Je n'avais pas l'intention de le découvrir maintenant. Les vampires et les loups-garous étaient des ennemis. Ce n'est pas comme si quelque chose allait changer de sitôt.

J'ai haussé les épaules.

« Tu t'es regardé dans un miroir récemment ? »

Mon frère a ri à ma question.

« J'essaie de ne pas le faire. Briser des miroirs porte malheur. »

J'ai pouffé de rire, puis j'ai répondu.

« Avoir un prisonnier n'est pas exactement ma tasse de thé. »

« Hum, si tu le dis… Au fait, je suis venu ici parce que papa a convoqué une réunion stratégique pour notre guerre contre les loups-garous. »

La guerre… Je l'attendais avec impatience. Enfin, avant de la rencontrer. Maintenant, je n'étais plus sûr de vouloir aller à la guerre. Mais je savais que nous n'avions pas le choix. Les loups-garous ont rompu le traité de paix il y a dix-huit ans. Depuis lors, mon père a préparé nos troupes. Nous ne pouvions pas reculer maintenant.

La tristesse est revenue à l'idée de la guerre. J'ai regardé mon frère avec des yeux vides.

« Ouais, OK je viens… »

Mon frère a crié : « Pour l'amour du ciel ! Que t'est-il arrivé ? Où est passée ta flamme ? Tu avais l'habitude d'être impatient que cette guerre commence. Mais maintenant, je ne reconnais même pas mon propre frère ! »

Qu'est-ce que j'étais censé répondre ?

Je ne pouvais pas lui dire que j'avais rencontré mon âme sœur, qu'elle était un loup-garou et que je ne voulais plus aller à la guerre. Les vampires et les loups-garous n'étaient pas censés tomber amoureux, c'était contre nature.

J'ai caché mes émotions autant que je le pouvais.

« Je ne sais pas de quoi tu parles. Tu t'inquiètes trop pour moi. Allons à cette réunion. »

Je ne lui ai pas laissé l'occasion de me répondre. Je suis sorti de ma chambre et j'ai commencé à marcher vers la salle de réunion, mon frère me suivant.

Nous sommes entrés dans la salle de réunion. Il y avait beaucoup de monde. Ma mère Drusilla était là. Elle était la reine des vampires, son rôle était de conseiller et d'aider mon père autant qu'elle le pouvait. Elle était la guide de mon père sur beaucoup de choses et il la consultait au besoin.

Bien sûr, mon père Orpheus était là aussi. Il était le **Seigneur** des vampires et prenait toutes les décisions. Tous deux, étant le **Seigneur** et la reine, avaient des pouvoirs et une force qui surpassaient les autres vampires.

Puis il y avait mon frère et moi, les deux princes. Nous avions aussi des pouvoirs supérieurs aux autres vampires, mais moins forts que ceux de nos parents.

Et puis il y avait ma tante Lilith. Elle était la sœur de ma mère et était aussi de sang royal. Elle était toujours puissante, même si elle n'était pas la reine. Elle était l'un de nos plus forts généraux et semblait très investie dans cette guerre.

Je me souviens qu'il y a quelques années, elle était une personne complètement différente. Quelque chose s'est produit et l'a changée, mais je n'ai jamais pu savoir quoi exactement. À partir de ce jour, elle a fermé son cœur à tout le monde, même ma mère ne savait pas ce qui lui était arrivé.

Elle a commencé à se concentrer sur la guerre. Elle avait beaucoup d'informations sur les loups. Personne ne savait d'où elle obtenait toutes ces informations, mais elle était l'un de nos meilleurs atouts.

Beaucoup de vampires en sont venus à la craindre, mais pas moi. Quand j'étais plus jeune, j'aimais jouer avec ma tante. Elle était toujours douce et souriante avec moi. Je gardais toujours ce sentiment dans mon cœur.

La réunion a commencé. Mon père a pris la parole. Il a parlé de nos forces, de nos plans d'attaque. Son discourt ne semblait pas se finir, ça en était lassant.

Je n'écoutais pas vraiment quand tout à coup, mon frère m'a frappé sur l'épaule. « Damien ! » siffla mon frère.

J'ai regardé autour de moi et tout le monde me fixait. « Quoi ? »

Mon père avait l'air énervé, il s'est éclairci la gorge.

« J'ai dit, avez-vous obtenu la confession de la prisonnière à propos de l'héritage ? »

Oh ça, je me suis dit.

« Pas encore, je lui donne un jour ou deux, elle parlera, j'en suis sûr. »

L'héritage du loup-garou… Nous ne savions pas ce que c'était exactement. Nous savions juste que c'était quelque chose de puissant, transmis d'une génération à l'autre. Notre sorcier a dit que nous en aurions besoin si nous voulions avoir le dessus dans cette guerre.

Ma tante Lilith a plissé les yeux.

« Je voudrais voir ce prisonnier. Je vais lui tirer les vers du nez. »

Je n'aimais pas son ton, je ne voulais pas qu'elle fasse du mal à ma petite louve. Mais je ne pouvais pas dire ça ici. Je ne pouvais pas lui dire « non » non plus. Le mieux que je pouvais faire était d'aller avec elle dans la cellule quand elle irait lui parler.

« Bien sûr, nous irons plus tard aujourd'hui. »

Elle semblait satisfaite de ma réponse. La réunion a finalement pris fin.

*********** PDV de Kate ***********

Un garde est entré et a déposé une assiette dans ma cellule avant de partir. La nourriture sentait bon, je n'avais pas mangé de la journée et mon estomac gargouillait. Rien ne m'assurait qu'il n'y avait pas de poison, ou un sérum de vérité dans cette nourriture. Il n'était pas question que je mange ça. Je ne buvais pas non plus. Tant pis. Je ne coopérerai pas, même si cela signifie que je doive mourir.

En repensant à tout à l'heure… Je pensais que j'avais un plan. Mais quand il est entré dans la cellule, j'ai figé… encore… Qu'est-ce qui n'allait pas avec moi ? J'ai entendu ma louve m'appeler. Elle voulait que j'aille vers lui. Mais je lui ai dit d'arrêter, elle devait avoir tort. Cet homme m'avait kidnappé. C'était l'ennemi. C'était un vampire, pour l'amour de Dieu ! Pourquoi étais-je si attirée par lui ?

Si je ne pouvais pas le battre, alors je trouverais un autre moyen. Si je le devais, je me laisserais mourir ici. Peut-être que si j'ai de la chance, la meute viendra me trouver bientôt. Encore mieux, quand quelqu'un d'autre entrera dans la cellule, si ce n'est pas lui, alors sûrement, je pourrai attaquer.

Jamais dans ma vie je ne me suis sentie aussi désespérée. Capturée par mes pires ennemis, coincée dans une cellule froide. Pire encore, ma louve m'invitait à rejoindre celui qui m'a capturé. Des larmes coulaient sur mes joues en silence.

Nous nous sommes tous réunis à table pour manger dans le grand hall. Le sol était carrelé de marbre noir et blanc. Des colonnes s'élevant du sol au plafond soutenaient des arcs élaborés au plafond. Des lustres en cristal éclairaient la pièce et des musiciens jouaient une musique douce.

Le meilleur sang a été versé dans nos verres et un banquet exquis a été servi. C'était un festin en prévision de la guerre à venir. Nous avons tous mangé, parlé et ri, passant un bon moment ensemble, oubliant pour un court instant tout ce qui devait être fait.

Après le souper, il a été décidé que ma tante et moi allions voir la louve. J'ai apporté une couverture chaude. J'ai rencontré Lilith devant la cellule. Elle a regardé la couverture dans ma main et a levé un sourcil. J'ai expliqué, « Il ne faudrait pas qu'elle meure de froid. »

Elle a haussé les épaules et est entrée dans la cellule.

La louve était toujours au même endroit que tout à l'heure, recroquevillée sur elle-même, pleurant et tremblant. Elle a levé la tête quand nous sommes entrés. Ma tante a eu un regard alarmé pendant un instant en la voyant, mais elle s'est calmée.

La louve a regardé ma tante, bouche bée. Elle s'est levée ; elle faisait au moins deux têtes de moins que moi. Elle ressemblait à une fleur fragile à mes yeux, mais je savais qu'elle était forte, elle avait cette énergie ardente que j'aimais tant.

Désignant ma tante, la louve dit : « Je te connais… qui es-tu ? »

Lilith a répondu avec un regard froid, « Vous devez vous tromper. C'est la première fois que nous nous rencontrons. »

Mais la louve a insisté : « Non ! J'ai senti ton odeur avant. Je sais que nous nous sommes déjà rencontrés. »

Je ne savais pas pourquoi, mais je sentais la colère bouillir à l'intérieur de ma tante. Elle leva les mains et utilisa ses pouvoirs télékinétiques sur la louve, la plaquant contre le mur.

Elle lui a lancé : « et *moi, je* t'ai dit qu'on venait de se rencontrer. Ne me contredis pas. Et apprends quand tu dois te taire, sale bête. »

Les pieds de la louve ne touchaient plus le sol. Elle flottait dans l'air, retenue par les pouvoirs de ma tante.

Je pouvais voir que Lilith resserrait sa prise sur la louve, l'étouffant. La louve essayait de se libérer de ma tante, elle essayait de défaire son cou de l'emprise invisible de ma tante avec ses mains. Je pouvais voir ses yeux paniqués, car elle ne pouvait plus respirer.

Je ne pouvais pas laisser Lilith blesser ma petite louve. J'ai crié, « assez ! »

J'ai envoyé une petite vague d'énergie en direction de ma tante, juste assez pour qu'elle relâche son emprise. La louve est retombée sur le sol lorsque ma tante l'a relâchée, prenant une grande bouffée d'air.

Lilith m'a demandé, furieuse, en se frottant les poignets, « Pourquoi as-tu fait ça ? »

« Tu allais la tuer ! »

« Qu'est-ce que ça peut te faire ? », a-t-elle demandé d'un air furieux.

« Je ne l'ai pas amenée ici pour la faire tuer. Et elle ne parlera pas beaucoup si elle est morte », ai-je répondu avec un air de défi. Ma tante a semblé réfléchir un peu, puis a affiché un petit sourire en coin.

« Humph, comme je m'en doutais... Je te laisse t'occuper de la prisonnière, lui soutirer des informations. Mais juste pour que tu saches, tu aurais dû savoir qu'il ne fallait pas kidnapper la fille de l'Alpha. Il va être furieux. »

Sur ce, ma tante est partie sans se retourner.

J'ai répété, « ... La fille de l'Alpha ? » J'étais seul avec la louve. Elle me regardait avec de grands yeux, toujours sur le sol où elle était tombée.

« Oui, je le suis... Je pensais que tu le savais. Je pensais que c'était pour ça que tu m'avais pris. »

Elle m'a regardé calmement, attendant une réponse. J'étais stupéfait. Comment ma tante pouvait-elle savoir ça ? Cela n'avait aucun sens.

« ... Comment a-t-elle su pour ton père ? »

La louve a haussé les épaules. « Je sais que je l'ai déjà vue. Mais je ne me souviens pas où. »

Elle essayait de se rappeler où elle avait vu ma tante. Elle fronçait les sourcils en réfléchissant et ça la rendait si mignonne. J'ai eu du mal à résister à l'envie de rire. J'avais envie de la prendre dans mes bras et de la serrer, de m'assurer qu'elle n'était blessée nulle part. Mais je devais me rappeler ce que je devais faire.

Soudain, elle a demandé, comme si elle venait de réaliser, « Tu ne savais pas que j'étais la fille de l'Alpha. Alors pourquoi m'as-tu prise ? » me tirant de mes pensées.

Elle me regardait d'un air espiègle qui la rendait encore plus jolie à mes yeux. C'était un regard enjoué et provocateur, comme si elle me jaugeait.

J'ai souri, embarrassé. « Je ne savais vraiment pas que tu étais la fille de l'Alpha. Nous étions juste en train de chercher l'héritage. Si tu pouvais juste me dire où il est, je pourrais te laisser partir. »

Elle a regardé le sol.

« Je te l'ai déjà dit, je ne sais pas de quoi tu parles. »

Je suppose qu'elle n'était pas encore prête à parler. Ou peut-être qu'elle disait la vérité ? Peut-être qu'elle n'était vraiment pas au courant. Je n'arrivais pas à décider laquelle des deux options était la bonne.

« OK petite louve. Je suppose qu'il est temps pour moi de te dire bonne nuit. »

Je lui ai jeté la couverture. Elle l'a attrapée et m'a regardé, surprise.

« Je ne voudrais pas que tu meures de froid ce soir. »

Je commençais à retourner vers la porte quand j'ai entendu : « Kate… Je m'appelle Kate… Je ne t'ai jamais dit mon nom. »

Je me suis retourné pour la voir me regarder avec ses beaux yeux noisette.

Je lui ai souri. « Ravi de vous rencontrer, mademoiselle Kate. Je suis Damien. »

Elle m'a souri en retour, et ça a fait fondre mon cœur. Je pourrais m'habituer à voir ce sourire. Je suis sorti de la cellule et je suis retourné dans ma chambre.

Alors… son nom est Damien. Pourquoi lui ai-je dit mon nom ? Pourquoi lui ai-je souri ? Je voulais être forte. Tenir bon.

Il m'a donné une couverture. J'en avais tellement besoin ! Eh bien, ce n'est pas comme si j'en aurais eu besoin si je n'avais pas été emprisonnée dans cette maudite cellule ! Mais quand même, il n'avait pas à faire ça. Et je l'appréciais.

La couverture était chaude et douce. Son odeur en était imprégnée, et je ne pouvais pas m'empêcher de la sentir. Et maintenant, ma louve n'arrêtait pas de le dire clairement dans mon esprit : âme sœur. Je continuais à lui dire qu'elle a tort. C'était impossible qu'il soit mon âme sœur. C'était un vampire ! Je devais trouver un loup fort pour diriger la meute avec moi. Mais elle ne voulait pas m'écouter.

Je m'enroulai dans la couverture alors que je dérivais dans mes pensées. Il ne savait pas que j'étais la fille de l'Alpha. J'étais sûre que c'était la raison pour laquelle ils m'avaient pris. Il continuait de parler d'un héritage. Je n'avais absolument aucune idée de ce qu'il voulait dire.

Et qui était l'autre vampire ? La femme, j'étais certaine de la connaître ! Pourquoi est-ce que je n'arrivais pas à me souvenir d'elle ? Je me souvenais de son odeur. Ça, c'était certain. Nous, les loups-garous, avions un odorat très développé et quand nous sentions quelqu'un, nous étions presque certains de nous souvenir de leur odeur.

Ne trouvant pas de réponse à mes questions, le poids de tout ce qui s'était passé aujourd'hui est tombé sur mes épaules. En plus, comme je n'avais rien mangé, je me sentais plutôt fatiguée. Je me suis recroquevillée sur le sol, enveloppée dans la couverture que Damien m'avait apportée. En respirant une dernière fois son odeur, je me suis laissée aller au sommeil.

Chapitre 4 (Damien)

Apprendre à se connaître

Je me répétais à moi-même, « Kate ». Quel beau prénom ! J'avais enfin un nom à mettre sur son visage. Je ne pouvais pas continuer à le nier. Elle était mon âme sœur. Il n'y avait aucun moyen pour moi de l'ignorer. Je ne savais pas si elle ressentait la même chose et il n'y avait aucun moyen pour moi de le découvrir. Je veux dire… je l'ai kidnappée, il serait normal qu'elle m'en veuille. Ce n'est pas comme si je pouvais entrer dans la pièce et lui demander si elle pensait être mon âme sœur. Alors, je suis resté là, allongé sur mon lit, à regarder le plafond et à me souvenir encore et encore de son doux sourire. Je ne pouvais parler de ça à personne. Je devais le garder pour moi et essayer de le cacher autant que je le pouvais.

J'ai essayé de m'endormir, mais chaque fois, mes pensées dérivaient vers Kate. Allait-elle bien toute seule dans le donjon ? Avait-elle encore froid ou la couverture que je lui ai donnée était-elle suffisante pour la garder au chaud ? Les gardes m'ont dit qu'elle n'avait rien mangé depuis son arrivée ici. Je ne voulais pas qu'elle meure de faim. Quelqu'un pourrait-il lui faire du mal dans sa cellule ? Techniquement, n'importe qui, mon frère, ma tante ou même mon père, avait le droit d'entrer dans sa cellule et de lui faire ce qu'il voulait sans que je ne le sache. Je me suis retourné toute la nuit, je ne pouvais pas supporter d'être loin d'elle, sans savoir si elle était en sécurité.

Bientôt, les premiers rayons du soleil se sont montrés. Je n'avais pas dormi de la nuit. Une chose était claire pour moi, je ne pouvais pas continuer comme ça. Je devais savoir qu'elle allait bien, sinon je ne pourrais pas me reposer. Mon corps souffrait de la fatigue, ma tête était sur le point d'exploser.

Je suis allé prendre une douche chaude, laissant l'eau chaude couler sur mon dos. J'ai enfilé un jean et un simple col en V noir. Puis, avant même de prendre mon déjeuner, je me suis dirigé vers le donjon.

Les gardes ont eu l'air surpris de me voir.

« Mon prince ! Vous êtes matinal! »

Je les ai regardés avec des yeux autoritaires.

« La prisonnière doit rester dans ma chambre jusqu'à nouvel ordre. »

Ils avaient un air ahuri sur le visage, mais ils n'oseraient pas remettre en question la décision de l'héritier du trône.

« Oui, Votre Majesté, nous allons aller la chercher tout de suite. »

Je les ai arrêtés juste avant qu'ils puissent y aller.

« Non, je vais aller la chercher moi-même. »

Je les ai laissés bouche bée et je suis entré dans la cellule de Kate.

Quand je suis entré dans la cellule, elle dormait dans un coin à même le sol, avec la couverture que je lui avais donnée. Au moins, ça l'avait gardé assez au chaud pour qu'elle puisse dormir.

En dormant comme ça, elle ressemblait à un ange. Je ne voulais pas la réveiller, mais j'avais hâte de la faire sortir d'ici. Je voulais aussi m'assurer qu'elle mange de la nourriture.

J'ai marché vers elle, mais elle ne s'est pas réveillée. Je me suis mis à sa hauteur et j'ai replacé une mèche de cheveux tombée. J'ai doucement caressé sa joue avec ma main et sa peau était aussi douce que je l'avais imaginé. J'ai doucement appelé son nom, « Kate, réveille-toi. »

Elle a ouvert les yeux lentement, mais a sursauté et s'est retournée. Elle s'est détendue quand elle a vu que c'était moi.

« Oh, c'est toi Damien ! Tu m'as fait peur. »

J'ai souri en voyant qu'elle était soulagée que ce soit moi. Ça voulait dire qu'au moins elle n'avait pas peur de moi, ou qu'elle me faisait un peu confiance.

« Qui pensais-tu que c'était ? »

Elle a réfléchi avant de répondre.

« Hé bien, un autre vampire. Comme celui qui était avec toi l'autre soir, ou quelqu'un qui voudrait me faire du mal. »

Le vampire qui était avec moi l'autre nuit, elle voulait dire mon frère. Je la comprenais tout à fait, nous l'avons attaquée quand nous étions dans sa chambre. De plus, être enlevée et gardée dans une cellule du donjon devait être assez stressant. Raison de plus pour la faire sortir d'ici et la mettre dans une vraie chambre où elle sera en sécurité, ma chambre.

« Oui, tu veux dire mon frère. Il était là avec moi l'autre soir. Ne t'inquiète pas, je vais m'assurer que tu sois en sécurité. Je sais qu'être prisonnière n'est pas la meilleure chose qui soit. Mais à partir de maintenant, tu seras dans l'endroit le plus sûr de ce château. Un endroit où tu n'auras pas froid, et où tu seras bien traitée. »

Elle avait l'air incertaine.

« Et puis-je demander quel est cet endroit ? »

J'ai souri. « Ma chambre. »

Elle avait un regard perplexe et sa bouche est restée bouche bée. Je lui ai tendu ma main et lui ai demandé, avec un sourire en coin.

« Tu viens ? »

Elle a regardé ma main d'un air hésitant pendant quelques secondes, mais a décidé de la prendre.

J'ai senti de l'électricité passer entre nos mains lorsqu'elle a pris la mienne. Sa peau était si chaude et si douce. Je ne voulais plus jamais lâcher sa main. J'étais heureux qu'elle ait décidé de venir, je ne pensais pas qu'elle accepterait. Je suppose que rester dans ma chambre devait être mieux que de rester dans le donjon.

Je l'ai conduite à ma chambre, qui se trouvait au quatrième étage du château. Lorsque j'ai ouvert la porte, elle a balayé la pièce du regard. Il y avait une fenêtre au fond de la pièce avec un bureau. Dans un des coins, il y avait une petite table avec deux chaises. C'est là que je recevais des invités à certaines occasions. Deux petits canapés occupaient l'autre coin. Ensuite se tenait mon lit, rempli de coussins et d'oreillers. Le mur à côté de mon lit était composé de deux garde-robes remplis de vêtements. Enfin, la salle de bains attenante, équipée d'une douche et d'une baignoire.

Kate avait l'air d'être impressionnée. « C'est vraiment là que je vais rester ? »

J'ai souri. Je pouvais comprendre sa réaction.

« Oui, tu vas rester avec moi dans ma chambre. C'est l'endroit le plus sûr du château. Personne ne peut te faire du mal ici, je serai là pour te protéger. »

Elle a regardé autour d'elle et a réalisé à voix haute : « Il n'y a qu'un seul lit. »

J'ai ri à sa remarque. « Ne t'inquiète pas, je resterai de mon côté. »

J'avais demandé qu'un des garde-robes soit rempli de vêtements de femmes ce matin avant d'aller au donjon. Ainsi, elle pourrait trouver quelque chose de mieux que la robe qu'elle portait actuellement. J'ai ouvert la porte pour le lui montrer.

« Tu peux choisir ce que tu veux porter, je les ai mis à ta disposition. »

Elle m'a regardé avec incrédulité. « Pourquoi as-tu fait tout ça pour moi ? Je veux dire, d'abord tu m'enlèves et ensuite tu me traites comme une princesse ? »

Je l'ai regardée, je comprenais ce qu'elle voulait dire. Je ne pouvais pas lui dire que depuis le peu de temps que je la connaissais, elle avait trouvé le moyen de voler mon cœur sans même essayer.

Je voulais juste qu'elle se sente mieux pendant qu'elle était ici. J'obtiendrais les informations dont j'avais besoin, puis la laisserais partir pour qu'elle soit libre.

Je l'ai regardée, elle attendait une réponse.

« Je voulais juste que tu sois plus à l'aise que dans le donjon. Au moins, tu n'auras pas froid, et tu seras en sécurité. Je te l'ai déjà dit, je ne souhaite pas te faire de mal. J'ai juste besoin de quelques informations de ta part et ensuite tu seras libre. »

Elle m'a regardé d'un air inquiet.

« Je te l'ai déjà dit, je ne sais pas de quel héritage tu parles. »

J'ai regardé dans ses yeux noisette, elle avait l'air de dire la vérité. Ce qui était un peu un problème puisque mon père attendait que je récupère l'héritage des loups pour gagner la guerre.

Je voulais la rassurer.

« C'est bon. Pourquoi n'irais-tu pas prendre une douche, et ensuite on trouvera une solution en prenant le déjeuner. »

Elle avait toujours l'air incertaine. « … Tu ne vas pas boire mon sang, n'est-ce pas ? »

J'ai ri à sa question. « C'est ce que tu penses que les vampires font ? Boire le sang de tout le monde tout le temps ? »

Elle avait cet air coupable sur le visage. « Eh bien, ce n'est pas tous les jours que je peux discuter avec un vampire », a-t-elle expliqué.

Elle avait raison, je suppose que son image des vampires était aussi fausse que mon image des loups-garous.

« Ne t'inquiète pas, je mange aussi et je bois autre chose que du sang. Raison de plus pour qu'on discute après ta douche. »

Elle semblait heureuse de ma réponse, puisqu'elle a souri. Son sourire était si joli qu'il m'a coupé le souffle. Je voulais voir son sourire plus souvent pour pouvoir le chérir dans autant de souvenirs que possible avant qu'elle ne parte.

Elle est allée dans le placard, a choisi une tenue et est allée prendre une douche. Je n'arrivais pas à croire que j'étais si chanceux qu'elle ait décidé de me faire confiance. Je veux dire, feriez-vous vraiment confiance à la personne qui vous a enlevé ?

En entendant l'eau couler dans la douche, je ne pensais qu'à une chose : elle était nue dans la salle de bains. J'essayais d'imaginer à quoi elle ressemblait, les courbes de son corps, sa peau lisse et sa douce odeur. Comme j'aimerais pouvoir aller la voir, mais je ne le ferais jamais.

Au lieu de cela, j'ai commandé un déjeuner à l'un des esclaves du château et je lui ai demandé d'apporter le tout dans ma chambre.

*********** PDV de Kate ***********

L'eau chaude de la douche était une bénédiction. J'avais l'impression que ça faisait si longtemps que je n'avais pas pris de douche. C'était génial ! En me relaxant, j'ai réfléchi à tout ce qui venait de se passer. Je ne savais pas pourquoi il avait décidé de me sortir de cette cellule, mais je ne pouvais pas être plus heureuse. Je ne savais toujours pas si je pouvais lui faire entièrement confiance. Bien que ma louve me criait de lui faire confiance, elle me répétait toujours la même chose : âme sœur.

C'était un sentiment étrange. Être attirée par l'homme qui était censé être mon ennemi. Je ne savais vraiment pas à quoi m'attendre quand il a parlé de prendre le déjeuner… Je pensais que les vampires ne buvaient que du sang tout le temps. Je suppose que je ne connaissais pas grand-chose sur les vampires après tout. Ça me rendait curieuse d'en apprendre plus sur lui.

J'étais vraiment contente de pouvoir rester dans sa chambre au lieu de la cellule. Je vais pouvoir dormir dans un vrai lit confortable ! Je n'arrivais pas à croire qu'il y avait autant de vêtements pour que je puisse choisir ce que je voulais porter. Pourquoi avait-il tous ces vêtements de femme dans sa garde-robe ? Avait-il une petite amie ? Non, je n'ai senti aucune autre odeur que la sienne dans sa chambre. Pourquoi est-ce que je me demandais s'il avait une petite amie ? Mon Dieu, je n'arrivais pas à garder le contrôle sur mes pensées !

Je suppose que c'était pour ça que j'ai choisi une jolie robe d'été à porter. J'ai souri à moi-même. Je savais que je serais belle dedans. J'avais hâte de voir sa réaction lorsque je sortirais de la douche avec cette robe. Prendre un déjeuner sera également agréable, puisque je n'ai pas mangé du tout hier. Finalement, ça semblait plus amusant que prévu, me suis-je dit en finissant de me doucher et en me préparant à sortir.

*********** PDV de Damien ***********

Alors que j'attendais que Kate sorte de la
douche, j'ai essayé de penser à ce que seraient
les prochaines étapes. Je devais trouver
l'héritage. Mais encore une fois, il y avait cette
guerre qui se préparait et je ne voulais plus y
aller. Je devais trouver un moyen d'empêcher
cette guerre de se produire, même si elle avait
déjà commencé.

On a frappé à la porte. J'ai ouvert et trouvé un
esclave qui m'apportait le déjeuner que j'avais
commandé. J'ai pris la nourriture et fermé la
porte. J'ai remarqué que la douche ne coulait
plus, ce qui signifiait que Kate allait bientôt
sortir. J'ai mis la nourriture sur la table, en
attendant qu'elle sorte de la salle de bain.

Quelques secondes plus tard, Kate est sortie de
la salle de bain. Ma mâchoire est tombée quand
je l'ai vue. Elle portait une magnifique robe
d'été rouge qui épousait juste assez ses courbes
avant de tomber. Ses cheveux encore humides
étaient relevés en un chignon lâche. Elle était à

couper le souffle. Elle a vu que je la regardais et a souri en voyant la tête que je faisais.

Embarrassé, j'ai passé ma main dans mes cheveux en lui souriant. « Tu es très belle. »

Elle a souri. « Merci. »

Ses yeux se sont écarquillés en voyant toute la nourriture sur la table.

« Je ne savais pas ce que tu aimais, alors j'ai commandé un peu de tout », ai-je expliqué.

Elle a ri et s'est assise à la table. « On dirait que je peux avoir tout ce à quoi je pouvais penser ! »

Je me suis assis en face d'elle, et nous avons commencé à manger.

Pendant que nous mangions, nous avons parlé de beaucoup de choses. Kate avait beaucoup de questions sur les vampires. Il semble que les loups-garous pensaient que nous étions des monstres suceurs de sang sans âme qui attaquaient sans relâche tout être vivant.

Elle croyait aussi que nous ne mangions ni ne buvions rien d'autre que du sang et que nous mourrions si nous allions au soleil. Ce qui n'était pas vrai puisque nous étions tous les deux assis au soleil en ce moment même et que je me sentais parfaitement bien.

En entendant ces choses, je comprenais mieux pourquoi ils nous détestaient. Peut-être que si nous prenions le temps de nous connaître, il pourrait y avoir une paix durable entre nos espèces.

Quant à moi, j'ai posé à Kate toutes les questions que j'avais sur les loups-garous. Par exemple, je pensais qu'ils ne prenaient leur forme de loup qu'à la pleine lune, ce qui était faux.

Ou qu'ils attaquaient tout le monde à vue quand ils étaient transformés, ce qui n'était pas vrai non plus.

J'ai appris que la meute de loups est comme une grande famille qui se protège les uns les autres, ce que je trouvais vraiment bien. J'aimerais que les familles de vampires soient comme ça.

Le temps de finir de manger, nous en avions fini avec toutes nos questions. Il était maintenant temps d'aborder le vrai sujet, l'héritage.

Kate appréciait son café. Je l'ai regardée dans les yeux. Ses yeux noisette m'envoûtaient. Je pouvais facilement me perdre en eux. Mes yeux sont tombés sur ses lèvres pulpeuses. Elles étaient si invitantes que j'ai dû me souvenir un instant de ce dont je voulais parler.

« Alors, dis-moi Kate, tu dis que tu ne sais rien à propos d'un héritage ? »

« Non… mais peut-être pourrais-tu me le décrire, et je pourrais voir si ça me rappelle quelque chose. »

Je savais qu'elle était honnête. Je pouvais le sentir. Je ne percevais aucun signe de mensonge, comme une accélération de son rythme cardiaque. Elle me regardait droit dans les yeux, sans tressaillir.

« Eh bien, nous ne savons pas vraiment à quoi il ressemble, mais Lilith nous a dit que cet héritage familial détient un grand pouvoir et est transmis de génération en génération dans la famille de l'Alpha. »

Les yeux de Kate se sont élargis. « Lilith ? Qui est-ce ? »

J'avais oublié qu'elle ne connaissait pas son nom. « C'est la vampire qui était avec moi hier quand on est venus te voir au donjon. »

Elle semblait se souvenir. « Ah oui ! Celle que j'ai déjà vue ! »

À l'instant, j'ai pu voir ses yeux s'illuminer alors qu'elle était excitée. Elle était si jolie que ça m'a fait sourire. « Bon, comment peux-tu être aussi certaine de l'avoir déjà rencontrée ? »

Kate m'a souri. « Nous, les loups-garous, avons un sens de l'odorat très avancé. Nous nous souvenons très bien de l'odeur des personnes que nous rencontrons. »

J'ai rigolé un peu. « Ah, alors qu'est-ce que je sens ? »

Kate a gloussé et a réfléchi une seconde avant de répondre.

« Hum, tu sens un peu le miel mélangé au musc. »

J'ai souri et je l'ai un peu taquinée. « Je suppose que je dois sentir bon alors. »

Elle a rougi à mon commentaire. J'espérais juste qu'elle ne demanderait pas comment elle sentait. Parce que pour moi, elle sentait le paradis.

Heureusement, elle n'a pas posé de questions à ce sujet.

« Comme je te l'ai dit, je suis la fille aînée de l'Alpha. Et je ne suis pas au courant d'un quelconque héritage familial transmis par notre famille. Pourquoi le veux-tu autant de toute façon ? »

Mes yeux se sont assombris et mon cœur s'est affaissé à sa question.

« Eh bien… Notre sorcier nous a dit que nous aurions besoin de son pouvoir pour gagner la guerre », ai-je dit avec de la douleur dans la voix.

Kate semblait triste. « Oh… Je vois. »

Elle regardait le sol, évitant mon regard.

« Maudite soit cette guerre ! » J'ai dit avec colère. « Pourquoi avez-vous rompu le traité de paix ? »

Elle m'a regardé avec des yeux étonnés et a dit d'un ton accusateur. « Nous n'avons pas rompu la paix ! C'est vous qui avez pénétré sur notre territoire ! Vous avez rompu le traité. »

J'ai compris. Elle pensait que nous avions commencé la guerre cette semaine quand nous sommes allés chez elle !

Je l'ai regardée.

« Tu ne savais pas ? Il y a dix-huit ans, les loups-garous ont volé aux vampires un livre particulièrement important. Un livre qui contient toute notre histoire et nos secrets. C'est ce qui a brisé le traité. Ce n'est pas nous qui sommes entrés sur votre territoire. »

Kate a arrêté de parler et a réfléchi un moment.

« Écoute Damien, je n'ai jamais entendu parler d'un livre de vampires ou d'un truc comme ça. Tout ce que je sais, c'est que tu es venu chez moi et que tu m'as enlevé. »

Je ne pouvais pas croire ce que j'entendais. Est-ce que c'était vrai ? Le livre avait-il été volé par les loups-garous ? Ou était-ce juste une raison pour le Seigneur des vampires de faire la guerre ?

Je savais que mon père détestait les loups-garous, car son père a été tué par l'un d'eux il y a des années. Irait-il jusqu'à simuler un vol pour avoir une raison de partir en guerre ?

Du point de vue des loups, nous étions les méchants d'un bout à l'autre. Mais de notre point de vue, c'était eux les méchants. Quelque chose était louche et je n'aimais pas ça.

Je voulais en parler davantage avec elle, mais quelqu'un a frappé à ma porte.

Kate m'a regardé avec inquiétude, les battements de son cœur augmentant. Je l'ai regardée d'un air rassurant et j'ai pu entendre les battements de son cœur revenir aussitôt à leur vitesse normale.

J'ai ouvert la porte pour voir mon frère entrer. Il a regardé Kate et a commencé avec un sourire en coin. « Eh bien, eh bien. Il semble que ce que j'ai entendu était vrai. Tu as décidé de la garder dans ta chambre, n'est-ce pas ? »

Il m'agaçait et je lui ai répondu en haussant le ton. « Ce n'est pas tes affaires Arius. »

Mon frère m'a ignoré. « Oh, mais ça l'est ! Père m'a demandé de l'amener au sorcier. »

Kate a sursauté et a reculé un peu.

J'ai bloqué le chemin de mon frère et lui ai dit avec colère, « tu ne poseras pas un doigt sur elle. »

Mon frère a ricané, « comme je le pensais, tu te soucies d'elle. Peut-être devrais-je dire à père que mon frère aîné a perdu la tête et préfère protéger une bête plutôt que d'obéir à son Seigneur ? »

Je détestais son arrogance ! Il savait que je n'avais pas le choix dans cette affaire, ou je risquais la mort.

Ce qui m'a encore plus dégoûté, c'est la façon dont il l'a appelée. J'ai rétorqué, « Ce n'est pas une bête ! »

J'avais besoin de reprendre le contrôle de moi-même, car je sentais que j'étais sur le point de le perdre.

« OK, OK », a dit mon frère. « Pas besoin de t'agiter autant », a-t-il ajouté avec un sourire en coin. Il savait qu'il avait touché une corde sensible.

J'ai demandé, « Qu'est-ce qu'il lui veut de toute façon ? »

Arius a haussé les épaules. « Je ne sais pas, il marmonnait quelque chose à propos de l'héritage et des tests qu'il voulait faire sur elle… En tout cas, je dois l'amener au sorcier tout de suite. »

J'ai encore arrêté mon frère. « C'est bon, je l'amènerai moi-même au sorcier. »

Il a haussé les épaules et a dit d'un ton taquin :
« Comme tu veux, *don Juan.* »

Sur ce, il s'est tourné et est sorti de ma chambre, toujours en riant. Je suppose que c'était *si* évident… Pourtant, je ne m'attendais pas à ce qu'il accepte si facilement le fait que j'aie des sentiments pour elle.

Je me suis tourné vers Kate, pour la voir trembler, plus pâle que jamais. Je suis allé vers elle et l'ai prise dans mes bras. Elle a levé les yeux vers moi.

« Que va-t-il faire de moi ? »

J'aurais aimé le savoir. « Je ne sais pas, mais je ne le laisserai pas te faire du mal, d'accord ? »

Des larmes ont commencé à couler sur son beau visage. Je l'ai serrée contre mon torse, essuyant chaque larme avec ma main. La chaleur de son corps était si agréable contre moi. Elle a mis ses bras autour de mon dos, me serrant dans ses bras, et a lentement cessé de pleurer.

Je souhaitais que ce moment dure pour toujours. Je pouvais sentir les battements de son cœur contre ma poitrine et son souffle chaud sur mon cou. La peau nue de son cou et de ses épaules était si tentante. Comme j'aurais aimé pouvoir la goûter ! J'avais tellement envie d'elle que ça me faisait mal. Je voulais plus de ça, je voulais tout d'elle. Nous sommes restés comme ça, dans les bras l'un de l'autre pendant un moment avant de rompre l'étreinte.

J'ai pris son visage dans ma main.

« Écoute Kate, j'aimerais vraiment ne pas avoir à t'amener chez le sorcier. Mais je ne peux pas désobéir à mon père sur ce point. »

Kate a relevé son visage, me regardant avec des yeux suppliants.

« Pourquoi ne peux-tu pas ? »

Cela la choquerait probablement, mais c'était la vérité.

« Parce qu'il me ferait sûrement tuer si je le faisais. »

Elle est restée bouche bée devant mes mots, l'air horrifié.

Pour n'importe qui, cela semblerait stupéfiant. Mais mon père était connu pour sa cruauté.

« Mon père maintient les gens dans la peur. Il n'hésiterait pas à sacrifier ses propres enfants pour montrer au peuple ce qu'il en coûte de désobéir. »

Je pouvais lire de la tristesse dans les yeux de Kate. J'ai serré ses mains pendant que je parlais.

« Je ne les laisserai pas te faire du mal. Je serai là pour toi, je te le promets. »

Son sourire est réapparu sur son visage, ce sourire qui illumine mon cœur chaque fois que je le vois.

Chapitre 5 (Damien)

Le sorcier

J'ai souhaité pouvoir la garder dans mes bras pour toujours. Je souhaitais ne pas avoir à l'amener au sorcier. Mais il était temps de partir.

Kate a levé les yeux vers moi quand je lui ai demandé, « Prête ? »
Elle a hoché la tête, et je pouvais voir la détermination dans ses yeux. Elle était forte et courageuse, prête à faire face à tout ce qui l'attendait. J'aimais tellement cette partie d'elle. J'ai essayé de repousser toutes les peurs que j'avais dans mon esprit et de paraître aussi fort qu'elle.

Ensemble, nous sommes sortis de ma chambre. Je ne pouvais pas lui tenir la main, ça aurait paru étrange. J'ai essayé de ne pas marcher trop vite et j'ai fait en sorte que Kate reste près de moi. On ne savait jamais quel genre de vampire on pouvait rencontrer dans ces couloirs. Certains d'entre eux pourraient très bien essayer d'attaquer Kate s'ils la voyaient.

Nous nous sommes rapidement dirigés vers la chambre du sorcier, qui était au même étage que ma chambre.

Nous sommes arrivés au laboratoire d'Elwin. C'était notre sorcier. C'était un vampire à l'allure bizarre. Pas très grand, mince, le dos un peu courbé par toutes ces heures passées penché sur son travail. C'était un vieux vampire et ça commençait à se voir. Je ne connaissais pas son âge exact, mais il était le sorcier du Seigneur avant même que mon père ne monte sur le trône. Des cheveux gris commençaient à paraître à travers ses cheveux noir corbeau. Il les gardait courts, car c'était plus pratique pour lui, de cette façon, ils ne lui gênaient pas le visage quand il travaillait. Certains de ses doigts étaient crochus après des années de tâches répétitives et il gardait ses ongles aiguisés pour la dissection.

Son laboratoire était encombré d'objets étranges, comme d'habitude. On pouvait voir des animaux morts dans des bocaux remplis de liquide. Des crânes morts gisant ici et là. Toutes sortes de fioles dont lui seul savait ce qu'elles contenaient. Des livres et des amas de poussière remplissaient ses étagères. Une odeur étrange semblait toujours planer dans l'air. Vraiment, cette pièce était la seule qui ressemblait à ça dans tout le château… heureusement !

Elwin a levé les yeux vers nous quand nous sommes entrés dans la pièce. Il s'est incliné devant moi. « Mon prince, j'attendais votre frère. Comme c'est gentil à vous de me faire grâce de votre présence. »

Je l'ai regardé ; dans l'ensemble, ce n'était pas un mauvais gars. Mais je n'aimais pas qu'il veuille faire des expériences sur Kate. Je l'ai gardée à mes côtés. Je pouvais voir qu'elle était effrayée, je pouvais sentir son cœur battre la chamade. J'ai serré sa main, lui rappelant que je ne la laisserais pas être blessée, puis je l'ai relâchée. Je ne pouvais pas me permettre que quelqu'un me voie lui tenir la main.

J'ai regardé Elwin.

« Que veux-tu à la fille ? »

Il a souri à ma question et s'est rapproché,
étudiant le visage de Kate. Il semblait perdu
dans ses pensées.

« Hum… Je veux seulement lui faire quelques
tests, rien de gros, peut-être un test sanguin
aussi. »

Cela ne répondait pas à ma question, je
commençais à m'énerver contre lui. J'ai élevé la
voix et ordonné avec autorité.

« Tu ne dois pas lui faire de mal en aucune
façon. »

Elwin m'a regardé avec l'air perplexe. J'étais un
prince, et l'héritier du trône. Je savais qu'il ne
pouvait pas aller à l'encontre de mes ordres, à
moins que mon père ne le dise. J'espérais
vraiment que cette affaire n'irait pas jusqu'à
mon père. Je serais plutôt impuissant face à lui.

Mais il ne semblait pas que ce serait un
problème, car Elwin a souri et a répondu,
« Votre souhait est un ordre, mon prince. Je serai
doux avec la prisonnière. »

Il a pris Kate par la main et l'a emmenée dans une de ses pièces adjacentes. Elle était si nerveuse qu'elle tremblait. Il n'y avait rien que je puisse faire pour apaiser sa peur. Je me sentais si impuissant !

J'ai commencé à les suivre, mais Elwin s'est retourné vers moi et s'est excusé : « Je suis désolé, mon prince. Je vais devoir vous demander d'attendre ici. Ces expériences doivent être faites dans le plus grand silence et avec précision. Personne ne peut être présent avec moi dans la pièce, sauf le sujet de l'expérience. »

Je détestais qu'il parle d'elle comme si elle était un objet. Je l'ai regardé et j'ai répondu d'un ton menaçant : « Très bien… mais si j'entends le moindre cri de douleur, j'entrerai et j'arrêterai tout ce que vous êtes en train de faire. Suis-je clair ? »

Elwin a hoché la tête et s'est dirigé vers la chambre avec Kate. Avant qu'Elwin ne ferme la porte, Kate s'est retournée pour me regarder. Le feu dans ses yeux était remplacé par la peur. J'ai regardé, impuissant, la porte se refermer.

C'était incroyablement dur de voir la femme que j'aimais être emmenée pour subir des expériences sur elle. J'étais effrayé et en colère en même temps. La seule chose qui m'empêchait de l'arracher aux griffes d'Elwin était le fait que mon père était bien trop puissant et qu'il me tuerait probablement si j'intervenais.

************ PDV de Kate ************

J'avais si peur. Alors que je pensais que les choses n'allaient peut-être pas si mal ce matin, que j'allais enfin pouvoir m'amuser un peu… je savais que c'était une mauvaise nouvelle quand j'ai entendu le frère de Damien parler d'un sorcier.

Au moins, Damien était avec moi. Mais il ne pouvait pas me suivre ici. Et maintenant, j'étais toute seule sur cette table d'examen froide. Je sentais mon cœur battre dans ma poitrine comme s'il était sur le point de sortir. J'ai avalé fort et essayé de prendre une profonde inspiration pour me calmer.

J'ai regardé autour de moi. J'étais dans une pièce stérile et vide. Je savais qu'elle ne serait pas vide longtemps. Le sorcier a dit qu'il ne

serait pas long, qu'il avait juste besoin d'aller
chercher des trucs pour l'expérience.

J'ai regardé autour de la pièce, il n'y avait
aucune sortie possible. D'un côté, il y avait la
porte où Elwin avait disparu pour récupérer ses
affaires. Ce n'était pas une bonne option. Et de
l'autre côté, il y avait Damien. Comme j'aurais
aimé pouvoir courir vers lui. C'était inutile. Je
savais qu'il n'avait pas le choix. C'était les
ordres de son père, le Seigneur vampire. Il ne
pouvait pas s'y opposer, il était inutile d'essayer
de s'enfuir.

La seule chose que je pouvais faire était de rester
forte et d'endurer ce moment. Au final, Damien
a demandé au sorcier de ne pas me faire de mal,
non ? Donc, peu importe ce qu'il allait faire, ça
ne devrait pas être trop grave, non ? Et après,
lorsque ce serait fini, Damien viendrait me
chercher et me ramener dans sa chambre. Il a dit
qu'il allait me protéger. Que je pouvais rester
avec lui pour que personne ne puisse me faire du
mal. J'avais confiance en lui, je sais qu'il était
sincère quand il l'a dit.

J'étais perdue dans mes pensées quand j'ai
entendu un bruit venant de l'autre pièce. Je

pouvais entendre des instruments en métal qui cliquetaient ensemble. La peur a recommencé à me gagner quand j'ai réalisé qu'Elwin revenait avec ses outils. Je me suis rappelé que je devais être forte. Ce n'était qu'un court moment à passer, ce serait bientôt fini, me suis-je dit.

************ PDV de Damien ***********

Elle était avec Elwin depuis quelques heures maintenant. Combien de temps duraient ces expériences ? J'étais agité, attendant qu'elle sorte de cette pièce. J'écoutais attentivement pour tout signe qui m'indiquerait qu'elle avait des problèmes. Je pouvais sentir qu'elle était vivante et effrayée.

Elle était mon âme sœur, je le savais, je le sentais de tout mon être. Mais je ne savais pas si elle le ressentait aussi. Je ne savais pas vraiment comment ça marchait non plus quand c'était un loup-garou et un vampire ensemble. Je ne savais même pas s'il y avait déjà eu un cas de couple entre un loup-garou et un vampire.

Tout ce que je savais, c'est que pour les vampires, lorsqu'ils trouvent leurs âmes sœurs, leurs liens se renforcent au fur et à mesure que la relation se développe entre eux. Il peut devenir assez fort pour que parfois, les partenaires puissent lire dans les pensées de l'autre et communiquer sans parler. Mais pour l'instant, nous n'avions pas ce genre de lien. Elle ne savait pas ce que je ressentais, on ne s'était même pas embrassés. Alors bien sûr, je ne pouvais pas savoir ce qui lui arrivait en ce moment, et encore moins communiquer avec elle.

Tout ce que je pouvais faire, c'était d'attendre qu'elle sorte de cette pièce. Cette attente me tuait ! J'étais dans tous mes états. Je marchais nerveusement d'un bout à l'autre de la pièce. J'essayais de m'asseoir, mais je me levais au moindre bruit que j'entendais. Je jure que si elle ne sortait pas bientôt, je ne pourrais plus me retenir très longtemps.

Je ne sais pas vraiment combien de temps s'est écoulé, mais finalement, la porte s'est ouverte et Elwin en est sorti avec un chariot rempli d'outils et de tubes. Il m'a regardé et a dit avec désinvolture.

« J'ai fini maintenant, vous pouvez aller la chercher, je pense qu'elle est trop faible pour marcher maintenant. »

Attend quoi ? Qu'est-ce que ça veut dire ? Il n'était pas censé lui faire du mal ! Je sentais la colère bouillir dans mes veines tandis que je m'avançais vers lui en disant à voix basse : « Tu n'étais pas censé lui faire du mal. »

Elwin déglutit, la peur et la nervosité s'emparant de lui, le faisant reculer de quelques pas. Il bégaya nerveusement, « m... mon prince… s'il vous plaît… Je, je ne lui ai pas fait de mal. S'il vous plaît, croyez-moi. Je n'ai fait que des expériences… Vous pouvez lui demander vous-même. »

J'ai réfléchi. « Tu as raison, je vais lui demander moi-même. Et si elle dit que tu l'as blessée d'une manière ou d'une autre, je reviendrai. Compris ? »

Elwin hocha nerveusement la tête et s'en alla aussi vite qu'il put avec son chariot.

Je suis entré dans la pièce et j'ai vu Kate, ma précieuse Kate, allongée sur une table. Sa belle robe avait été coupée et je pouvais voir des petits points rouges et des trous sur sa peau où Elwin avait dû brancher des tubes ou lui prélever du sang.

Pourquoi l'avais-je laissé lui faire ça ? J'aurais sûrement pu penser à une autre solution. Je me sentais coupable de ce qu'elle avait dû vivre. Non seulement elle a été enlevée par son ennemi, mais en plus on avait fait des expériences sur elle. Elle a dû être si effrayée. Et je n'étais pas là pour protéger mon âme sœur. J'ai laissé Elwin lui faire tout ça, sans rien faire pour l'aider. Je devais être le pire homme du monde.

Sa peau était toute pâle, elle avait l'air si faible. Je me suis approché d'elle, caressant délicatement son bras. Son corps était froid, elle était vivante, mais semblait si fragile pour le moment. Elle avait besoin de se réchauffer, et ce n'est pas comme si je pouvais l'aider sur ce point. Nous, les vampires, avions naturellement une température corporelle plus basse. Je devrais l'amener dans mon lit, sous les couvertures, elle devrait être bien là. Je l'ai soulevée avec précaution, comme si elle pouvait se briser dans mes bras.

Sa main a faiblement attrapé mon chandail, elle a entrouvert les yeux et m'a regardé. Elle a souri en disant seulement « Damien » d'une petite voix, avant de lâcher mon chandail et de refermer les yeux. Le fait qu'elle dise mon nom a fait battre mon cœur. Mais en même temps, j'étais tellement en colère contre moi-même pour l'état dans lequel elle était. Je me suis dépêché de retourner dans ma chambre, tenant ma petite louve dans mes bras.

En entrant dans ma chambre, je l'ai doucement posée sur mon lit. Je suis allé dans la garde-robe et j'ai choisi un pyjama confortable pour elle, qui la tiendrait également au chaud. Je ne savais pas si elle serait d'accord pour que je la change, mais elle était inconsciente et avait besoin de se réchauffer, alors j'ai pensé que c'était correct.

Je lui ai enlevé sa robe, trop inquiet de son état pour penser à regarder son corps, et je l'ai rapidement mise en pyjama. Je l'ai mise au lit, sous les couvertures. J'ai touché son front et heureusement, elle se réchauffait, ce qui était un bon signe. Sa respiration était de plus en plus régulière. Je me suis assis sur le lit, la regardant dormir, gardant un œil sur elle. La nuit n'était pas encore tombée, mais je ne voulais pas la laisser seule. J'ai finalement décidé de me changer en caleçon et de m'allonger à côté d'elle dans le lit.

Elle était là, ma compagne, reposant à quelques centimètres de moi. Je savais qu'elle allait mieux ; elle se reposait simplement ; je pouvais sentir son corps maintenant chaud. Serait-il un jour possible pour nous d'être ensemble ? Est-ce qu'elle m'aimerait un jour ? Je veux dire, je pense qu'elle me faisait confiance, ce qui était un début. Qu'étais-je pour elle ? Me méprisait-elle pour l'avoir emmenée loin de chez elle ? Ressentait-elle le lien d'âme sœur ou étais-je le seul à le ressentir ? J'avais tant de questions en tête, tant de questions que je ne pouvais pas oser poser si elle était éveillée…

Dès que j'aurais les informations dont j'avais besoin pour satisfaire mon père, je la laisserais partir. Ce serait mieux. Mais ce soir, j'étais avec elle. Je me suis rapproché d'elle, en m'assurant de ne pas la réveiller, et j'ai mis mon bras autour de sa taille. J'ai enfoui mon visage dans le creux de son cou. Sa peau était si douce, et son corps était si chaud comparé au mien. Elle sentait comme une fleur délicate, et je l'ai tenue doucement, en veillant à ne pas la briser. Être aussi proche d'elle faisait battre mon cœur fort. Allongé dans le lit, avec ma compagne dans mes bras, sachant qu'elle serait en sécurité ce soir, épuisé de ne pas avoir dormi la nuit précédente, je me suis laissé sombrer au sommeil dans ce paradis.

Chapitre 6 (Kate)

Jalousie

Je me suis réveillée avec une odeur familière. Je savais même sans ouvrir les yeux qui c'était, c'était le doux parfum de Damien, ce parfum auquel je ne pouvais pas résister. J'ai ouvert les yeux et réalisé que j'étais blottie dans ses bras. J'ai souri à cette pensée. Ma louve était heureuse, elle remuait la queue. Tout ce qu'elle disait dans ma tête était "âme sœur". Je n'avais jamais imaginé que mon âme sœur serait un vampire.

Il y a deux jours, quand je l'ai vu dans ma chambre chez mes parents, j'ai cru que c'était la peur qui faisait battre mon cœur à toute vitesse. Je me suis battue avec moi-même, j'ai dit à ma louve qu'elle avait tort, qu'il ne pouvait pas être mon âme sœur. J'ai essayé de résister, d'avoir l'air forte. J'étais une louve, la fille de l'Alpha, il était un vampire, nous étions ennemis. Je devais rester forte pour pouvoir retourner dans ma famille. J'avais besoin d'un loup fort, pour diriger la meute avec moi un jour.

J'ai tellement essayé de lutter contre ça... Mais je ne pouvais pas continuer à me mentir, il était mon âme sœur, que je le veuille ou non. Hier, quand il est venu me sortir de la cellule pour que je reste dans sa chambre, je savais que je ne pouvais pas continuer à résister. Le lien d'âme sœur m'attirait si fort à lui. Ma louve voulait que je reste avec lui.

Il me traitait comme une princesse. Il était si gentil, il pensait à mon bien-être. J'ai passé un si bon moment au déjeuner. J'ai appris à mieux le connaître. Je me suis vraiment sentie protégée avec lui. Je pouvais le voir dans ses yeux ; il ne laisserait personne me faire du mal.

C'était hier que j'ai décidé d'arrêter de me battre avec ma louve. Je ne savais pas qu'il était possible pour un vampire et un loup-garou d'être en couple. La déesse de la lune aimait bien se moquer de moi. Je ne pouvais pas me mentir et je ne pouvais pas lutter contre ma louve. Je ne pouvais pas nier qu'il était mon âme sœur.

La façon dont il faisait battre mon cœur juste en étant dans la pièce avec moi. La façon dont il me manquait quand il n'était pas là. La façon dont son contact envoyait des étincelles dans mon corps et la façon dont son odeur me rendait folle.

Et en ce moment, la façon dont je me sens entière, avec son corps froid contre le mien. Pas trop froid au point d'être désagréable. Juste un peu frais, rafraîchissant. Comme une brise rafraîchissante lors d'une chaude nuit d'été.

J'ai remarqué qu'il ne portait pas de chemise, me laissant voir sa poitrine et ses bras musclés. Je trouvais qu'il avait l'air si parfait. J'ai remarqué qu'il avait quelques tatouages sur sa poitrine et son bras droit. Je suppose que je n'ai jamais remarqué, car il porte habituellement une chemise par-dessus. Je trouvais que les tatouages ne faisaient qu'augmenter son look sexy.

Instinctivement, je me suis approchée de son cou et j'ai pris une profonde inspiration de son parfum. Cette odeur de miel et de musc me rendait folle. Je voulais m'y envelopper. Sans réfléchir, j'ai frotté ma joue contre sa poitrine, mêlant mon odeur à la sienne, un ronronnement sourd sortant de ma poitrine. C'était ma louve, elle voulait faire savoir à tout le monde qu'il était à elle, elle voulait le marquer.

Bien qu'habituellement les mâles marquent les femelles, ça pouvait aussi arriver dans l'autre sens. Pour l'instant, ma louve voulait s'assurer que tout le monde sache qu'il était à nous. Mes dents effleuraient sa peau, à l'endroit où le cou rencontre l'épaule. C'est généralement là que nous marquons nos compagnons. Mais je savais que je ne pouvais pas le faire juste comme ça. J'ai résisté à l'envie de faire pousser mes canines pour le marquer.

J'étais perdue dans mes pensées quand j'ai entendu un rire. J'ai figé et j'ai rougi quand j'ai réalisé qu'il était réveillé. J'ai levé la tête, mes yeux ont rencontré les siens. Il avait un sourire en coin.

« Bonjour petite louve. On dirait que tu te sens mieux. » Il avait un regard taquin.

J'étais presque sûre que j'étais aussi rouge qu'une betterave. J'étais tellement certaine qu'il dormait, il n'était pas censé voir ça.

Embarrassée, la seule chose que je pouvais faire était de sourire. « Tu as bien pris soin de moi, comme tu l'avais promis. »

Il a ri, je suppose qu'il appréciait de m'avoir près de lui, car il a commencé à faire glisser ses mains dans mon dos, me donnant des frissons. J'ai fermé les yeux pendant une seconde, appréciant la sensation qu'il me procurait. Un petit gémissement s'est échappé de mes lèvres. Je n'étais pas vraiment sûre de ce qui se passait, mais j'aimais ça.

Damien semblait aussi s'amuser, car il avait un sourire sexy sur son visage, ses yeux étaient pleins de désir. J'ai murmuré son nom en le regardant, les yeux pleins de convoitise. Damien a approché sa bouche de mon cou, et pendant un moment, j'ai senti ses dents effleurer ma peau.

Je pensais qu'il allait peut-être me mordre. Je n'avais jamais été mordue par un vampire avant, mais en ce moment, je m'en fichais pas mal. Au lieu de cela, il a semblé se battre avec lui-même et s'est éloigné de moi. Je ne comprenais pas vraiment ce qui se passait.

Il a parlé doucement, « Je suis désolé… Je ne devrais pas. »

J'étais déçue. Ma louve n'était pas contente, elle en voulait plus, tout en moi en voulait plus, mais ça arrivait trop rapidement. Qu'est-ce qui se passait de toute façon ? Je n'étais pas certaine de ce que je devais en penser non plus.

« OK, est-ce qu'on peut rester allongés un peu plus alors ? J'aime être dans tes bras. »

Il a souri et s'est rapproché pour me serrer dans ses bras. « Oui, j'aime ça aussi. »

Je profitais de ce moment dans ses bras quand soudainement, j'ai eu des flashbacks d'hier, ma robe se faisant couper par le sorcier fou. Quand je me suis regardée, j'ai réalisé que je n'étais plus dans ma robe. J'étais en pyjama et je ne me rappelais pas m'être changée.

J'ai regardé Damien. « Tu as changé mes vêtements ? »

Il a figé une seconde à ma question.

« Tu étais froide et inconsciente. Je devais te réchauffer ou tu aurais pu mourir. »

Je pouvais sentir qu'il était embarrassé, mais il disait la vérité. Je ne pouvais pas être en colère contre lui pour m'avoir sauvé, non ?

« Merci de m'avoir sauvé. »

Damien a souri, « Je t'avais dit que je prendrais soin de toi. »

Être si près de lui faisait battre mon cœur à toute vitesse. Son odeur était enivrante. Je souhaitais pouvoir rester dans ses bras en permanence. J'ai regardé ses yeux et j'ai remarqué qu'ils n'étaient pas rouges comme quand il était chez moi. Ils étaient gris maintenant, ce qui rendait son regard mystérieux. Je n'avais jamais vu d'aussi beaux yeux. Quand je regardais dans ses yeux, c'était comme si je regardais la mer pour la première fois.

J'avais voulu lui demander la couleur de ses yeux. Je n'avais pas eu l'occasion de le faire avant, alors c'était l'occasion de le demander.

« Tes yeux, l'autre jour chez moi, ils étaient rouges. Pourquoi sont-ils gris maintenant ? »

Il a gloussé. « Nos yeux ne deviennent rouges que si nous sommes attaqués ou si nous avons envie de sang. »

Ah, je suppose que c'était logique. Mon estomac a gargouillé ; Damien a ri.

« Va t'habiller et je vais nous commander un déjeuner. »

J'ai rigolé. « Ça semble être une bonne idée. »

Je n'avais pas vraiment envie de quitter ses bras, mais il est vrai que j'avais faim. Après tout, je ne me souvenais pas d'avoir mangé quoi que ce soit après le déjeuner d'hier, avant que nous allions chez le sorcier.

En me levant du lit, j'ai senti le regard de Damien sur moi. Quand je me suis retourné pour le regarder, il était allongé sur le côté, la tête posée sur son bras, observant mes mouvements avec un sourire en coin. Ses yeux étaient pleins de tendresse. Son sourire a fait battre mon cœur.

Je lui ai demandé, amusée, « quoi ? »

« J'admirais juste ta beauté. »

Son commentaire m'a fait rougir et je me suis dirigée vers la garde-robe pour choisir un jean et un simple chandail rouge avant d'aller m'habiller dans la salle de bains. Quand je suis sortie, Damien avait mis un jean et un t-shirt qui épousait légèrement sa poitrine, laissant deviner ses muscles en dessous. Il était si parfait, ma louve voulait sortir. Mais je la gardais sous contrôle, je lui répétais que nous ne pouvions pas simplement lui dire qu'il était notre âme sœur, puisqu'il ne le savait probablement même pas puisqu'il était un vampire et non un loup.

Quelques minutes plus tard, on a frappé à la porte. Un homme nous a apporté le déjeuner. J'ai remarqué qu'il n'était pas un vampire. Je trouvais cela curieux. Je ne pensais pas que les vampires s'associaient aux humains. Je me serais attendu à ne voir que des vampires ici.

Quand nous nous sommes assis pour manger, j'ai demandé à Damien.

« Pourquoi les serviteurs sont-ils des humains ? Je pensais que vous auriez des vampires à votre service. »

Damien a hésité, il avait l'air mal à l'aise.

« Eh bien, ce ne sont pas exactement des domestiques… Mon père les garde comme esclaves, en échange d'une promesse de ne pas faire boire leur sang… Il utilise la peur pour les garder au palais… »

J'étais horrifiée par ce que je venais d'entendre. Ces gens étaient des esclaves. Comment pouvaient-ils les utiliser comme ça ? Je suppose que certaines des choses que j'avais entendues sur les vampires étaient vraies… J'ai levé les yeux vers Damien, il avait un regard sombre.

Il m'a regardé et a ajouté : « Quand je deviendrai le Seigneur des vampires, je veux que cela change. Je n'aime pas exploiter les gens. Mon père a une piètre opinion des humains, mais pas moi. » Je pouvais voir la tempête faire rage dans ses yeux.

Soulagée par sa réponse, voyant qu'il n'était pas comme son père, j'ai souri. « Bien, j'aime ça. Alors je viendrai voir comment tu traites tes serviteurs quand tu deviendras le prochain Seigneur vampire. » Damien m'a regardé, son beau sourire retrouvé sur son visage.

Nous avons commencé à manger et je pouvais voir que Damien voulait me demander quelque chose, mais il se retenait.

J'ai pris sa main dans la mienne, sentant des étincelles au contact de notre peau. « Qu'est-ce que tu retiens ? »

Il avait l'air surpris. J'étais moi-même surprise de la facilité avec laquelle je pouvais lire en lui. « Je vois que tu veux demander quelque chose, alors que veux-tu savoir ? »

Damien m'a regardé. « Je sais que ce n'est probablement pas quelque chose dont tu as envie de parler, mais… t'a-t-il fait du mal ? Qu'est-ce qu'il t'a fait ? »

Il n'avait pas besoin de dire de qui il parlait. Je savais ce qu'il voulait dire. Repenser à hier me rappelait de mauvais souvenirs et je me suis sentie mal à l'aise. J'avais l'impression de revivre tous ces souvenirs. Je me laissais submerger par ces sentiments, perdue dans mes pensées, sur le point de m'effondrer.

Damien a caressé ma joue doucement avec le dos de sa main. Ce contact et la façon dont il me regardait étaient suffisants pour me calmer. Je me demandais : se rendait-il compte de l'effet qu'il avait sur moi ? Je ne le savais pas, mais j'étais heureuse qu'il soit là pour m'apaiser.

Encore un peu mal à l'aise, j'ai parlé avec hésitation.

« Eh bien, au début, Elwin m'a demandé de m'allonger sur la table. J'étais assez nerveuse, je ne savais pas à quoi m'attendre, je tremblais. Il me regardait comme si j'étais un morceau de viande. Je n'aimais pas du tout ça. J'avais peur qu'il boive mon sang… Mais il ne l'a pas fait. Il a commencé par me prélever du sang avec une seringue. Je ne sais pas combien il en a pris, mais j'ai vu de nombreuses fioles sur la table à ses côtés. »

Pendant que je parlais, je voyais le visage de Damien se durcir. Il n'aimait pas ce qu'il entendait, je le sentais, mais j'ai quand même continué. « Je ne sais pas exactement s'il cherchait quelque chose, mais il a commencé à couper ma robe à plusieurs endroits. Chaque fois qu'il ouvrait la robe, il insérait une sorte de long instrument pointu dans ma peau. Cela ressemblait un peu à une aiguille, mais je ne suis pas sûre de savoir à quoi cela servait. Cela faisait un peu mal, mais pas trop.

À un moment, je pense qu'il m'a injecté une sorte de drogue. J'avais la tête qui tournait, je n'avais plus peur, j'étais plutôt somnolente, donc je suppose que c'était quelque chose pour me détendre. Je me souviens qu'il tenait au-dessus de moi une grosse machine qui émettait un son bizarre, mais je n'ai aucune idée de ce qu'elle faisait… Puis mes souvenirs deviennent un peu flous. Pendant tout ce temps, tout ce qui me faisait tenir, c'était de penser à toi. J'espérais que tu viendrais me sortir de là. Il semblait que ces tests étaient sans fin… »

J'ai pris du temps pour réfléchir, voir si je pouvais me souvenir d'autre chose. Je me suis sentie si seule et effrayée hier. Je n'aimais vraiment pas revivre ces souvenirs. J'ai regardé fixement Damien. Il avait l'air triste et en colère en même temps.

Enfin, j'ai ajouté en souriant : « Puis tu es finalement venu me sauver. La dernière chose dont je me souviens, c'est d'être dans tes bras, quand j'ai enfin su que tout irait bien et que je pouvais me laisser aller au repos. »

Damien est resté silencieux pendant un certain temps, il était perdu dans ses pensées. Quand il a finalement levé les yeux vers moi, on aurait dit qu'une tempête faisait rage dans ses yeux.

Il a parlé à voix basse, « Je suis désolé. »

Je l'ai regardé, étonnée. « Pourquoi es-tu désolé? »

Il avait l'air désemparé. « Je… je n'ai pas pu te protéger… je l'ai laissé te faire tout ça… je suis désolé. »

Le voir comme ça me brisait le cœur. Je ne voulais pas qu'il soit triste. Il n'était pas responsable de ce qui s'était passé. « Ce n'est pas de ta faute. En plus, tu m'as sauvé et tu as bien pris soin de moi. »

J'essayais de le faire se sentir mieux, mais je voyais que ça ne marchait pas. Je pouvais ressentir sa tristesse à travers notre lien d'âmes sœurs. Même si le lien n'était pas scellé, et que le lien n'était pas aussi fort qu'il aurait pu l'être, il était tout de même là, me permettant de ressentir certaines des émotions de mon âme sœur.

J'ai pris sa main et l'ai serrée. Damien m'a regardé, mais n'a rien dit. Je suppose que c'était quelque chose qu'il devait gérer lui-même. J'aimerais qu'il s'ouvre à moi et me laisse entrer. Je voulais savoir ce qu'il pensait, ce qu'il ressentait. Je voulais être là pour lui.

Je me suis levée et suis allée à ses côtés, le serrant doucement dans mes bras et lui disant doucement, « ne sois pas trop dur envers toi-même. » Alors que j'étais sur le point de retourner m'asseoir sur ma chaise, Damien m'a attrapé et m'a tiré sur ses genoux, me serrant plus fort.

« Je vais me rattraper pour hier, je te le promets. Je ne les laisserai plus faire des expériences sur toi. Je le jure. » Sa voix était tremblante, mais ses yeux étaient pleins de détermination. Je savais qu'il ferait tout ce qu'il fallait pour tenir sa promesse. Je lui ai simplement répondu : « J'ai confiance en toi. »

Je suis restée là un moment, assise sur ses genoux, ma tête reposant sur son épaule. Il avait besoin de moi près de lui et j'avais besoin de lui aussi. J'avais l'impression que cette étreinte faisait disparaître tous les mauvais sentiments et les souvenirs de la veille.

J'ai glissé mes doigts doucement dans ses cheveux. J'aimais la façon dont ses cheveux tombaient sur son dos. Damien a caressé doucement mon dos avec sa main. Je ne savais pas s'il ressentait le lien d'âme sœur. Tout ce que je savais, c'est qu'en ce moment, je me sentais aimée. Je souhaitais que ce moment ne se termine jamais.

On a frappé à la porte, obligeant Damien à briser son étreinte pour aller répondre. Je suis restée debout toute seule. Quand Damien a ouvert la porte, j'ai vu cette belle, grande vampire. Elle avait des cheveux roux et des yeux bleus.

Au premier regard, elle était belle, mais en regardant un peu plus longtemps, elle avait l'air fausse. Trop de maquillage et de faux cils. Elle empestait le parfum bon marché et ses seins semblaient sur le point d'éclater sa robe. Je ne la connaissais pas, mais je ne pouvais pas la supporter. Elle est entrée dans la pièce sans attendre d'invitation et s'est jetée dans les bras de Damien, le serrant dans ses bras.

Elle lui a dit avec un sourire. « Hey Dami bébé, tu m'as tellement manqué ! »

Je ne pouvais pas en croire mes yeux. Avait-il une petite amie pendant tout ce temps et ne me l'avait pas dit ? Mon cœur s'est brisé. J'avais l'impression qu'il flirtait avec moi. Et ce matin ? Et ce qui venait de se passer ?

J'étais une idiote. Se pouvait-il que je sois la seule à ressentir le lien d'âme sœur ? Était-ce possible que le lien ne fonctionne pas pleinement puisqu'il est un vampire ? La déesse de la lune pourrait-elle jouer avec moi, en me donnant un compagnon avec lequel je ne pourrai jamais être ?

Un élan de tristesse et des larmes voulaient jaillir à cette pensée, mais je les ai retenus. Mes jambes voulaient lâcher, mais je suis restée forte, ne voulant pas leur montrer que cela m'affectait. Si elle était effectivement sa petite amie, je ne lui donnerais pas la joie de me voir triste. La vérité, c'est que je me sentais dévastée.

J'ai regardé Damien. Il n'a pas bougé quand elle l'a enlacé. Il est resté figé, les bras en l'air dans une position de surprise. La fille a essayé de s'avancer pour l'embrasser, mais il l'a repoussée, l'air plus agacé qu'autre chose. Sa réaction m'a rassuré, je n'étais pas la seule à être agacée par elle. Il s'est adressé à elle et a dit : « Ellie, s'il te plaît. »

Elle lui a jeté un regard perplexe. Elle lui a dit avec des yeux séduisants. « Qu'est-ce qui ne va pas, bébé ? Ce n'est pas comme ça que tu me salues d'habitude. »

Je commençais à me sentir vraiment en colère contre elle. Je pouvais sentir mes joues devenir rouges. Ma louve devenait plutôt furieuse, en voyant les mains de cette femme sur mon compagnon. Un grognement menaçant s'est échappé de ma poitrine.

Ellie m'a regardé comme si elle me remarquait enfin. « Mais qui est-elle ? » a-t-elle demandé à Damien, en relâchant son étreinte et en me désignant du doigt. Damien ne lui a pas répondu, mais lui a dit : « Écoute Ellie, tu dois partir. Toi et moi n'existons plus. »

Elle le fixait, au bord des larmes. « Qu'est-ce que tu veux dire ? »

Il avait des yeux froids quand il la regardait. Il s'est rapproché d'elle, lui chuchotant quelque chose. Il parlait si bas que je n'ai pas pu entendre ce qu'il lui disait. Mais après qu'il lui ait parlé, elle a rétorqué avec incrédulité : « Quoi ? Tu n'es pas sérieux ? » Elle s'est tournée vers moi et m'a regardé avec des poignards dans les yeux.

Je ne savais pas de quoi il s'agissait, mais si elle cherchait la bagarre, ma louve la lui donnerait volontiers. De toute façon, elle me mettait en colère en posant ses mains sur mon compagnon. Elle s'est dirigée vers moi et a attrapé mon bras avec une force incroyable. J'ai été surprise de voir à quel point elle était forte. Je savais que les vampires étaient forts, mais je n'avais jamais vraiment eu une rencontre rapprochée comme celle-là auparavant.

Ses doigts s'enfonçaient dans ma peau, tellement elle me tenait fort. Je sentais du dégoût à son toucher. Ma louve voulait l'éloigner de moi et j'ai grogné de façon menaçante. Elle a craché en me parlant avec ses yeux remplis de haine.

« On dirait que j'ai énervé ton petit animal. Tu veux me faire mal, petit animal ? » m'a-t-elle demandé d'un ton comme si elle parlait à un bébé.

Cette salope cherchait la bagarre. Ma louve voulait sortir et mes ongles commençaient à pousser. Je pouvais sentir mes canines sortir. Bientôt je ne serais plus capable de retenir ma louve.

J'ai essayé de tirer sur mon bras pour qu'Ellie le lâche, mais je n'y arrivais pas, elle le tenait trop fort. « Tu ferais mieux de lâcher mon bras, salope, ou tu vas le regretter quand je vais me changer », lui ai-je grogné.

J'étais prête à me laisser transformer en loup quand Damien est intervenu.

« Lâche son bras », a-t-il dit en regardant Ellie avec autorité. Elle a regardé Damien avec surprise. Il dégageait tellement de pouvoir et

d'autorité qu'elle n'a pas eu d'autre choix que
de libérer mon bras.

Damien s'est interposé entre nous.

« C'est inutile… Ellie, tu dois partir tout de
suite. Personne n'a besoin d'être blessé. »

Elle m'a fixé, les yeux pleins de colère. Puis elle
a regardé Damien, déçue. « Comme tu veux. »

Elle s'est retournée et a quitté la pièce sans rien
dire d'autre.

*********** PDV de Damien ***********

Je n'arrivais pas à croire ! Quel mauvais moment
pour qu'Ellie passe. Elle passait habituellement
de temps en temps, sans jamais vraiment
s'annoncer. Cela ne m'a jamais dérangé
auparavant ; je n'avais personne à qui je tenais.
Alors, quand elle venait, je profitais
généralement de sa présence, jouant le rôle de
son amant pendant un jour ou deux, jusqu'à ce
qu'elle reparte. Qui sait où elle allait ou ce
qu'elle faisait pendant ses absences ? Je ne lui ai

jamais vraiment demandé et je n'y ai même jamais pensé.

Mais maintenant, c'était différent. Je ne voulais plus rien avoir à faire avec elle. Je voulais être avec Kate, et seulement Kate. J'ai même dit à Ellie que Kate était ma compagne. Je sais qu'elle ne m'a pas cru. Mais je voulais qu'elle comprenne qu'il n'y aura plus jamais de place pour elle dans mon lit.

Je pense qu'Ellie essayait de provoquer Kate pour qu'elle prenne sa forme de loup. Et mon dieu, ça marchait tellement bien ! Kate était vraiment sur le point de craquer. Était-elle jalouse ? Cette pensée m'a rendu heureux. Est-ce qu'elle m'aimait ? Est-ce que je pourrais être assez chanceux pour qu'elle éprouve des sentiments pour moi ? Cette pensée a illuminé mon cœur alors que j'allais fermer la porte après le départ d'Ellie.

*********** PDV de Kate ***********

Quand Ellie a quitté la pièce, ma louve s'est immédiatement calmée un peu. Mes ongles ont rétréci pour retrouver leur taille normale, tout comme mes canines. Damien est allé fermer la porte derrière elle.

« Qui était-elle ? C'est ta petite amie ? »

Il m'a regardé d'un air amusé en marchant vers moi. « Es-tu jalouse ? » a-t-il demandé avec un sourire.

Oh que oui, je l'étais ! Mais je ne voulais pas le dire. J'ai tourné la tête sur le côté, ne sachant pas vraiment quoi répondre. J'ai croisé mes bras sur ma poitrine, j'ai froncé mes sourcils.

« Ce n'est pas de tes affaires de toute façon. »

Damien a ri et m'a enveloppé dans ses bras, son doux parfum m'entourant.

« Il n'y a aucune raison pour que tu sois jalouse. C'est… une vieille connaissance. Je suis sorti avec elle, mais c'était dans le passé. »

En était dans ses bras comme ça, je ne pouvais pas rester en colère, même si je le voulais. Rien que le fait de le toucher me faisait me sentir mieux.

« Tu es sorti avec elle ? Tu as vu comme elle a l'air fausse ? »

Damien a ri de mon commentaire. Mais j'étais sérieuse. Comment pourrait-il sortir avec quelqu'un comme ça ? Faux ongles, parfum bon marché. Rien ne semblait réel sur elle.

« Pourtant, elle n'avait pas l'air de savoir que vous ne sortiez plus ensemble. »

Il a semblé réfléchir un peu avant de répondre.

« Eh bien… je ne l'ai pas vue pendant un certain temps, donc je n'ai pas eu la chance de lui dire tout ce dont j'avais besoin, avant aujourd'hui… »

J'ai pensé à ce qu'il venait de dire. Cela signifiait que sa relation avec elle était récente… Je ne la détestais que davantage à cause de cela. Mais la chose la plus importante était que c'était fini. Ma louve ne voulait pas partager son compagnon avec qui que ce soit.

Damien a soulevé mon menton pour que je le regarde dans les yeux.

« Tu vas bien ? Tu ne vas plus te transformer en loup ? »

Je me suis sentie gênée par sa question. « Tu savais. »

Il a rigolé. « Oui, je savais. Je pouvais sentir ta colère jusqu'où j'étais. Je savais que tu étais sur le point de changer. »

Je suppose que c'était évident. Donc ça voulait dire qu'Ellie le savait aussi. Peut-être même qu'elle essayait de me provoquer pour que je me change. Damien attendait une réponse, ses beaux yeux gris transperçant mon âme. J'ai souri.
« Non, je vais bien maintenant. »

On frappa à la porte… encore… J'espérais seulement que ce n'était pas Ellie. Damien a soupiré en allant ouvrir la porte. J'étais soulagée de voir que ce n'était pas Ellie. Il y avait un esclave à la porte. Il s'est incliné devant Damien.

« Mon prince, votre père demande à vous voir maintenant. »

Damien a soupiré.

« D'accord, j'arrive dans une minute. »

Il a fermé la porte et est venu me voir.

« Je dois aller voir mon père. Je serai de retour dans quelques minutes. Tu peux m'attendre ici. »

J'ai haussé le sourcil et j'ai demandé : « Qu'est-ce qui te fait croire que je vais t'attendre tranquillement ? »

Il a souri à ma question. « Je te fais confiance. »

Il a enfilé une chemise longue formelle avec un gilet par-dessus et a attaché ses cheveux en un chignon bas. Il avait l'air chic avec ça. J'aimais vraiment ça.

Il s'est tourné vers moi alors que je le regardais.

« De quoi ai-je l'air ? »

« Très princier », ai-je répondu avec une petite révérence, ce qui l'a fait rire.

Mais sérieusement sexy, je me suis dit. Bien que je ne l'aurais jamais dit à voix haute.

Je me suis assise sur le lit et j'ai regardé Damien. Il a inspiré longuement puis s'est tourné vers moi. Ses beaux yeux gris semblaient troublés. J'avais l'impression qu'il ne s'entendait pas avec son père. Chaque fois qu'il parlait de lui, c'était avec un regard sombre ou pour désapprouver quelque chose qu'il faisait. J'espérais que tout irait bien.

Il a dit avec un clin d'œil, « Souhaite-moi bonne chance. »

Je lui ai souri pour lui donner du courage. Il m'a souri en retour et a quitté la pièce. Son sourire m'a fait fondre. C'était injuste qu'il puisse avoir un si beau sourire qui me faisait perdre tout mon sang-froid comme ça.

Je me suis assise sur le lit et j'ai réfléchi. Il avait raison. Je ne voulais pas quitter la chambre. D'abord, sa chambre était au quatrième étage, et je n'avais aucune intention d'essayer d'escalader le mur. Deuxièmement, je ne connaissais pas mon chemin dans ce château. Je me perdrais sûrement ou je rencontrerais des fous dans le couloir, comme ce sorcier. En réalité, c'était l'endroit le plus sûr pour moi en ce moment. Et Damien était le seul à pouvoir me protéger ici, entouré de vampires.

En attendant qu'il revienne, j'ai remarqué qu'il y avait un bureau près de la fenêtre avec du matériel d'art. J'aimais vraiment dessiner, alors pour passer le temps, je me suis assise au bureau et j'ai commencé à dessiner sur quelques feuilles blanches. Mes pensées revenaient sans cesse à Damien. J'ai décidé de dessiner des souvenirs de Damien et moi, en mettant autant de détails que possible. Je me demandais combien de temps il serait parti. Je continuais à dessiner en profitant de la vue depuis la fenêtre.

Chapitre 7 (Kate)

Âmes sœurs

Je ne savais pas exactement combien de temps s'était écoulé, mais à un moment donné, Damien a fait irruption dans la pièce. Il avait l'air effrayé. Il a fermé la porte derrière lui et l'a verrouillée. Je me suis levée du bureau et suis allée vers lui.

« Est-ce que ça va ? »

Je pouvais voir de la nervosité et du doute dans ses yeux. Je ne savais pas ce qui s'était passé avec son père, mais ce n'était pas bon.

Il a mis ses mains sur mes épaules. « Nous devons partir… maintenant ! »

Je ne comprenais pas ce qui se passait, mais ma louve me disait de faire confiance à mon âme sœur.

J'aurais voulu qu'il me dise ce qui s'était passé. Comme je m'apprêtais à le lui demander, quelqu'un a essayé d'ouvrir la porte, mais n'a pas pu, Damien l'ayant verrouillée. J'ai entendu des coups sur la porte avec quelqu'un qui criait. « Laissez-nous entrer ! »

Mais qu'est-ce qui se passait ? Les coups étaient de plus en plus forts et je craignais que la porte ne brise. Damien m'a pris dans ses bras et a ouvert la fenêtre.

« Qu'est-ce que tu fais ? »

Il m'a regardé. « Je vais te sortir d'ici. »

J'ai regardé vers le sol, quatre étages plus bas. Je lui ai crié, paniquée : « Es-tu fou ? On va mourir si on tombe. »

Il m'a fait un sourire en coin. « Me fais-tu confiance ? »

Ma louve me disait de lui faire confiance. J'ai hoché la tête et fermé les yeux alors qu'il sautait par la fenêtre, me serrant dans ses bras.

Je l'ai serré fort, cachant mon visage dans le creux de son cou. Je m'attendais à ce qu'on frappe le sol d'un moment à l'autre. Mon cœur battait la chamade. J'espérais seulement que nous survivions à la chute. Après un moment, il n'y avait toujours pas d'impact. J'ai ouvert les yeux et j'ai vu Damien qui souriait.

On volait dans les airs ! Comment avais-je pu oublier que les vampires pouvaient voler ? J'ai regardé autour de moi. C'était la première fois que je volais. Je me suis accrochée à Damien, car j'avais le vertige. Damien a pouffé de rire et a resserré son étreinte, me laissant savoir qu'il me tenait.

Après quelques secondes, la peur a disparu et a été remplacée par un incroyable sentiment de liberté et de pure joie. Ce sentiment était incroyable ! La brise sur ma peau était formidable. Je me sentais si libre. C'était tellement émouvant que les mots me manquaient pour le décrire. La partie la plus incroyable de tout cela était d'être dans les bras de mon compagnon. Je me sentais protégée et heureuse.

Nous avons survolé des forêts pendant un bon moment. Puis, Damien nous a fait descendre alors que nous approchions d'un lac. C'était le Lac Dormant, pas très loin de chez moi. J'étais déjà venue ici plusieurs fois. Cela semblait être un endroit sûr pour atterrir, loin des regards indiscrets. Il m'a relâché quand nous sommes arrivés au sol. « Voilà, tu es libre de partir maintenant. »

Ses mots m'ont frappé en plein cœur. Je ne pouvais plus bouger.

C'est ce que je voulais au départ, sortir de cette cellule et retrouver ma famille. Mais les choses avaient changées, je ne voulais plus y retourner. Enfin, pas sans lui en tout cas. Il était mon âme sœur, mon loup s'affaiblirait sans lui. Je ne voulais pas être loin de lui.

Il a fait un geste pour se retourner, sans me regarder. Avant qu'il en ait eu l'occasion, je lui ai dit : « Je ne veux pas partir. »

Il m'a regardé avec de grands yeux.

« Pourquoi ? Je t'ai emmené loin de chez toi, je t'ai enlevé. N'est-ce pas ce que tu veux faire ? Être libre et retourner dans ta famille ? »

Je savais au fond de moi qu'il disait la vérité. Mais à l'idée de ne plus le revoir, mon cœur se déchirait. La guerre s'amorçait entre les vampires et les loups-garous. Nous étions « ennemis ». Il était peu probable que je puisse le revoir.

Les larmes ont commencé à couler sur mes joues à cette pensée. Damien a pris mon visage dans sa main et a essuyé les larmes.

Il a parlé doucement. « Kate… Je ne comprends pas… Pourquoi pleures-tu ? »

Je ne pouvais plus me retenir et je lui ai crié : « Ne le sens-tu pas ? Je… Je ne peux pas te quitter ! Tu es mon âme sœur ! »

Damien s'est figé, il m'a regardé avec des yeux étonnés. J'ai attendu un peu, mais il ne répondait rien. Au fur et à mesure que les secondes passaient, mon cœur se brisait un peu plus.

J'ai parlé tristement, car il ne répondait rien.

« Je le savais… Tu ne peux pas le sentir puisque tu n'es pas un loup… C'est ce que je craignais. »

Ces mots ont semblé le ramener à la vie.

« Non ! Non, je le ressens aussi ! Je… je pensais que j'étais le seul à le ressentir. C'est pourquoi je n'ai rien dit. Kate, je ne peux pas le croire ! »

Il m'a entouré de ses bras, m'attirant contre lui, me serrant fort. J'étais submergée d'émotions ! J'étais tellement soulagée. Des larmes de joie ont commencé à couler alors que la tristesse s'est estompée, après sa confession.

Les mots se répétaient dans ma tête ; il le ressentait aussi ! Je n'étais pas la seule à le ressentir. Ça fonctionnait, même si j'étais un loup-garou et lui un vampire.

Mon cœur battait la chamade, enveloppée dans son étreinte, se prélassant dans son parfum, avec des papillons dans l'estomac.

J'ai murmuré : « Oh, Damien, j'aurais aimé que tu me le dises plus tôt. »

Il a embrassé sans relâche mes joues, mon nez, ma bouche, comme s'il avait peur que je disparaisse s'il s'arrêtait. Il a passé sa main tendrement sur mon dos, me donnant la chair de poule. J'ai joué dans ses cheveux avec ma main. Je me suis levée sur la pointe des pieds et j'ai embrassé ses lèvres avec tendresse.

Il a répondu : « Si seulement j'avais su », avant de m'embrasser à son tour, sa langue se frayant un chemin dans ma bouche alors que j'écartais les lèvres.

Après avoir rompu le baiser, Damien m'a regardé et pendant un instant, j'ai pu voir son âme à travers ses yeux. Il m'a regardé et a chuchoté, « Mon Dieu, tu as si bon goût ! Je ne pourrai jamais avoir assez de toi. »

Je ressentais la même chose, je ne pourrais jamais avoir assez de lui, mais ensuite je me suis demandé.

« Alors pourquoi veux-tu que je parte ? »

Il a détourné le regard vers le sol.

« Ils veulent te tuer. »

J'ai crié : « Quoi ? »

Il a expliqué, « Elwin, le sorcier qui a fait des expériences sur toi. Il a dit à mon père que l'héritage était en toi… Mon père veut ce pouvoir pour lui-même. Donc, ils ont décidé de t'ouvrir pour accéder à ce pouvoir. C'est pourquoi ils ont essayé d'entrer dans ma chambre. »

J'étais choquée. Ils voulaient me tuer. C'était quoi cette histoire d'héritage ? Il serait à l'intérieur de moi ? J'étais incrédule.

« Je ne pouvais pas les laisser te tuer. Il n'y a aucune chance que je laisse quelqu'un te faire du mal. La meilleure chose que je pouvais faire était de te ramener à ta famille, pour que tu sois en sécurité. »

Je pouvais sentir sa tristesse à travers mon cœur. La seule façon pour lui de me protéger était de m'éloigner de lui. C'était trop cruel, je ne pouvais pas vivre loin de lui. Pourquoi les choses devaient-elles être aussi compliquées ?

Je savais qu'il faisait ça pour moi.

« Merci de m'avoir protégé. »

Il a souri.

« Je le dois, je suis ton âme sœur, je donnerais ma vie pour te protéger. »

À ce moment-là, j'avais l'impression d'être la femme la plus précieuse du monde. Mais je ne voulais pas qu'il donne sa vie pour moi. J'avais besoin de lui à mes côtés, en vie. J'ai demandé : « Et toi ? Est-ce que tu vas t'en sortir ? Tu as

désobéi à ton père, le Seigneur des vampires…
Que va-t-il t'arriver ? »

Je pouvais voir Damien hésiter. Je sentais que la
réponse n'était pas exactement celle que j'aurais
voulue. Il m'a regardé dans les yeux et m'a dit
d'un ton rassurant : « Ne t'inquiète pas pour
moi… Tout ira bien. Quoi que mon père puisse
dire, il aurait une émeute sur les bras s'il tuait
l'héritier du trône juste comme ça. Et ma mère
n'aimerait pas beaucoup ça non plus. Ce qui
importe pour l'instant, c'est que nous trouvions
un moyen d'arrêter cette guerre. »

Il avait raison. Si on voulait pouvoir être
ensemble un jour, il fallait que cette guerre
cesse. Même si je n'étais pas complètement
convaincue que Damien serait correct en
rentrant chez lui. Ma louve était mal à l'aise à
l'idée que quelque chose puisse lui arriver. Il n'y
avait pas grand-chose que je pouvais faire pour
le moment. La rage montait dans mon cœur. Je
me sentais si impuissante ! J'aurais aimé pouvoir
trouver une solution. Mais la seule chose que je
pouvais essayer de faire était de trouver un
moyen d'arrêter la guerre.

J'ai fait un signe de tête à Damien. « As-tu une idée de comment y arriver ? »

Damien réfléchit un moment. « Tu te souviens que je t'ai dit qu'il y a quelques années, un livre important aurait été volé par les loups-garous ? »

Je me suis souvenu qu'il m'avait parlé de ça, alors j'ai hoché la tête. « Je pense que nous devrions le trouver et le ramener. Je ne suis même pas sûr que les loups-garous l'aient, mais peut-être que tu pourrais essayer de le chercher ? »

Chercher un livre ne devrait pas être si difficile, non ? « OK, mais que dois-je faire une fois que j'ai trouvé le livre ? Comment puis-je te le rapporter ? »

Son visage a soudainement changé. Il m'a regardé très sérieusement. « Quoi que tu fasses si tu trouves le livre, ne l'ouvre pas. La légende dit qu'il jette une malédiction sur quiconque n'est pas un vampire qui essaie de l'ouvrir. Une sorte de protection pour préserver les secrets des vampires. »

Il s'est arrêté de parler, il attendait une réponse, pour être sûr que je comprenne son avertissement, alors je lui ai fait un signe de tête.

« Je viendrai ici chaque nuit, pour t'attendre. Si jamais tu le trouves, je serai là. Si je ne suis pas là, c'est que quelque chose m'empêche de venir. »

Ça semblait être une bonne idée. En plus, ça voulait dire que je pourrais facilement voir mon âme sœur tous les soirs. Ma louve était heureuse à l'idée de voir son compagnon tous les jours.

Les loups avaient tendance à s'agiter lorsqu'ils étaient éloignés de leurs compagnons pendant trop longtemps. De plus, ils s'affaiblissaient s'ils étaient séparés trop longtemps. Personne ne savait vraiment pourquoi nos loups réagissaient de la sorte lorsqu'ils trouvaient leurs âmes sœurs. Beaucoup pensaient que cela avait quelque chose à voir avec le fait que le lien d'âme sœur devait être bien établi au début de la relation.

J'ai fait un signe de tête à Damien. « OK, je reviendrai ici tous les soirs alors. »

Damien a aussi hoché la tête, mais son visage était sérieux. « S'il te plaît, sois prudente. Mon père ne reculera pas facilement. Il veut l'héritage pour lui-même. Il ne reculera devant rien pour l'obtenir et je ne suis pas sûr de pouvoir l'en empêcher. »

J'ai ressenti la gravité de ses paroles. J'ai compris le sérieux de son avertissement. Le Seigneur des vampires était le plus puissant des vampires. Même ses propres fils le craignaient. On ne savait pas ce qui pourrait arriver s'il m'attrapait. Un frisson a parcouru ma colonne vertébrale à cette pensée.

J'ai pris les mains de Damien dans les miennes, les serrant en regardant dans ses yeux.

« Je ferai attention, je ne le laisserai pas m'attraper. »

Damien m'a souri.

« Alors je ferai en sorte de venir te voir tous les soirs. »

Je savais qu'il devait rentrer, mais je voulais le garder juste un peu plus longtemps. J'ai mis mes mains derrière le cou de Damien et l'ai tiré doucement vers moi. Il s'est penché et a embrassé mon cou, me donnant la chair de poule.

Je lui ai chuchoté à l'oreille : « Je t'attendrai, mon amour. S'il te plaît, ne m'oublie pas. Et ne va pas voir cette vampire, Ellie. »

Damien a ri à ma dernière phrase. « Je ne ferais jamais ça. Je me languirai de toi nuit et jour. »

Il m'a embrassé tendrement, ses lèvres bougeant doucement contre les miennes. J'ai pris une profonde inspiration de son parfum qui me rendait folle. Dans ses bras, je me sentais vraiment aimée. J'aurais voulu que ce moment dure toujours, mais je devais retourner auprès de ma famille et chercher le livre perdu. C'était ma seule chance de pouvoir vivre librement avec mon compagnon. J'ai salué Damien en le regardant s'envoler pour retourner à son château.

************ PDV de Damien ************

Je pouvais encore la goûter alors que je volais sur le chemin du retour. Je ne pouvais pas décrire la joie qui m'a envahi quand elle m'a dit que j'étais son âme sœur. Je pensais que j'étais le seul à la ressentir. J'avais tellement de chance de l'avoir. La chaleur de son corps dans mes bras et son doux parfum me manquaient déjà.

Je ferai tout ce qu'il faut pour la protéger de mon père. Je ne le laisserai pas la découper, pour récupérer un quelconque héritage qu'elle pourrait avoir.

Je savais que j'allais avoir des problèmes en rentrant. J'ai essayé de rassurer Kate, mais j'avais peur de ce que mon père pourrait faire. Non seulement j'avais désobéi à un ordre direct de sa part, mais je l'avais aussi empêché d'obtenir un pouvoir qu'il croyait nécessaire pour gagner la guerre. Et par-dessus tout, j'ai aidé la prisonnière à s'échapper, et je l'ai libérée.

Je souhaitais seulement que ce que j'ai dit à Kate soit vrai, que mon père ne me tuerait pas. J'espérais qu'aujourd'hui n'était pas la première et dernière fois que je l'embrassais, et que j'aurais une autre chance de la prendre dans mes bras.

************ PDV de Kate ************

Le chemin du retour était facile à suivre, j'étais allée au Lac Dormant de nombreuses fois. Je connaissais le chemin comme ma poche. La forêt était silencieuse, et je n'entendais que le faible bruit de mes pas. Une brise légère soufflait sur ma peau pendant que je marchais.

Comme j'approchais de la maison, un des guetteurs m'a vu et a couru à ma rencontre. Il a pris mes mains dans les siennes et a demandé avec empressement. « Kate ! Tu es de retour ! Où étais-tu passée ? Comment t'es-tu échappée ? »

Il s'est arrêté de parler et ses yeux se sont agrandis quand il a réalisé. « Oh, mon Dieu, je dois le dire à tes parents ! »

Je n'ai même pas eu le temps de répondre quoi que ce soit, il se précipitait déjà à l'intérieur de la maison pour voir ma famille. Comme j'étais sur le point d'ouvrir la porte pour entrer, la porte s'est ouverte d'elle-même et mes parents étaient là avec mon frère, courant pour m'accueillir. Ils m'ont tous enlacé, et j'ai réalisé à quel point ils m'avaient manqué. Leurs étreintes me réchauffaient le cœur.

Je les ai suivis à l'intérieur et nous nous sommes tous assis dans le salon pour parler de ce qui s'était passé. Je leur ai raconté que j'avais été enlevée, que j'avais été interrogée, testée. Je leur ai raconté qu'un des vampires avait été gentil avec moi. Il avait pris soin de moi et m'avait libérée. Je n'ai pas parlé de l'histoire d'âme sœur… ni du livre, car je pensais qu'il valait mieux que je le cherche seule, discrètement.

Après que j'ai fini de parler, mon père a finalement dit : « Je suis si heureux que tu sois de retour, ma fille. Quand la guerre commencera, tu nous diras quel vampire t'a sauvée et nous l'épargnerons. »

Je l'ai regardé avec des yeux écarquillés en répétant « Guerre » ?
Mon père m'a regardé. « Bien sûr ! Ils ont pénétré dans notre territoire, ils nous ont attaqués et t'ont kidnappé. Tu ne peux pas penser que nous les laisserions s'en tirer avec tout ça. »

Oui, c'était vrai… De son point de vue, les vampires avaient rompu le pacte. Mais du point de vue des vampires, nous avions rompu le pacte il y a quelques années. Tout était mélangé. Je suppose que trouver le livre serait la clé pour résoudre ce puzzle une fois pour toutes et découvrir ce qui s'est réellement passé.

J'ai regardé dans la pièce et j'ai remarqué que ma mère, mon père et mon frère Will étaient là. Mais pas ma sœur Bianca.

« Où est Bianca, elle n'est pas là ? »

Mon frère n'a pas répondu et a détourné son regard de moi. Ce n'était pas son genre, quelque chose n'allait pas.

Finalement, ma mère a pris la parole : « Ta sœur s'est évanouie le jour de ton enlèvement. Elle ne s'est pas réveillée depuis ce jour. Elle est dans son lit avec Steven à ses côtés. »

Mon cœur s'est brisé. Je n'arrivais pas à y croire ! Ma petite sœur, que j'aimais tant ! Il fallait que je la voie. Retenant les larmes qui voulaient sortir, je me suis précipitée dans sa chambre sans attendre.

J'ai ouvert la porte. La pièce était silencieuse, et sa lampe de chevet était allumée. Steven était endormi sur une chaise, la tête et les bras étendus sur le lit, à côté de ma sœur. Lorsque je suis entrée dans la pièce, Steven s'est réveillé. Il m'a regardé et a souri, « Hey ! Tu es de retour ! Content de voir que tu es en sécurité », a-t-il dit, sans se lever de la chaise.

Il avait l'air épuisé, comme s'il avait à peine dormi ces derniers jours. Je me suis approché du lit et me suis assise à côté de Steven.

« Comment va-t-elle ? Que s'est-il passé ? »

Steven a haussé les épaules.

« Personne ne sait exactement ce qui s'est passé. La nuit où nous avons été attaqués, nous étions tous occupés à combattre les vampires. Après que les attaquants soient partis, nous avons entendu un bruit fort venant de sa chambre. Nous nous sommes précipités à l'étage pour la trouver inconsciente. Elle est comme ça depuis. »

Tant de questions ont surgi dans mon esprit. J'ai repensé au fait que Damien et Arius m'avaient rendue inconsciente cette nuit-là. Était-ce un vampire qui lui avait fait ça ? Je m'étais réveillée le lendemain matin, ça devait être autre chose, non ? Je me sentais si impuissante. J'aimais tellement ma sœur !

Quand nous étions petites, nous jouions toujours ensemble. Elle avait trois ans de moins que moi. Avec ses cheveux blonds et ses yeux bleus glacés, elle ressemblait à une poupée. Je me souviens quand nous jouions à prendre le thé ensemble. Elle était ma meilleure amie.

Quand je la regardais maintenant, c'était comme si la vie avait été aspirée hors d'elle. Oui, elle respirait encore, mais elle restait immobile. Comme la façon dont son sourire illuminait la pièce me manquais ! Ou la façon dont elle venait me faire un câlin. Je voulais que ma sœur revienne ! Je ne pouvais pas faire grand-chose pour l'aider, mais je jure que je trouverais un moyen de la faire revenir.

Pour l'instant, le moins que je ne puisse faire était de veiller sur elle. Peut-être que Steven pourrait se reposer un peu, il avait l'air si fatigué. Je lui ai parlé doucement, « Je vais rester avec elle, tu peux aller te reposer un peu. »

J'ai entendu un faible grognement venant de la poitrine de Steven, son loup n'était pas d'accord. Il a parlé désespérément, « Je ne peux pas la laisser, Kate… C'est ma compagne. »

J'ai figé à ses mots. Sa compagne ? C'était notre cousin ! Comment était-ce possible ?

« Es-tu sûr de ça ? D'habitude, la déesse de la lune ne fait pas de couples entre les membres d'une même famille, tu sais. »

« Oui, j'en suis absolument certain. Tu te souviens que c'était mon anniversaire ? J'ai eu dix-huit ans. C'est à ce moment-là qu'on devient majeur et qu'on peut trouver son âme sœur. Quand vous êtes venus me voir, je l'ai su tout de suite. Je ne peux pas me tromper, elle l'a senti aussi. »

Je savais qu'il ne pouvait pas avoir tort. Je savais ce que c'était de trouver son âme sœur. Je venais de le trouver. Tu le ressentais à l'intérieur, ton loup hurlait et voulait sortir. Il n'y avait aucun moyen de se tromper à ce sujet. Mais ça ne faisait pas de sens. La déesse de la lune ne faisait jamais de couples entre les membres d'une même famille.

Comme s'il lisait dans mes pensées, Steven a parlé.

« Depuis que Bianca s'est évanouie il y a quelques jours maintenant, ils ont fait des tests sanguins sur elle pour voir s'ils ne pouvaient pas trouver ce qui n'allait pas. Il s'avère qu'ils ont aussi fait un test génétique. Et ils ont découvert que même si elle partage les mêmes parents que

toi et ton frère, elle a des gènes différents.
Personne n'a pu l'expliquer, même les gènes de
ta mère ne correspondent pas. »

J'étais stupéfaite. Jamais je n'aurais pensé que
cela puisse être possible. Cela soulevait
tellement de questions ! Des questions
auxquelles je n'avais pas de réponse. Mais cela
permettait de résoudre un problème, cependant.
« C'est donc pour ça que tu peux être son âme
sœur. Vous ne partagez pas les mêmes gènes,
donc ça n'a pas d'importance. »

Steven avait un air fier sur son visage et un
grand sourire. Pendant un moment… jusqu'à ce
qu'il se retourne vers elle et murmure :
« Maintenant, si seulement elle pouvait se
réveiller. »

Je me suis assise, vaincue. Je devais trouver un
moyen de faire revenir ma sœur. Je devais aussi
trouver le livre volé aux vampires pour arrêter la
guerre. Tout ça pour pouvoir enfin retrouver
mon compagnon. J'avais l'impression de devoir
grimper au sommet d'une montagne. Tout ça
semblait trop dur à gérer. Je ne savais pas si
j'avais la force de faire tout ça.

Deux personnes que j'aimais de tout mon cœur avaient besoin de moi plus que jamais.

J'espérais que je ne les laisserais pas tomber. J'espérais être assez forte pour répondre à leurs attentes. J'étais la fille de l'Alpha, donc j'étais forte, non ? Je pouvais faire n'importe quoi, non ? J'essayais de me convaincre, mais je doutais de moi.

J'étais perdue dans mes pensées, regardant Steven et ma sœur. Mes pensées sont retournées vers Damien. Comme il me manquait, comme je me sentais forte et protégée avec lui à mes côtés. Je pouvais affronter le monde avec lui. Il était si gentil, toujours à prendre soin de moi.

Je me rappelais comme il s'est occupé de moi après que ce sorcier fou ait fait des expériences sur moi. Et c'est là que ça m'a frappé ! Le sorcier ! C'était vrai ! Il devait sûrement savoir des choses sur la magie, les maladies et les sorts. Il pouvait probablement m'aider avec ma sœur ! Enfin… s'il acceptait de m'aider, ce qui semblait peu probable. À moins que… à moins que j'aie un prince vampire comme compagnon !

J'ai demandé à Steven : « Sais-tu s'ils ont encore du sang qu'ils lui ont pris ? »

Steven m'a regardé avec des yeux interrogateurs. « Je pense qu'il reste une fiole ou deux… pourquoi ? »

J'étais pleine d'espoir et j'avais du mal à cacher mon enthousiasme.

« Je pense que je connais quelqu'un qui peut nous aider à trouver ce qui ne va pas chez elle. Mais j'ai besoin que tu gardes ce secret. Promis ? »

Il m'a souri. « Tout pour que mon âme sœur revienne à mes côtés. »

Il m'a dit que les échantillons de sang étaient conservés en bas, dans le petit laboratoire au bout du couloir. Le laboratoire où personne n'est censé aller. Ouais, comme si j'allais laisser ça m'arrêter.

Je lui ai fait un câlin et suis allé dans ma chambre. Il se faisait tard, j'aurais tout le temps nécessaire demain pour trouver les échantillons de sang.

Je suis retournée dans ma chambre et suis allée directement au lit. Damien me manquait. Ce matin, quand je me suis réveillée dans ses bras, c'est aussi comme ça que je voulais m'endormir. J'aurais dû penser à demander sa chemise ou quelque chose qui sentait comme lui pour que ça m'aide à m'endormir.

Ma louve se sentait mal à l'aise, elle voulait retourner auprès de son compagnon, et s'assurer qu'il allait bien. Mais je ne pouvais pas, alors j'ai tourné dans mon lit, en pensant à Damien. J'ai essayé de voir si je pouvais me connecter à lui, à travers mes pensées, car on disait que les âmes sœurs pouvaient développer la capacité de se parler à travers leurs esprits. Mais je suppose que notre lien n'était pas encore assez fort. J'espérais au moins qu'il savait que je pensais à lui. Je me suis finalement endormie, épuisée.

Quand je me suis réveillée, le soleil brillait déjà. J'avais trop dormi, mais je suppose que j'avais besoin de me reposer. Je me suis arrêtée dans la chambre de Bianca pour voir si quelque chose avait changé. J'ai trouvé Steven à son poste, prenant son déjeuner sur le côté du lit.

Je suis descendu directement en bas et j'ai trouvé mon frère et mes parents. C'était agréable

de pouvoir les serrer dans mes bras, même si
Damien me manquait toujours.

Mon frère et moi nous étions promis de nous
dire si nous trouvions notre âme sœur. Je ne lui
avais toujours pas dit. Mais quand nous nous
étions fait cette promesse, nous pensions que
nous aurions des âmes sœurs loups-garous…
Maintenant que le mien était un vampire, je ne
savais plus trop si je devais lui dire, ou comment
je le ferais. J'ai décidé de laisser cela de côté
pour le moment et de me concentrer sur la tâche
à accomplir.

Après avoir pris le déjeuner, tout le monde était
occupé. C'était le moment idéal pour moi d'aller
au laboratoire au bout du couloir. J'ai essayé de
faire attention à ne pas faire de bruit. Surtout que
je vivais dans une maison pleine de loups-garous
avec un sens de l'ouïe très développé. La bonne
nouvelle était que j'étais aussi très douée pour
être furtive.

J'ai ouvert la porte du laboratoire et j'ai balayé
la pièce du regard avant d'entrer ; elle était vide.
J'ai soigneusement fermé la porte derrière moi.
Un rayon de lumière filtrait à travers le store
fermé. Il y avait beaucoup de papiers de

recherche et d'ordinateurs. Finalement, sur un bureau, j'ai trouvé ce que je cherchais. Il y avait quelques fioles de sang dans un plateau et certaines d'entre elles étaient étiquetées "Bianca".

J'ai attrapé le plateau nerveusement, de peur que quelqu'un ne m'entende. Avaient-ils des caméras de sécurité ici ? J'espérais que non. Retenant mon souffle, j'ai pris deux des flacons de sang de ma sœur et les ai mis dans ma poche. Je suis sortie de la pièce avec précaution, en essayant d'être aussi furtive que possible.

En sortant du laboratoire, je suis tombé sur oncle Zach, qui m'a vu sortir de la pièce. Merde ! Je me suis dit. Je me suis fait prendre. Qu'allait-il dire ? Que devais-je faire ? Mon cœur battait la chamade dans ma poitrine.

Zach a eu l'air surpris de me voir.

« Hé ! Kate ! Quelle agréable surprise ! Je ne savais pas que tu étais de retour à la maison. »

Ouf ! M'étais-je trompée ? Peut-être qu'il ne m'avait pas vu sortir de la chambre ? Peut-être n'allait-il rien dire ? J'ai décidé de la jouer cool et j'ai répondu : « Oui, je suis revenue hier ! Un des vampires m'a libérée. »

Mon oncle m'a serré fort dans ses bras. J'ai toujours aimé Zach, il était le meilleur.

« Je suis si heureuse de savoir que tu es en sécurité, ma chérie. »

Je lui ai souri, mais il a ajouté : « Qu'est-ce que tu faisais là-dedans ? Tu sais que c'est une zone interdite, seuls les loups autorisés peuvent aller dans le laboratoire. »

Merde ! Il m'a vu. Je devais trouver une raison et vite. Je lui ai dit, « Hum, je cherchais juste quelque chose. »

Ouais… pas la meilleure raison, je sais, mais c'est tout ce que j'ai pu trouver sur le moment. Penser sous pression n'était pas mon fort.

Oncle Zach m'a demandé : « Et qu'est-ce que tu cherchais ? »

« Hum… un livre ! Je cherchais un livre sur les vampires. »

Il m'a regardé avec des yeux perplexes alors que je souriais, jouant l'innocente.

« Tu sais que les livres sont conservés dans la bibliothèque, non ? Bien que je doute fortement que nous ayons des livres sur les vampires. Ça peut toujours valoir le coup d'œil. »

J'ai frappé mon front de la paume de la main, feignant d'avoir oublié, pour jouer le jeu.

« Ah oui c'est vrai ! Où avais-je la tête ? »

Zach a ri de ma réponse. « Viens, laisse-moi t'y conduire. »

Je ne pense pas qu'il ait vraiment cru à mon histoire, mais quoi qu'il en soit, nous avons commencé à marcher vers la bibliothèque.

J'étais heureuse de marcher avec Zach. En grandissant, j'ai toujours pu lui parler quand quelque chose n'allait pas. C'était un confident, et je savais que je pouvais lui faire confiance pour presque tout. Peut-être qu'il pourrait me donner quelques conseils sur le fait que mon âme sœur était un vampire. Même si je ne savais pas vraiment comment il réagirait si je lui disais.

« Hé Zach… je peux te demander quelque chose ? »

Zach a levé un sourcil. « Oui, quoi ? »

Je ne savais pas vraiment comment aborder le sujet. « As-tu trouvé ton âme sœur ? »

Zach s'est arrêté de marcher pendant une seconde. Il réfléchissait et faisait une drôle de tête. « C'est étrange, je n'arrive pas à me souvenir, mais je ne pense pas, je ne pourrais jamais oublier quelque chose d'aussi important. »

Hum, c'est dommage. Je voulais poser quelques questions.

« Pourquoi cette question ? »

Je ne voulais pas lui dire que mon âme sœur était un vampire, je n'étais pas encore prête.

« Qu'est-ce que tu ferais si tu trouvais ton âme sœur, mais que tu réalisais que c'est quelqu'un que ta famille n'aimerait pas ? »

Au lieu de répondre à ma question, Zach m'a regardé avec un sourire taquin.

« As-tu trouvé ton âme sœur Kate ? »

Sa question inattendue m'a fait rougir et je n'ai rien pu répondre. Il m'a regardée et a souri.

« La déesse de la lune nous bénit avec une seule âme sœur. Qui que ce soit qu'elle choisisse pour nous, nous devons l'accepter, ainsi que notre meute et notre famille. Tu dois suivre ton cœur. Si tu l'aimes, alors nous l'aimerons aussi. »

Ces mots ont réchauffé mon cœur et m'ont donné de l'espoir. L'espoir qu'un jour, je pourrais vivre heureuse avec Damien.

En marchant, nous sommes arrivés à la bibliothèque. J'ai embrassé chaleureusement Zach, le remerciant pour ses conseils. Il m'a fait un clin d'œil et m'a dit avant de partir.

« Je serai toujours là pour toi, ma chérie. J'ai hâte de le rencontrer. »

Et avec ça, il s'est tourné et a disparu.

*********** PDV de Damien ***********

Quelle heure était-il ? J'avais perdu la notion du temps. J'étais enfermé dans le donjon. Quand je suis revenu hier, j'ai tout de suite été appréhendé par les gardes royaux. On m'a accusé de trahison envers le Seigneur vampire. Je n'ai rien mangé ni bu. Je n'ai pas pu dormir. Ils se sont assurés de me réveiller chaque fois que je m'endormais.

Ils m'ont posé des questions sur Kate. Ils voulaient savoir où elle était, pour pouvoir

181

l'attraper et la découper en morceaux. Il n'était pas question que je leur donne cette information. Je me fichais de savoir combien ils me torturaient. Je ne parlerais pas. Je savais que père avait envoyé des escadrons d'assassins pour la chercher. Je ne pouvais qu'espérer qu'ils ne la trouveraient pas…

J'avais été frappé et fouetté. Je me suis évanoui plusieurs fois. Ma peau me faisait mal. J'avais tellement soif que je pourrais boire n'importe quoi. Mes vêtements étaient déchirés par la torture. La seule chose qui me faisait tenir, c'était de penser à Kate. Je ne sais pas quand, je ne sais pas comment, mais je vais la revoir. Même si c'est la dernière chose que je fais, je la verrai encore une fois. Attends-moi, ma petite louve. Je serai là, je te le promets.

************ PDV de Kate ************

La bibliothèque était pleine de livres. Je ne savais même pas qu'on avait autant de livres. J'ai passé la plupart de la journée à essayer de trouver un livre sur les vampires, mais je n'ai pas eu beaucoup de chance. À la fin de la journée, j'étais plutôt découragée.

J'ai décidé de faire une pause, en m'asseyant dans l'un des confortables fauteuils, pour me reposer. Le velours rouge des fauteuils était doux au toucher. J'ai toujours aimé la sensation du velours. Je me souviens que lorsque j'étais petite, ma mère me disait que les fées le fabriquaient et que c'était pour cela qu'il était si doux. Même si je suis adulte et que je savais que ce n'est pas comme ça qu'on le fabrique, j'aimais toujours y croire.

J'ai regardé la lumière entrer dans la pièce par la mosaïque, éclairant la pièce de couleurs, reflétant son dessin sur le sol. Je pouvais voir les particules de poussière scintiller à travers la lumière, donnant à la pièce une atmosphère magique.

J'ai entendu une voix familière briser le silence derrière moi.

« Voilà ma grande sœur préférée. »

Je me suis retourné pour voir mon frère Will. J'ai souri et je suis allé lui faire un gros câlin. Ses bras étaient chauds, j'étais heureuse de le voir.

« C'est donc là que tu t'es cachée toute la journée ! Que t'est-il arrivé ? Ce n'est pas vraiment ton genre de passer des journées à lire des livres. »

Il avait raison. Bien que ma mère ait l'habitude de me lire des histoires à l'heure du coucher, blottie dans un fauteuil, je n'ai pas passé beaucoup de temps à la bibliothèque en grandissant. J'étais plutôt du genre aventurière. Je préférais passer mon temps dans la forêt, à suivre le chemin de mon cœur.

Comme j'aurais aimé pouvoir lui parler de mon âme sœur et du livre volé. Nous nous étions toujours promis de nous dire quand nous trouverions nos âmes sœurs. Mon frère et moi étions si proches. Il était toujours là pour moi. Même s'il était plus jeune que moi, il me protégeait toujours. J'étais sa confidente, j'essuyais ses larmes, et il était là pour moi. En grandissant, les gens pensaient souvent que nous étions jumeaux, car nous étions si proches l'un de l'autre.

Je ne savais pas comment il prendrait le fait que mon âme sœur est un vampire. Je n'étais pas prête à essayer.

« Je cherchais un livre sur les vampires. Tu ne saurais pas par hasard si nous en avons un ? »

Mon frère a haussé les épaules.

« Je m'entraîne tout le temps, je ne passe jamais de temps ici. Je n'ai aucune idée des livres que nous avons. Pourquoi cherches-tu un livre sur les vampires ? »

« Oh, juste par curiosité, je suppose », ai-je menti.

« Ça a un rapport avec le fait que tu aies été kidnappé par les vampires ? »

Je ne pouvais pas trouver le courage de lui dire la vérité. Pas encore. Je n'étais pas prête. Je me sentais mal à propos de ça, mais j'ai encore menti.

« Je suppose que maintenant que je les ai vus de près, je suis plus curieuse à leur sujet. »

Il a hoché la tête. « Bien, cela pourrait s'avérer utile dans la guerre à venir. »

La guerre… Je ne voulais pas en entendre parler. Mais je lui ai répondu par un signe de tête.

Will a fait quelques pas vers moi. Il m'a étudié pendant quelques secondes. « Tu sais, je peux dire quand il y a quelque chose qui te tracasse.

Tu es ma sœur depuis longtemps. » Il a ajouté avec un clin d'œil.

Ouais, il n'y avait aucun moyen de le tromper. Je ne pouvais pas tout lui cacher, il me connaissait trop bien. J'ai décidé de lui dire la moitié de la vérité. « Eh bien.... J'ai peut-être trouvé mon âme sœur. »

Mon frère a crié : « Quoi ? »

J'ai gloussé devant sa réaction. « Chut, nous sommes dans une bibliothèque », l'ai-je taquiné. « Je l'ai trouvé, mais je ne te dirai pas qui c'est. » Je n'ai pas pu cacher mon sourire taquin.

Will s'est plaint, « Oh ! Allez ! Ce n'est pas juste ! On a toujours dit qu'on se le dirait ! Qui est-ce ? C'est l'un des guetteurs ? As-tu rencontré un loup d'une autre meute ? Dis-moi ! »

Ça m'a fait sourire de le voir essayer de deviner quel loup était mon âme sœur. Il ne pourrait jamais deviner qui c'était vraiment.

« Un jour, je te le dirai, je te le promets, mais pour l'instant, je ne suis pas prête, d'accord ? »

Il rit un peu. « D'accord sœurette, mais je veux être le premier à savoir ! »

J'ai gloussé, « Bien sûr, tu seras le premier. »

Il était sur le point de se retourner et de partir, mais il m'a regardé à nouveau. « Tu sais que je vais l'aimer tout de suite. J'ai vraiment hâte que tu sois prête à me le dire. » Il a fait un clin d'œil et est parti.

Si seulement il savait qui est mon compagnon, il comprendrait pourquoi j'hésite. Chaque chose en son temps. Pour l'instant, il était temps que nous nous asseyions tous pour souper.

Au fur et à mesure que la journée passait, j'étais de plus en plus heureuse. Je savais que bientôt le moment serait venu pour moi d'aller rencontrer Damien. Après avoir mangé, je suis allée directement dans ma chambre pour me rafraîchir, en m'assurant que j'étais toute belle. Je me sentais comme si j'allais à un rendez-vous. Mon cœur battait vite, et ma louve s'impatientait.

Chapitre 8 (Kate)

Liés par la passion

Peu après, je suis partie pour le Lac Dormant. La lune montait lentement dans le ciel alors que j'attendais l'arrivée de Damien. Il ne m'avait pas dit l'heure exacte de son arrivée, mais je savais qu'il serait bientôt là. En regardant le ciel à sa recherche, je me suis rappelé ses beaux yeux gris. La façon dont ses cheveux tombaient sur ses épaules et dans son dos. La façon dont sa barbe encadrait parfaitement son visage et sa petite moustache que j'aimais tant. J'avais tellement hâte qu'il arrive.

Les minutes passaient et il n'y avait toujours aucun signe de lui. Ma louve commençait à s'inquiéter. J'ai essayé à nouveau de voir si je pouvais lui parler par la pensée, mais je n'y arrivais toujours pas.

Et s'il avait oublié ? Non, j'étais sûre qu'il ne pouvait pas oublier ça.

Peut-être qu'il avait décidé qu'il était mieux avec cette vampire Ellie ? Non, je ne pouvais pas le croire.

Il ressentait le lien d'âme sœur, rien ne pouvait remplacer ça. Alors peut-être que quelque chose lui est arrivé. C'était ce qui m'inquiétait le plus. Plus le temps passait sans qu'il n'arrive, plus je m'inquiétais.

Il se faisait tard, et je commençais à être vraiment fatiguée. J'étais sur le point de rentrer à la maison, même si je n'en avais pas envie, quand finalement, je l'ai vu ! Damien, il venait par ici. Quand il a atterri à quelques mètres de moi, j'ai vu qu'il était blessé. Ma louve s'est immédiatement mise en mode défensif ; elle voulait protéger son âme sœur.

J'ai couru vers lui et je l'ai serré fort dans mes bras.

« Oh mon dieu ! Damien ! Tu es blessé ! Que t'est-il arrivé ? »

J'ai fait un pas en arrière pour mieux l'observer. Il était pâle et fatigué. Il avait des marques de chaînes sur les bras. Ses vêtements étaient déchirés et on aurait dit qu'il avait été fouetté.

Damien est tombé à genoux en s'accolant dans mes bras. Il a chuchoté, « Oh Kate ! Comme tu m'as manqué ! »

Mon cœur s'est réchauffé à ses mots et un faible ronronnement s'est échappé de ma poitrine. Je pouvais entendre son cœur battre contre le mien. Mais ma louve n'était toujours pas heureuse. Il n'avait pas répondu à ma question, alors j'ai répété : « Dis-moi qui t'a fait ça pour que je puisse lui donner ce qu'il mérite. »

Damien m'a regardé.

« Après avoir entendu que je t'ai laissé partir, mon père m'a emprisonné hier à mon retour. Il m'a fouetté et battu. Il essayait de me faire parler et de révéler où tu étais. J'ai passé toute la journée enfermé, enchaîné, je n'avais rien à manger ni à boire. Mais finalement, mon frère est venu et m'a libéré. Je savais que tu m'attendrais, alors je suis venu tout de suite. »

Je ne pouvais pas croire ce que j'entendais.
Comment un père pouvait-il être aussi cruel ?
Ma louve se sentait agacée, elle ne pouvait pas
aller contre le Seigneur vampire, il était bien
trop puissant pour nous.

Mon âme sœur était en danger, et je ne pouvais
rien faire. En même temps, c'était de ma faute
s'il avait été puni. Je me sentais mal pour tout ce
qui lui était arrivé. Les larmes ont commencé à
couler sur mes joues alors que je lui disais
doucement, « Damien, je suis tellement désolée
pour ce qui t'est arrivé. »

Il a essuyé mes larmes avec ses mains et a
répondu d'une voix pleine de tendresse : « Ce
n'est pas ta faute, Kate. Ne prends pas tout sur
toi. C'est comme l'autre jour, avec le sorcier, je
n'ai pas pu te protéger. »

J'ai ri quand il a dit ça. « Quels bons
compagnons nous faisons. »

Il a éclaté de rire à mon commentaire.
« J'imagine qu'on va s'améliorer. »

Son rire était comme de la musique à mes
oreilles.

« Hier, tu pensais à moi, n'est-ce pas ? Je pouvais le sentir dans mon cœur, tu sais. »

J'étais heureuse qu'il ait pu le sentir.

« Oui, mais j'ai essayé de te parler par la pensée, et je n'ai pas pu. »

Damien a caressé ma joue tendrement.
« Patience, ma petite louve, patience. Cela viendra. »

J'aimais quand il m'appelait comme ça, « ma petite louve ». Je trouvais ça si spécial, si mignon.

Nous nous sommes assis dans l'herbe, au bord du lac, et nous avons parlé.

« As-tu trouvé quelque chose à propos du livre ? »

J'ai secoué ma tête.

« Non, j'ai passé la journée à regarder des livres à la bibliothèque, mais je n'ai rien trouvé concernant les vampires. »

Damien a soupiré à ce que j'ai dit.

« Ne t'inquiète pas, je vais continuer à le chercher. En attendant, j'ai besoin de ton aide pour quelque chose d'autre. »

Il m'a regardé avec curiosité alors que je sortais de ma poche les fioles de sang de ma sœur.

« C'est le sang de ma sœur. Elle est inconsciente depuis le jour où tu es venu me chercher. Personne n'a été capable de la réveiller. J'ai pensé que tu pourrais demander à ton sorcier de jeter un coup d'œil et voir s'il a quelque chose pour la réveiller. »

Damien avait l'air pensif. Il a pris la fiole et l'a mise dans sa poche.

« Bonne idée. Il m'en doit une pour avoir fait des tests sur toi de toute façon. Je vais m'assurer qu'il collabore sur ce point. »

La nuit commençait à être bien avancée. Nous nous sommes levés, nous préparant à faire nos adieux pour la nuit. En se levant, Damien a perdu l'équilibre et a failli tomber par terre, ses yeux devenant rouges. J'ai attrapé son bras avant qu'il ne frappe le sol.

« Est-ce que ça va ? »

Il avait l'air fatigué et faible, et ses yeux n'avaient pas retrouvé leur gris habituel. Il respirait avec effort.

« Je pense… Je pense que j'ai dépensé trop d'énergie en volant jusqu'ici, après avoir été battu et fouetté, sans manger ni boire pendant une journée… »

J'étais vraiment inquiète pour lui, il n'avait pas l'air bien. Je pouvais le sentir dans mon corps, à travers notre lien d'âme sœur. Ma louve était plutôt mal à l'aise. Elle voulait prendre soin de son compagnon.

« Que puis-je faire pour aider ? »

Il m'a regardé et je pouvais voir qu'il se battait avec lui-même, ses yeux se déplaçant vers mon cou.

« J'ai besoin… de boire du sang. »

J'étais choquée. Je n'avais jamais vu un vampire boire du sang. Et plus encore, je devinais que je devais être impliquée dans tout ça, ce qui signifiait mon sang. En même temps, je ne pouvais pas le laisser comme ça. Je doutais qu'il puisse même retourner à son château dans cet état. C'était ma chance de faire quelque chose pour aider mon compagnon. Je ne savais pas vraiment à quoi m'attendre, j'avais peur.

« … Est-ce que ça va me faire mal ? »

Il a secoué la tête.

« Pas vraiment, je ne vais pas tout boire, ce n'est pas comme si tu étais ma proie, tu es mon âme sœur. Ce sont des choses complètement différentes. »

Je ne comprenais pas vraiment ce qu'il voulait dire, et je suppose que cela se voyait sur mon visage, car il a continué.

« Habituellement, les vampires ne boivent pas le sang d'un autre vampire. Mais quand nous trouvons notre partenaire… eh bien, nous buvons parfois le sang de l'autre. »

J'étais abasourdie et j'ai répété lentement : « Vous buvez le sang… de votre compagnon ? »

Il a ri à ma question et s'est rapproché de moi, me serrant tendrement dans ses bras, caressant mon dos de sa main.

Il a expliqué : « Lorsque nous buvons le sang de notre compagnon, c'est considéré comme l'un des partages les plus intimes que nous puissions avoir. C'est un moment de passion et je te jure que tu vas aimer ça. Avec ce partage, tu peux te rapprocher tellement de ton partenaire, pendant un instant, sentir son amour en toi, le comprendre vraiment… Mais bien sûr, je ne veux pas te forcer, tu n'es pas obligée… Je pourrais aussi simplement trouver un animal pour me nourrir et rentrer chez moi. »

Je suis restée dans ses bras un moment, repensant à ce qu'il venait de dire. Ça n'avait pas l'air si mal. Et ma louve était enthousiaste à l'idée de partager un "moment intime de passion" avec son âme sœur. Si cela signifiait tant pour lui, si c'était censé nous rapprocher, alors j'avais vraiment envie de le faire. Avoir un compagnon d'une autre espèce signifiait que tu devais apprendre les cultures et les traditions, non ?

J'ai regardé Damien dans les yeux. « OK, vas-y. »

Il m'a regardé, surpris. « Es-tu certaine ? »

J'ai hoché la tête en me hissant sur la pointe des pieds, en passant mes mains derrière son cou et en murmurant à son oreille, « Oui, mon âme sœur. »

J'ai embrassé et léché le lobe de son oreille, le faisant gémir doucement, avant de redescendre. Il a parlé à voix basse, ses mots roulant doucement sur ma peau, « Tu ne sais pas à quel point je me languis de toi. » Je pouvais sentir tout son amour et sa passion dans ses mots.

Damien a mis ses mains autour de ma taille et a commencé à m'embrasser tendrement. Ses lèvres étaient douces. Il sentait si bon ; son parfum me rendait folle. J'ai passé mes doigts dans ses cheveux pendant que nous nous embrassions. Il avait si bon goût que je ne pouvais pas me passer de lui. Damien passait lentement ses doigts sur mon dos, me donnant des frissons. Un faible ronronnement s'est échappé de ma poitrine alors qu'il léchait mon cou, me donnant la chair de poule. Il s'est arrêté un moment et a souri.

Je l'ai regardé, il avait un regard séduisant, fixant le fond de mon âme. Ma louve voulait sortir et j'avais du mal à la contenir. J'ai involontairement dit, "à moi". C'était possessif, presque un grognement, venant de ma louve.

Damien a gloussé un peu. « Maintenant et pour toujours, je serai toujours à toi, ma petite louve. »

« Alors, me permets-tu de te faire mien ? »

Je ne savais pas s'il savait ce que cela signifiait, mais je devais le faire. Ma louve me criait de le faire et je luttais pour la garder sous contrôle. Et, pour ma santé mentale, j'avais besoin de savoir qu'il était à moi.

Il a souri. « Avec plaisir, ma petite louve. »

Il m'a soigneusement déposée sur l'herbe en
m'embrassant. Je me sentais vraiment aimée
dans ses bras. Ses mains ont commencé à
parcourir mon corps. Je me suis cambrée contre
lui quand il a effleuré ma poitrine de ses doigts.
Je pouvais sentir son excitation à travers ses
pantalons. Mon corps en redemandait. Je
commençais à être mouillée par tous ces baisers
et ces caresses. Il a commencé à mordiller mes
lèvres. J'ai retiré sa chemise, révélant sa poitrine
sculptée. Mon Dieu, il était si parfait ! J'avais de
la chance de l'avoir comme compagnon. Ses
mains ont glissé le long de mes jambes puis le
long de mes cuisses, allumant un feu en moi. Je
n'ai pu réprimer un gémissement alors qu'il
caressait entre mes jambes, ma respiration
s'accélérant légèrement tandis que ma tête se
renversait en arrière de plaisir et d'envie.

Damien s'est baissé et a enlevé mon pantalon et
mes sous-vêtements. Tout ce à quoi je pouvais
penser en ce moment était à quel point je le
désirais. Nous avons continué à nous embrasser
sous le clair de lune, baignés par une brise
chaude de nuit d'été.

Il prenait plaisir à ce que la chair de poule apparaisse si facilement sur ma peau. Il a gémi quand j'ai murmuré à son oreille, « Damien, prends-moi ».

Il a commencé à enlever le reste de mes vêtements, pendant que j'enlevais son pantalon, mais comme j'étais sur le point d'enlever son boxer, il m'a arrêté. « Pas encore. » Il avait un sourire taquin.

Alors que je m'apprêtais à protester, il a soudé ses lèvres aux miennes, m'embrassant tout en insérant un doigt entre mes jambes, me faisant gémir pendant que nous nous embrassions. En quelques minutes je haletais sous son toucher, et j'ai presque crié quand il a commencé à rouler ses doigts en moi.

Damien a commencé à embrasser mes lèvres, puis est descendu lentement vers mon cou. J'ai senti ses dents frôler ma peau, mais j'étais trop occupée à glisser mes hanches sur ses doigts pour m'en soucier. J'ai ressenti une vive douleur lorsque ses dents ont percé la peau de mon cou. La douleur a disparu aussi vite qu'elle était apparue et s'est transformée en vagues de plaisir. Je gémissais sous lui alors qu'il buvait mon sang. Je parcourais son corps de mes mains et je caressais son membre en érection à travers son boxer.

Chaque fois qu'il avalait du sang, une nouvelle vague de plaisir déferlait sur moi. Je ne sais pas combien il en a pris, mais je savais que je ne voulais pas que ça s'arrête. Après un moment, j'ai senti ses dents se retirer de ma peau et sa langue s'attarder un instant sur la marque où il m'avait mordu. Je pouvais sentir un ronronnement de satisfaction venant de sa poitrine, ce qui m'a fait ronronner en réponse.

Damien a lentement relevé la tête et m'a regardé dans les yeux. Ses yeux avaient repris leur couleur grise obsédante que j'aimais tant. Je pouvais voir la passion dans ses yeux, une sorte de passion possessive. Comme si rien ne pouvait s'interposer entre nous en ce moment. Je pouvais sentir son désir dans mes veines. Je voulais la même chose.

Il a chuchoté, le souffle coupé, « Je t'aime tellement. »

J'ai murmuré en retour, « Je t'aime aussi, Damien. »

Ma louve hurlait pour que je le scelle le lien d'âme sœur et le fasse mien. Je ne pouvais plus supporter ces taquineries et je l'ai supplié, « s'il te plaît, prends-moi ».

Il a finalement retiré son caleçon, révélant son membre en érection. Je l'ai regardé, pleine de désir, voulant qu'il le mette en moi. J'ai commencé à me déhancher vers lui, ce qui l'a fait gémir et chuchoter « oh mon dieu Kate ». Finalement, il m'a pénétré, me faisant haleter et gémir sous lui.

Il a commencé à se déplacer entre mes cuisses, m'envoyant des vagues de plaisir à chaque coup qu'il donnait. Mes ongles s'enfonçaient dans son dos. Je l'embrassais pour ne pas gémir trop fort. Les mains de Damien tenaient fermement mes hanches tandis qu'il s'enfonçait plus profondément en moi. J'ai commencé à balancer mes hanches avec lui, ce qui l'a poussé à resserrer sa prise sur mes hanches, « Oh oui ! » a-t-il grogné.

Je pouvais sentir Damien accélérer le rythme juste un peu. Il a continué à entrer et sortir de moi. Comme les vagues de plaisir me frappaient, ma louve a commencé à prendre le dessus sur moi. J'ai laissé mes instincts prendre le contrôle. Elle voulait le marquer, pour que tous les loups sachent qu'il était à nous. Lentement, j'ai commencé à lécher le cou de Damien, trouvant l'endroit où le cou rencontre l'épaule. Cet endroit si doux, si invitant. Tous mes instincts me guidaient vers lui. Je n'avais pas besoin de chercher, je le savais.

Damien a grogné pendant que je le léchais, s'enfonçant encore plus profondément en moi, me faisant haleter bruyamment.

J'ai laissé mes canines pousser juste assez, pour pouvoir le mordre dans le cou. C'était ça, il n'y avait pas de retour en arrière. Je l'ai mordu avec précaution, juste assez pour que mes dents transpercent sa peau. Je l'ai entendu gémir de plaisir alors que je le mordais, ses poussées devenant plus profondes et plus lentes. J'ai laissé mes dents dans sa peau pendant un moment, tandis que nous nous balancions ensemble, unis comme une seule âme.

Alors que j'enlevais soigneusement mes dents de sa peau, quelque chose s'est brisé en moi, m'envoyant dans une extase tandis que je criais son nom. La seule chose à laquelle je pouvais penser en ce moment était de tenir fermement l'homme que j'aimais entre mes bras. Encore et encore pendant que je jouissais. Quelques instants après, ses poussées ont commencé à être plus profondes et plus lentes, j'ai senti son corps trembler et je l'ai entendu grogner fort avant de jouir à son tour.

Nous sommes restés là un moment, à écouter les battements de notre cœur, à nous reposer dans les bras de l'autre, à nous prélasser dans l'amour. Il m'a regardé, je pouvais voir mon reflet dans ses yeux.

« Je suis tellement amoureux de toi, tu n'as pas idée », m'a-t-il chuchoté.

Je lui ai souri en répondant : « Je t'aime tellement Damien, je serai toujours à tes côtés. »

Il a souri à ma remarque et a touché son cou.

« Je n'ai jamais été mordu avant. Je ne peux pas dire que ça ne m'a pas plu », a-t-il ajouté avec un sourire en coin.

J'ai regardé la marque sur son cou. La marque qui restera là, pour montrer à tous qu'il était mon compagnon.

J'ai ri à ses mots.

« Cette marque montre que tu es mon compagnon, tous les loups le sauront. Toi et moi sommes liés pour toujours maintenant. »

Damien a réfléchi un instant avant de répondre :
« J'ai de la chance d'être avec une compagne
aussi parfaite pour toujours. »

Je l'ai regardé et j'ai remarqué que toutes ses
blessures et marques antérieures dues à
l'emprisonnement avaient disparu.

« Toutes tes blessures ont-elles soudainement
disparu ? »

Il a rougi un peu à cause de ma question.

« Eh bien, quand on boit du sang frais, nos
pouvoirs sont amplifiés, y compris mon pouvoir
de guérison. Donc, quand je me suis nourri de
toi, ça a aussi guéri mes blessures. »

C'était incroyable ! Les loups avaient aussi des
pouvoirs de guérison, mais certainement pas
aussi puissants que ça. J'ai regardé son cou,
mais la marque que je lui avais faite était
toujours là.

Il m'a vu regarder son cou et m'a expliqué : « Je
ne guérirai jamais cette marque. Elle est
importante, je la laisserai là, pour me rappeler
que mon âme sœur est là, à mes côtés. »

J'étais heureuse de savoir que ma marque resterait sur son cou. Il avait raison, c'était une marque importante. Pour nous, loups, c'était un signe pour tous les autres loups que cette personne avait un compagnon. Les autres loups pouvaient même savoir qui était cette compagne grâce à elle. C'était aussi un sceau pour le lien, le rendant plus fort. Avec cette marque, ses gènes allaient aussi légèrement changer, le rendant compatible avec moi pour que nous puissions éventuellement procréer, afin d'assurer la survie de l'espèce. Mais je n'étais pas pressée d'avoir des petits.

Je savais qu'habituellement, lorsque le mâle marque la femelle, celle-ci tombait en chaleur peu après. Mais je ne savais pas exactement comment ça se passait quand la femelle marquait le mâle. Je ne pensais pas vraiment que ça marchait dans l'autre sens. Donc ça voulait dire que je n'aurais pas à m'inquiéter de ça pour le moment. De toute façon, je le saurais bientôt si je me trompais.

Plus la nuit avançait, plus je savais que Damien devait rentrer chez lui. Même si je voulais le garder à mes côtés. Ma louve était rassurée, maintenant qu'il était à nous. Je souhaitais pouvoir rester dans ses bras pour toujours. Nous nous sommes rhabillés. Damien m'a serré dans ses bras, et j'ai respiré profondément son odeur. Je l'ai bien regardé, essayant de graver tous ses détails dans ma mémoire avant qu'il ne parte. Avec un peu de chance, maintenant que le lien d'âme sœur était scellé, je pourrais garder un lien mental avec lui quand il serait parti.

Damien s'est penché vers moi et m'a embrassé sur les lèvres. Ses lèvres étaient douces et pulpeuses. Je ne pouvais jamais avoir assez de lui ! Puis je l'ai regardé s'envoler pour retourner chez lui, mes pensées s'attardant sur ce qui venait de se passer entre nous, ressentant encore le bonheur d'avoir trouvé mon âme sœur, sachant que je le reverrais bientôt.

Chapitre 9 (Damien)

Alliés

Seul dans le ciel nocturne, je rentrais chez moi, me sentant encore comme au paradis après ce qui s'était passé entre Kate et moi. Jamais dans ma vie je ne me suis senti aussi complet. J'avais bu du sang un nombre incalculable de fois dans ma vie. Je préférais habituellement boire le sang embouteillé. J'ai bu du sang d'animaux et même parfois d'humains. Mais jamais je ne me suis senti comme quand j'ai bu le sang de ma compagne. Je veux dire, wow ! J'étais sans voix. Cette sensation de chaleur, comme si je pouvais sentir son amour à l'intérieur de moi, prenant complètement le contrôle de moi. C'était comme si, pendant un instant, je pouvais vraiment la sentir à l'intérieur de moi, comprendre ses sentiments, ses inquiétudes, tout d'elle. Pendant un instant, j'ai vraiment compris pourquoi on dit que les âmes sœurs sont notre meilleure moitié et comment ils nous complètent.

Puis mes pensées se sont attardées sur ce qui s'est passé ensuite. Partager ce moment intime avec elle, lui démontrer mon amour et ma passion. Je ne savais pas que je pouvais ressentir ça pour une femme. Il y avait ce besoin que j'avais en moi, une possessivité dont j'ignorais l'existence. Je voulais la garder pour moi. Jamais de ma vie je ne voudrais faire l'amour à une autre femme. Elle était la seule pour moi. Je n'avais aucun doute dans mon esprit. J'ai presque joui quand elle m'a mordu dans le cou, c'était si bon. Je suis celui qui mord habituellement les autres créatures, c'était une première.

D'après les connaissances que j'avais sur les loups-garous, je savais que cette morsure était quelque chose de très important pour eux. J'étais si fier qu'elle ait choisi de vivre ce moment avec moi. Je chérirai cette marque pour toujours, car pour moi, elle représente aussi son amour pour moi.

J'ai volé jusqu'au château en un rien de temps. Le sang que j'ai bu m'a donné un tel élan d'énergie. Je n'avais jamais ressenti ça avant. Je suis allé directement dans ma chambre.

Quand j'ai ouvert la porte, tout était sens dessus dessous. Mes vêtements et ceux que j'avais achetés pour Kate traînaient partout sur le sol. Des papiers éparpillés partout. Il n'y avait pas un tiroir qui n'avait pas été touché.

Alors que je restais là, sans voix, j'ai entendu mon frère Arius arriver derrière moi. Je me suis retourné pour le voir fermer la porte derrière nous.

« Papa a fait fouiller ta chambre », a-t-il expliqué.

Il a sorti quelque chose de derrière lui. C'était un carnet plein de dessins, des dessins de moi et Kate. Elle a dû les faire pendant qu'elle m'attendait l'autre jour. J'ai pris les dessins et je l'ai regardé, déconcerté.

« Quand j'ai appris que papa avait demandé aux gardes de fouiller ta chambre, je me suis porté volontaire pour les aider. Heureusement, je les ai trouvés avant eux. Tu serais sûrement mort si je ne les avais pas trouvés avant. »

Il avait raison. Mon père m'aurait sûrement tué s'il avait vu ces dessins. Kate les a dessinés avec beaucoup de détails, nous montrant allongés ensemble, nous embrassant, nous aimant l'un l'autre. Jamais mon père n'aurait permis ça. Mon frère et moi ne nous entendions pas toujours très bien, mais il était toujours mon petit frère. Et dire qu'il venait de me sauver. J'étais tellement reconnaissant.

« Pourquoi as-tu fait ça ? »

Au lieu de répondre, il a pointé les dessins.

« Je pense que tu as quelques explications à donner d'abord. »

J'ai soupiré. Il avait raison. Je lui devais une explication. J'ai commencé à parler, ne sachant pas vraiment par où commencer.

« Je ne sais pas vraiment comment l'expliquer autrement que… c'est mon âme sœur, Arius. Elle est ma compagne et je l'aime de tout mon cœur. »

Mon frère est resté calme et a réfléchi.

« Hum, je ne savais pas que ça pouvait fonctionner entre loups-garous et vampires. »

Il m'a fait un clin d'œil, « mais je me doutais qu'il y avait quelque chose entre vous deux. »

J'ai été surpris. Je ne pensais pas que mon frère le prendrait si facilement.

« Je pensais que tu serais en colère si je te le disais. »

Arius m'a regardé, surpris. « Trouver son âme sœur est une bénédiction. Qui suis-je pour juger si ta compagne est une louve-garelle ? »

Je suis resté silencieux un moment, réfléchissant à ce qu'il venait de me dire.

« C'est aussi pour ça que tu m'as laissé sortir du donjon ? »

Le visage de mon frère s'est assombri à ma question.

« Non, c'était parce que je ne voulais pas que père te fasse ce qu'il m'a déjà fait. »

Je l'ai regardé, déconcerté. Je n'avais absolument aucune idée de ce qu'il voulait dire par là.

Mon frère avait l'air triste et en colère en parlant.

« Il y a des années, j'ai trouvé ma compagne. Mais elle n'était pas une vampire. Elle était une esclave humaine au château. »

Je ne pouvais pas croire ce que j'entendais ! Je n'ai jamais su que mon frère avait trouvé sa compagne, il ne m'avait jamais parlé d'elle.

« Un jour, quelqu'un nous a vus ensemble, et papa a découvert notre amour. Ce jour-là, il nous a emmenés dans une pièce sombre. Il m'a enchaîné et m'a forcé à regarder comment il la torturait lentement. Je ne pouvais pas bouger, je ne pouvais que regarder, et même si je fermais les yeux, j'entendais toujours ses cris.

Et à travers notre lien d'âme sœur, je pouvais sentir sa souffrance. Comme si ça ne suffisait pas, il m'a forcé à regarder comment il l'a finalement tuée. Puis, alors que je souffrais de la rupture du lien d'âme sœur, il m'a fait emprisonner dans le donjon pendant une semaine, fouetté tous les jours et à peine nourri. »

J'ai regardé mon frère, bouche bée. Je pouvais voir qu'il souffrait encore. Je n'avais pas de mots pour le consoler. Des larmes silencieuses coulaient sur son menton alors qu'il revivait ces sentiments. Je me suis rapproché de lui et l'ai serré dans mes bras. Il a finalement laissé sa tristesse prendre le dessus, trouvant un soulagement dans mes bras.

Quand ses pleurs ont commencé à ralentir, j'ai demandé : « Comment se fait-il que je n'aie jamais entendu parler de ça avant ? ».

Mon frère a reniflé un peu et essuyé ses larmes avec ses mains avant de répondre d'une voix tremblante.

« Père a dit à tout le monde que j'avais été envoyé en vacances pour quelques jours… Mère ne le sait même pas. Et si je le disais à quelqu'un, il me retrouverait et Dieu seul sait ce qu'il me ferait. »

J'avais un vague souvenir de mon frère en vacances, et je me rappelle qu'il ne voulait pas en parler à son retour. Je n'aurais jamais pu imaginer que c'était ce qu'il avait dû vivre. J'étais sans voix. Je savais que notre père était cruel. Mais je n'avais jamais imaginé qu'il le serait autant avec ses propres enfants.

On n'avait qu'une seule âme sœur dans la vie, et il avait tué la compagne de son propre fils, sachant très bien qu'il ne pourrait jamais en trouver une autre pour le reste de sa vie. Non pas qu'on ne puisse pas avoir une petite amie, mes parents sont mariés, mais ils ne sont pas des âmes sœurs. Mais vous ne pouvez jamais trouver une autre personne avec laquelle vous pouvez partager le même lien que les âmes sœurs.

 Non seulement mon frère m'avait sauvé, mais il avait aussi sauvé Kate. Je ne pourrais jamais le remercier assez. C'était tellement dur à encaisser, je ne savais pas vraiment quoi lui dire.

« Arius… si seulement j'avais su. Je suis tellement désolé. » C'est la seule chose que j'ai pu trouver à lui dire.

Mon frère m'a regardé, il y avait cette sorte d'amour fraternel dans ses yeux. Cela faisait des années que je ne l'avais pas vu me regarder comme ça. Il a touché la marque sur mon cou et a souri.

« C'est bon, tu ne pouvais pas savoir. Prends juste soin d'elle et ne laisse pas papa te faire la même chose. C'est suffisant. »

J'ai tapoté son épaule.

« Je ne sais pas si je ne pourrai jamais te rendre la pareille. Mais si je peux faire quelque chose pour toi, dis-le. »

Mon frère a souri.

« Je suppose que j'aurais dû te le dire plus tôt. À partir de maintenant, on surveillera nos arrières ensemble. »

J'ai hoché la tête en regardant mon frère sortir de ma chambre. C'était le moment où j'ai été le plus proche de mon frère de toute ma vie.

Je n'arrivais toujours pas à croire tout ce que mon père avait fait. À la lumière de ce qu'Arius venait de me dire, je ne serais même pas surpris que père ait inventé cette histoire de livre volé juste pour avoir une raison de partir en guerre contre les loups-garous. J'étais maintenant plus que jamais déterminé à trouver un moyen d'arrêter cette guerre.

Mais cela devrait attendre demain. Ce que j'avais vécu aujourd'hui commençait à me peser et j'avais besoin de dormir. J'ai poussé les affaires du lit sur le sol, je nettoierai demain matin. Je me suis endormi facilement, épuisé par ma journée.

J'ai rêvé de Kate toute la nuit. J'aurais souhaité ne jamais me réveiller, rester dans ce rêve avec elle pour toujours. Mais quand je me suis réveillé, j'ai entendu Kate dans mon esprit. « Es-tu réveillé ? Tu me manques. Passe une bonne journée. »

C'était elle, j'en étais sûr. Ce qui signifiait que le lien d'âmes sœurs se renforçait et je ne pouvais pas être plus heureux. J'ai poussé des souvenirs d'elle et moi s'embrassant dans son esprit, en espérant que le lien soit assez fort pour qu'ils l'atteignent.

Puis je lui ai dit : « Tu me manques aussi, ma petite louve. Je t'aime tellement. «

Elle a sûrement dû les recevoir, car peu après, j'ai entendu dans mon esprit, « Je t'aime aussi Damien ».

Mon cœur a palpité à ces mots. Ma compagne pouvait m'entendre. J'aurais voulu pouvoir aller la voir tout de suite, mais je me suis rappelé que j'avais des choses à faire avant.

J'ai commencé par prendre une bonne et longue douche. J'avais passé la veille enchaîné dans le donjon, à être battu et fouetté. Mes vêtements étaient déchirés et tachés de sang. J'avais l'impression que cela faisait des années que je n'avais pas senti le tambour relaxant de l'eau chaude sur ma peau.

Après être sorti de la douche, j'ai mis un pantalon noir formel avec une chemise élégante. Je devais être à la hauteur aujourd'hui. J'avais des projets et je devais ressembler à un vrai prince. J'ai même pris le temps d'attacher mes cheveux en chignon. Quand je me suis regardé dans le miroir, j'étais satisfait.

Avant de faire quoi que ce soit d'autre, j'ai commencé à ramasser toutes les affaires qui avaient été mises sens dessus dessous lorsqu'ils ont fouillé ma chambre. J'étais en colère contre mon père d'avoir fait ça. Mais je me sentais surtout reconnaissant envers mon frère de m'avoir sauvé.

J'ai jeté un autre coup d'œil aux dessins. Je ne savais pas que Kate était aussi douée en dessin. Elle a parfaitement dépeint l'amour que nous partageons. Il n'y aurait eu aucun moyen pour moi de le nier si mon père avait eu ces dessins. J'ai pris les dessins et les ai soigneusement mis dans un tiroir fermé à clé de ma table de nuit.

J'ai pris mon déjeuner dans ma chambre, mais la pièce semblait vide maintenant que Kate n'y était pas avec moi. Après avoir mangé, je me suis rendu au laboratoire d'Elwin. Quand je suis entré dans la pièce, Elwin faisait des expériences avec un oiseau mort et des fioles étranges. Je me suis approché lentement de lui par-derrière, mais il ne m'a pas entendu. Je me suis raclé la gorge, ce qui l'a fait sursauter et lui a fait lâcher la fiole qu'il tenait dans sa main, qui s'est brisée sur le sol et a répandu son contenu.

Elwin s'est tourné vers moi. Il avait l'air effrayé quand il m'a vu. Il a bégayé, « M-mon p-prince qu'est-ce qui vous amène ici ? »

J'étais plus grand que lui, alors je le regardais de haut, prenant un air sérieux. J'ai dit d'un ton méchant, « Tu m'as dit que tu ne ferais pas de mal à la prisonnière. »

Elwin a essayé de faire un pas en arrière, mais son dos était déjà contre la table. Mes mots ont eu l'effet que je voulais sur lui, car ses mains tremblaient de nervosité. « Je n'ai fait que les expériences que le Seigneur m'a demandé de faire sur elle, mon prince. Rien de plus. »

Je me suis penché vers lui pour que mon visage soit à quelques centimètres du sien. « Ce que vous lui avez fait n'était pas agréable, semble-t-il. Vous pensiez vraiment que des aiguilles insérées dans sa peau ne lui feraient pas mal ? »

Je n'ai même pas essayé de cacher ma colère. Ma poitrine se serrait et j'avais besoin de respirer profondément, sinon je ferais quelque chose que je regretterais. Je devais me rappeler que j'avais besoin de l'aide d'Elwin pour trouver un remède pour la sœur de Kate.

Elwin a dégluti. Je pouvais entendre sa respiration rapide et voir des perles de sueur se former sur son front.

J'ai reculé juste un peu avant de dire, « Je t'avais prévenu. Quelle que soit la douleur que tu lui infligeais, je te ferais payer… »

J'ai attendu quelques secondes pour laisser mes mots s'ancrer dans son esprit, avant d'ajouter, « Mais… je me sens généreux en ce moment. »

J'ai regardé Elwin qui hochait la tête avec anxiété.

« Oui, mon prince. Tout ce dont vous avez besoin, mon prince. »

J'avais un sourire malicieux sur le visage. C'était exactement là où je voulais qu'il soit.

J'avais besoin qu'il ait peur de moi, qu'il se conforme à tout ce que je voulais qu'il fasse. Je ne pensais même pas que ce serait aussi facile.

J'ai sorti les fioles de sang de ma poche et les lui ai tendues. Il a pris les flacons et m'a regardé avec de grands yeux, attendant une explication.

« Ce sang appartient à une personne importante. Mais cette personne est inconsciente depuis quelques jours maintenant. Vous devez trouver un remède pour cette personne. »

Elwin avait l'air de déjà penser à ce qu'il allait faire avec les fioles.

« Cela ne devrait pas être un problème, mon prince. »

Il semblait moins effrayé maintenant et presque soulagé que ce soit un défi facile. Bien, Kate sera heureuse quand j'aurai un remède pour sa sœur.

Avant de quitter son laboratoire, je me suis rapproché une dernière fois de lui, et je lui ai rappelé.

« Cela reste entre vous et moi. Vous feriez mieux de ne pas me trahir. Compris ? »

Elwin a hoché la tête, son niveau de stress augmentant à nouveau.

« Bien sûr, mon prince ! Je n'oserais jamais vous trahir. »

En quittant sa chambre, avant que la porte ne se referme derrière moi, j'ai pu entendre Elwin laisser échapper le souffle qu'il retenait. J'ai souri à moi-même. Tout se passait comme prévu.

Je retournais vers ma chambre quand j'ai croisé une grande et belle femme. Je ne l'avais jamais vue au château. Elle sortait de la chambre de mon père. Elle était presque aussi grande que moi, et portait une mini-jupe en cuir et un crop top. Elle avait de longs cheveux noirs tressés qui descendaient dans son dos. Elle s'est arrêtée un moment quand elle m'a vu et a souri. Je ne m'étais pas rendu compte que je la fixais et je n'avais pas vraiment envie de lui parler, mais je n'étais pas non plus capable de m'éloigner.

Elle s'est approchée de moi, me fixant dans les yeux. Plus elle se rapprochait, plus je sentais que quelque chose n'allait pas chez elle, mais je n'arrivais pas à mettre le doigt sur ce que c'était.

« Oraya, voici mon frère Damien. »

J'ai été surpris et je me suis retourné pour voir mon frère ; je ne l'avais même pas entendu approcher.

« Damien, voici Oraya, elle est la chef du groupe de succubes que papa a engagé. »

Je me suis retourné pour regarder Oraya, et quand je l'ai fait, j'ai été surpris de voir que la femme que j'avais vue plus tôt avait maintenant des dents acérées, des ailes de chauve-souris et des ongles longs et pointus.

Elle me tendait la main, attendant que je la prenne. J'étais l'héritier du trône, et puisque père l'avait engagée, je suppose que je devais être courtois avec elle. J'ai pris sa main et lui ai donné un baiser sur le dessus.

« C'est un plaisir de vous rencontrer, madame. »

Oraya me souriait.

« Le plaisir est pour moi, mon prince. Désolé si j'ai utilisé mes pouvoirs sur vous, je ne savais pas que nous allions travailler ensemble. »

Alors, elle avait utilisé ses pouvoirs sur moi. Ça expliquait pourquoi je ne pouvais pas m'éloigner et pourquoi je n'avais pas vu sa vraie forme. Pourquoi père avait-il décidé de faire équipe avec les succubes ? Ils étaient fourbes et on ne pouvait pas leur faire confiance. Ce ne serait pas la première fois que les démons trompaient leurs alliés. Je devais être prudent avec eux, il était plus sage de leur faire croire que je leur faisais confiance.

« Je suis certain que vos pouvoirs seront utiles sur le champ de bataille », lui ai-je dit pour gagner sa confiance.

Elle a souri à ma remarque, ce qui lui donnait un air à la fois sexy et dangereux. Je devais me méfier d'elle et de son groupe.

« Maintenant, si vous voulez bien nous excuser, mon frère et moi avons des affaires à régler. »

Oraya a hoché la tête et son regard m'a suivi alors que j'entraînais mon frère avec moi vers ma chambre. Au moment où je disparaissais de sa vue, j'ai eu l'impression qu'Oraya avait un sourire maléfique sur le visage. Mais quand je me suis retourné pour la regarder une dernière fois, elle avait déjà disparu.

Mon frère a eu l'air un peu surpris, mais n'a rien dit jusqu'à ce que nous soyons dans ma chambre, la porte fermée.

« C'est quoi cette histoire ? »

« Des Succubes. Vraiment ? Père a-t-il perdu la tête ? »

« Il pensait que nous avions besoin d'une force supplémentaire pour la guerre contre les loups, maintenant que nous n'avions pas leur héritage familial. »

La colère montait dans ma poitrine au souvenir de cette guerre. Mon frère m'a regardé et a réfléchi un moment.

« Oui, je comprends maintenant pourquoi tu n'es pas aussi impatient qu'avant que cette guerre ait lieu. »

J'étais en colère et triste en même temps. Je devais trouver un moyen d'empêcher cette guerre. Maintenant que les succubes étaient de notre côté, j'avais plus que jamais peur de perdre ma précieuse Kate.

« Je protégerai Kate de ma vie, quoi qu'il arrive. Et d'ailleurs, tu sais qu'on ne peut pas faire confiance aux succubes. »

Mon frère a hoché la tête.

« Oui, je sais, mais ce n'est pas comme si je pouvais faire changer père d'avis. »

Il avait aussi raison sur ce point. Je me sentais vaincu, ça se voyait sûrement puisque mon frère a ajouté : « Ne t'inquiète pas, on ne laissera rien arriver à ton âme sœur ».

Je savais qu'il essayait seulement de me remonter le moral. Pendant une guerre, tout pouvait arriver, et la sécurité de personne n'était garantie. Ça m'a quand même un peu remonté le moral.

J'ai dit à mon frère, « Tu sais que je veux arrêter cette guerre. »

Il a hoché la tête, il comprenait pourquoi.

Il m'a glissé avant de partir, « Fais-moi savoir si je peux t'aider. »

Chapitre 10 (Kate)

Pourchassée

J'étais assise dans le jardin, baignant dans le soleil, profitant d'un après-midi de paresse. Je n'avais aucune idée de l'endroit où chercher le livre à présent. J'ai décidé de prendre un peu de repos bien mérité.

Une chose n'arrêtait pas de me trotter dans la tête : Lilith. Je savais que je l'avais déjà vue, mais où ? Je ne pouvais pas me tromper. Pourquoi son odeur m'était-elle si familière ?

Mes pensées ont dérivé tandis que je regardais les nuages, à moitié endormie. Soudain, j'ai vu Lilith dans mon esprit, elle donnait quelque chose à Zach. Est-ce que je rêvais ? Le souvenir était brumeux, mais j'étais certainde que ce n'était pas un rêve. Ça devait être ça ! C'est à ce moment-là que je l'ai vue. Mais c'était il y a si longtemps, c'est peut-être pour ça que je ne m'en souvenais pas.

J'ai continué à y penser, les détails étaient flous. Je me souviens que c'était la nuit. Je savais qu'elle a donné quelque chose à Zach, mais je ne me souvenais pas de ce que c'était. Il y a une chose dont je me souviens clairement. Zach et elle se sont embrassés. Ils étaient amoureux, j'en étais certaine ! Si c'était le cas, alors Zach savait sûrement quelque chose sur elle. Je devais lui demander.

Je me suis levée et j'ai décidé de partir à la recherche de Zach. Je voulais entendre toute l'histoire de sa bouche.

J'ai cherché dans son bureau, dans la bibliothèque, j'ai même vérifié sa chambre, mais il était introuvable. Je me suis assise dans le salon, me demandant où le chercher ensuite.

Mon père est passé.

« Salut Kate, comment vas-tu mon petit ange ? »

Je lui ai souri. J'aimais beaucoup mon père. Il était l'Alpha, craint et respecté par tous les membres de la meute. Mais quand nous étions ensemble à la maison, il était un père tendrement aimant. J'étais une adulte, mais je savais qu'à ses yeux, je serais toujours sa fille.

« Salut, papa, je vais bien. » Je me suis levé et je l'ai serré dans mes bras.

Je n'étais pas toujours d'accord avec lui, mais je savais qu'il devait faire des choix pour nous protéger. Il travaillait toujours pour le bien de la meute. Être l'Alpha devait être si difficile parfois.

Je suppose que c'est un fardeau que je devrai partager un jour puisque je deviendrai la prochaine Alpha.

« Quelque chose te tracasse, chérie ? » Sa question m'a sorti de mes pensées.

« Oui, je cherchais Zach. L'as-tu vu ? »

Mon père a réfléchi pendant quelques secondes.

« Je crois qu'il a dit quelque chose à propos d'aller dans la forêt. Je ne me souviens pas exactement pourquoi, mais je suppose qu'il n'est pas loin. »

Bien ! Maintenant je savais où le trouver.

« Merci papa ! » Je lui ai dit avant de sortir de la maison. Je l'ai entendu rire alors que je partais.

J'ai couru dehors dans la forêt. Le soleil rayonnait et les oiseaux gazouillaient dans les arbres. J'ai écouté attentivement, essayant de voir si je pouvais entendre Zach dans la forêt. Ce n'était pas facile. Même si j'avais un sens de l'ouïe très développé, Zach était aussi l'un des meilleurs combattants de la meute, et donc, très doué pour se cacher et rester silencieux.

J'ai crié en marchant. « Zach, es-tu là ? »

J'ai entendu une branche craquer un peu plus loin, alors j'ai suivi le son. J'ai commencé à entendre le son de l'eau qui coule. Il s'agissait de la petite rivière.

Finalement, je l'ai vu ! Zach était assis sur un rocher près de la rivière, face à l'eau.

J'ai marché jusqu'à lui. « Te voilà ! »

Il s'est retourné. « Salut Kate. Est-ce que tu me cherchais ? »

Comment pouvait-il ne pas savoir ? Je criais son nom depuis tantôt !

« Bien sûr, je l'étais ! Tu ne m'as pas entendu appeler ton nom ? »

Zach avait l'air embarrassé. Il s'est levé. Il était au moins une tête de plus que moi. « Désolé, j'étais perdu dans mes pensées. »

« Ces pensées devaient être très profondes pour que tu ne m'entendes pas », l'ai-je taquiné. Il a ri de ma remarque.

« Peu importe. Je te cherchais. Il y a quelque chose que je veux te demander. »

Il a demandé gentiment. « Qu'est-ce qu'il y a, ma chérie ? »

« Te souviens-tu ? J'étais beaucoup plus jeune. Une nuit, tu as rencontré une femme vampire. Elle s'appelait Lilith. Ses cheveux sont noirs, elle est très belle… Elle t'a donné quelque chose cette nuit-là. »

Je regardais Zach réfléchir, attendant de voir s'il allait se rappeler. Ça prenait beaucoup de temps. J'ai ajouté, « Je me souviens que tu l'as embrassée. »

Les yeux de Zach se sont élargis.

« Tu dois sûrement te tromper, Kate. J'ai embrassé beaucoup de femmes dans ma vie, des humaines et des louve-garelles. Mais je n'ai jamais embrassé une vampire. »

Comment pouvait-il avoir oublié ? J'étais certaine que ce n'était pas un rêve ! J'étais sûre qu'ils se sont embrassés. Ils étaient amoureux ! Je ne pouvais pas croire ça ! Je commençais à être frustrée.

J'ai crié, « Je te le dis ! Tu l'embrassais. »

Zach a posé ses deux mains sur mes épaules et m'a regardé dans les yeux.

« Calme-toi, ma chérie. Je n'ai pas dit que tu avais tort. Ce nom me dit quelque chose, mais je n'arrive pas à m'en souvenir… »

Ce n'était pas bon… La seule personne qui aurait pu m'aider ne se souvenait de rien. J'ai croisé mes bras sur ma poitrine, agacée par tout ça. Zach ne faisait pas ça exprès, je ne pouvais pas lui en vouloir, mais ça n'allait nulle part.

J'ai soupiré. « OK, merci quand même. »

Zach a embrassé ma joue. « Désolé chérie, je te le dirai si jamais je me souviens de quelque chose, OK ? »

Il avait l'air sincère. Je lui ai souri et j'ai hoché la tête.

Je lui ai demandé : « Tu reviens à la maison ? »

Zach a secoué la tête. « J'ai encore besoin d'un peu de temps seul, je reviendrai plus tard. »

J'ai fait signe à Zach et j'ai commencé à marcher vers la maison.

J'ai marché pendant un bon moment. Je n'avais pas réalisé que j'étais aussi loin de la maison tout à l'heure quand je suis partie à la recherche de Zach. Je me suis demandé à quoi il pensait. Il semblait avoir beaucoup de choses en tête, pour être perdu dans ses pensées au point de ne pas m'entendre appeler par son nom. Qu'est-ce qui pouvait le déranger comme ça ?

J'étais perdue dans mes pensées lorsque j'ai réalisé que la forêt était devenue silencieuse. Je me suis arrêté de marcher et j'ai étudié la forêt autour de moi. Le soleil n'était pas encore couché, ce n'était pas normal que les oiseaux soient silencieux. Je ne voyais que des arbres partout. Pourtant, je me sentais mal à l'aise. Quelque chose n'était pas normal.

J'ai sursauté en entendant un bruit dans les bois. Peut-être que Zach avait décidé de revenir à la maison ? C'était très peu probable. Sûrement, je sentirais son odeur s'il était près de moi. Mon cœur s'est mis à battre plus vite.

J'ai crié, « Qui est là ? Montrez-vous ! »

J'avais beau écouter, je ne pouvais rien entendre. Si quelqu'un était là, il était plutôt bon à cache-cache. Je ne pouvais rien sentir non plus. Comment était-ce possible ? Notre odorat était l'un de nos meilleurs sens. La personne qui essayait de m'attraper était bien préparée, et ça m'effrayait encore plus.

Être attaqué par un étranger, c'était quelque chose. Mais être attaqué par quelqu'un qui s'est préparé était bien plus dangereux. Ça voulait dire qu'ils me connaissaient, qu'ils m'avaient étudié. Ça commençait à me rendre vraiment nerveuse.

J'ai entendu un sifflement venant de devant moi. Mes réflexes se sont déclenchés juste à temps pour que j'évite la lame d'un poignard qu'on me lançait. Celui qui était là n'était pas amical. Je n'avais pas l'intention de rester ici plus longtemps.

Je ne pouvais plus aller vers ma maison, car le poignard avait été lancé de cette direction. J'ai commencé à courir dans la direction opposée.

Tout de suite, j'ai entendu des bruits de pas venant dans ma direction. J'ai tourné la tête juste assez pour voir quatre hommes courir dans ma direction. C'étaient des vampires. Ils étaient vêtus d'une armure noire. Ils se déplaçaient furtivement, je pouvais à peine les entendre. Ils étaient rapides, je ne savais pas si je pouvais leur échapper.

Je me souvenais que Damien m'a dit que le Seigneur vampire enverrait ses gardes pour me récupérer. Est-ce que c'était eux ? Ils n'étaient pas armés comme des gardes. Ils ressemblaient plutôt à des assassins. Je suppose que le Seigneur vampire n'avait besoin que de l'héritage que j'avais en moi. Il ne se souciait pas de savoir si j'étais prise morte ou vivante.

Je courais aussi vite que je pouvais. De temps en temps, une dague était lancée dans ma direction, mais je l'esquivais. J'étais maintenant bien plus loin de la maison que je ne l'avais jamais été. J'étais en dehors du territoire de la meute. Je n'avais aucune idée si j'empiétais sur le territoire d'une autre meute et j'étais bien trop occupé pour m'en soucier.

Je ne connaissais pas cette partie de la forêt. Les arbres étaient grands et sombres. Aucune lumière du soleil ne filtrait à travers eux. Aucun animal ne vivait ici. On n'entendait aucun bruit autre que mes pieds sur le sol, mon essoufflement et les assassins qui me poursuivaient. Cela ne servait à rien. Les vampires étaient trop rapides pour moi. Je ne pouvais pas fuir éternellement. Je ferais mieux de les combattre.

J'ai arrêté de courir et je me suis retourné pour les regarder. En quelques secondes, j'ai été encerclée. Trois d'entre eux étaient très grands. L'autre était petit, presque de ma taille. On aurait dit qu'ils voulaient boire mon sang et leurs yeux semblaient briller dans l'obscurité de la forêt. Leurs ongles étaient pointus, et leurs crocs étaient sortis.

L'un d'eux portait un arc et des flèches. Il me fixait comme un chasseur observant sa proie.

Le plus petit avait des cicatrices et portait une grande épée lourde. Il n'était pas le plus rapide, mais il avait l'air très fort.

Aucun d'entre eux n'a dit de mot. Aucun n'était nécessaire. Le premier vampire a essayé de me sauter dessus, toutes dents dehors, pour atteindre mon cou, mais je l'ai esquivé. Je me suis retourné juste à temps pour voir le troisième vampire me frapper à la tête avec son épée. Je suis tombé au sol, la lame de l'épée ne m'a manqué que de quelques centimètres.

Le quatrième vampire m'a attrapé par le cou et m'a soulevé dans les airs. Mes pieds ne touchaient plus le sol. J'ai donné des coups de pied en l'air et j'ai essayé d'éloigner ses mains de mon cou en haletant pour respirer. Heureusement, il était assez près pour que je lui donne un coup de pied puissant dans l'estomac. Le coup de pied lui a fait perdre sa prise sur mon cou et reculer.

J'ai pris quelques bouffées d'air en tombant sur le sol. Il n'a pas fallu longtemps pour que le deuxième vampire soit sur moi. J'ai hurlé de douleur quand il m'a poignardé dans le ventre avec une dague. Le sang a commencé à jaillir de la blessure. Je voulais me relever, mais le vampire était toujours sur moi. Il s'est baissé et a léché le sang qui sortait de la blessure, me provoquant avec un sourire en coin.

Quel salaud ! J'étais tellement en colère que la douleur a un peu diminué. Je l'ai frappé avec ma tête assez fort pour qu'il hisse et recule.

Je me suis relevée, la douleur dans mes tripes rendant la station debout difficile. Je ne savais pas exactement quel vampire, mais l'un d'eux m'a envoyé voler dans les airs sans même me toucher, directement dans un arbre quelques mètres plus loin. J'ai crié quand mon dos a heurté le tronc d'arbre.

Je devais l'admettre, il n'y avait aucune chance que je gagne ce combat. Je saignais déjà et j'avais mal. Je savais aussi que je ne pouvais pas les distancer à la course… Du moins… pas sous ma forme humaine.

Ils venaient tous vers moi rapidement. Ma louve a pris le contrôle de moi et me changeant de forme. Les vampires se sont arrêtés et m'ont regardé pendant que je me transformais. Je suppose qu'ils ne voyaient pas souvent des loups-garous se transformer.

J'aimais habituellement me transformer en loup. Mais cette fois-ci, c'était douloureux. La dague dans mon ventre est tombée sur le sol quand je me suis transformé et maintenant le sang coulait de la blessure. Mon dos me faisait encore mal. Je ne voulais pas qu'ils le voient.

Je me tenais maintenant sur mes quatre pattes, grognant de façon menaçante. Ils semblaient se demander comment s'y prendre avec moi maintenant que j'étais sous ma forme de loup. Je n'ai pas attendu qu'ils comprennent et j'ai commencé à foncer dans les bois. Je les ai entendus maudire pendant que je m'enfuyais.

Sous ma forme de loup, j'étais bien plus rapide que sous ma forme humaine. Je savais que les vampires étaient rapides, mais si j'avais une chance de leur échapper, c'était ainsi. J'ai couru aussi vite que je pouvais. Je pouvais entendre leurs pas derrière moi. L'un des vampires me tirait des flèches et je devais les esquiver tout en courant. L'une des flèches m'a touché à l'omoplate. Je ne pouvais pas m'arrêter de courir, malgré la douleur, sinon ils allaient me rattraper. Je n'avais aucune idée de l'endroit où j'allais. Je courais aussi vite que possible, en espérant trouver un moyen de leur échapper.

Tout ce à quoi je pouvais penser était de courir. Cours. Aussi vite que tu peux. Tu dois t'éloigner d'eux. Soudain, j'ai trébuché sur une racine d'arbre qui dépassait du sol. J'étais trop concentrée sur mes pensées et je ne l'ai pas vu. J'ai regardé autour de moi et j'ai réalisé qu'il y avait une falaise, et j'étais en train de tomber en bas.

Alors que je tombais, un nom m'est venu à l'esprit : "Damien".

*********** PDV de Damien ***********

Que s'est-il passé ? J'ai cru entendre mon nom, mais il n'y avait personne. Je suppose que je suis fatigué.

« C'était toi, Kate ? » Aie-je demandé à travers notre lien d'âme sœur. J'ai attendu un peu, mais elle n'a pas répondu. Elle était probablement occupée.

J'ai continué ma journée, essayant de trouver des indices sur l'endroit où se trouvait le livre de vampires. Il semblait qu'il n'y avait rien nulle part. Je devenais assez frustré par cette recherche futile.

Heureusement pour moi, la fin de la journée approchait, ce qui signifiait que je pouvais retourner auprès de ma chère Kate. J'ai pris le temps de me mettre beau avant de m'éclipser par la fenêtre de ma chambre pour rejoindre la femme que j'aimais.

Alors que je volais vers le lac près de chez elle, j'avais un mauvais pressentiment. Quelque chose n'allait pas, mais je ne savais pas quoi exactement. J'ai atterri au lac, mais Kate n'était pas encore là. J'espérais qu'elle arriverait bientôt, elle me manquait tellement !

Le soleil était déjà couché, mais toujours aucun signe de Kate. J'ai commencé à m'inquiéter. J'ai essayé de l'appeler par la pensée. « Kate, chérie, où es-tu ? » J'ai continué d'essayer, mais en vain. Kate ne répondait pas. Ce n'était pas bon signe. Je commençais à m'inquiéter, mais je ne savais pas quoi faire.

Ce n'est pas comme si je pouvais aller devant sa maison, frapper et demander s'ils savaient où elle était !

Le mieux que je pouvais faire était d'essayer de lui parler par le biais de notre lien d'âme sœur ou d'essayer de la chercher. Mais je n'avais aucune idée d'où elle pouvait être.

J'ai essayé de voir si je pouvais sentir son odeur ou entendre quelque chose, un mouvement dans les buissons. Hélas ! C'était inutile. Je savais que quelque chose n'allait pas. Je l'avais senti en venant ici, et maintenant j'en étais sûr.

Qu'est-ce que je pouvais faire ? J'ai continué à chercher, mais je n'ai pas trouvé de réponse. Je me sentais tellement frustré ! Mon amour avait disparu, et je n'arrivais pas à la trouver. La rage montait en moi, mais je n'avais aucun moyen de la libérer. Des larmes coulaient silencieusement sur mes joues. La seule chose qui me calmait, c'était le fait qu'elle était encore en vie. De cela, j'en étais sûr. Sinon, le lien d'âme sœur aurait été rompu et j'en aurais subi les effets.

Alors que j'attendais en vain, j'ai vu les premiers rayons de lumière à l'horizon. Il n'y avait aucune chance qu'elle vienne. Je devais me résigner à rentrer au château. Mon cœur était lourd, je me sentais nauséeux. Jetant un dernier coup d'œil autour de moi, juste au cas où elle viendrait finalement, je suis rentré.

Je me suis réveillée sur la rive d'une rivière. Le soleil se levait. Il m'a fallu quelques secondes pour réaliser que j'avais repris ma forme humaine pendant que j'étais assommée. Cela expliquait pourquoi j'étais nue. Ma tête me faisait tellement mal. J'ai porté ma main à ma tête et j'ai senti quelque chose de chaud. Quand j'ai regardé mes doigts, il y avait un peu de sang dessus. Je suppose que j'avais dû me cogner la tête.

J'ai levé les yeux et j'ai vu une falaise. C'est sûrement la falaise d'où je suis tombée hier. Mes blessures n'avaient pas complètement guéri, malgré mes pouvoirs de guérison de loup-garou. J'étais sûre que je serais morte si je n'avais été qu'une humaine. J'ai remercié la déesse de la lune d'être en vie.

Je me suis levée. J'ai grimacé à la douleur aiguë dans mon ventre, me rappelant que j'avais été poignardée hier. J'ai étudié mon reflet dans les eaux troubles de la rivière. Mon corps était couvert d'ecchymoses, de boue et de sang. J'avais des marques de griffures partout. Du sang avait séché sur mon front.

J'avais une douleur aiguë à chaque fois que je bougeais mon bras gauche. Je me souvenais vaguement avoir reçu une flèche dans l'omoplate alors que je fuyais les assassins hier. J'ai touché mon dos avec ma main droite et je pouvais sentir l'extrémité d'une flèche.

Je savais que ça allait faire très mal, mais je ne pouvais pas la laisser là. J'ai attrapé la flèche avec ma main. Mon rythme cardiaque était élevé. J'avais peur. Mon Dieu, j'aimerais ne pas avoir à faire ça ! OK, concentre-toi Kate, plus vite tu la retires, plus vite c'est fini. J'ai pris une grande inspiration et j'ai tiré aussi fort que je le pouvais. J'ai crié sous la douleur. Je pouvais sentir la tête de la flèche se déplacer dans ma chair. La douleur était atroce et je ne pouvais pas retenir mes larmes. J'ai finalement entendu un bruit de jaillissement et senti un liquide chaud sur mon dos. Je saignais, mais au moins la flèche était sortie. J'ai pris quelques profondes inspirations, toujours secouée par la douleur.

À ce moment-là, j'ai réalisé que c'était le matin, ce qui signifiait que Damien avait dû m'attendre toute la nuit et que je n'étais pas venue le rejoindre. Comme il me manquait en ce moment ! J'ai essayé de lui parler par la pensée, mais ma tête me faisait trop mal. Je suppose que je devais d'abord guérir.

J'étais sale, blessée et affamée. J'étais perdue et je n'avais aucune idée de l'endroit où je me trouvais. Je n'avais aucun moyen de remonter la falaise d'où j'étais tombé hier. Ma tête était encore étourdie. J'ai regardé autour de moi. La rivière était entourée de falaises de chaque côté. Au sommet des falaises, de grands arbres sombres absorbaient la lumière du soleil. Je ne pouvais pas rester ici, personne ne me trouverait.

Au moins, cela signifiait qu'aucun assassin ne viendrait ici. Pourquoi ne m'ont-ils pas achevé hier ? Je suppose que j'avais l'air assez morte après ma chute. Ils étaient censés récupérer mon "héritage" (quoi que ce soit…) Ils ont peut-être perdu ma trace ? Oh et bien, ça n'a pas d'importance. J'étais en vie et je ferais mieux de bouger si je voulais que ça reste ainsi.

Je devais trouver quelque chose à manger, mais je n'étais pas en état de chasser. Bon sang, je ne savais même pas si j'étais capable de reprendre ma forme de loup en ce moment ! Ma louve était blessée. Elle était en train de se soigner et de me soigner en même temps. Je devais rester tranquille.

Une grotte sur le côté de la falaise semblait être une bonne option. Il y faisait sombre, mais cela ne posait pas de problème vu ma vision de lycanthrope. De loin, je pouvais entendre des gouttes d'eau s'égoutter légèrement. L'air froid et humide me faisait frissonner. Bien que ce soit l'été, il y avait une différence de température drastique entre l'intérieur et l'extérieur de la grotte. Être nue ne m'aidait pas à rester au chaud.

Au bout de la grotte, il semblait y avoir un passage suffisamment grand pour que je m'y aventure. Le sifflement du vent semblait venir de quelque part au fond. Il y avait peut-être une sortie plus loin ! Pleine d'espoir, je me suis mise à marcher en boitant sur mon pied gauche, en prenant soin d'écouter tout signe de danger. Heureusement, la grotte semblait abandonnée, je ne serais pas en état de combattre qui que ce soit pour le moment.

Je n'avais aucune idée du temps qui a passé, mais ça m'a semblé une éternité. Après avoir traversé plusieurs rochers, j'aperçus enfin une faible lumière au loin.

Un sentiment de bonheur m'envahit, bientôt remplacé par la peur. Où cette sortie me menait-elle ? J'aspirai une bouffée d'air pour éviter de pleurer à cause de la douleur en m'accroupissant au sol. Je rampai lentement vers la sortie, en essayant d'être aussi silencieuse que possible.

Je pouvais entendre des voix au loin. Après être restée si longtemps bloquée dans le noir, j'ai dû faire une pause pour laisser mes yeux s'adapter à la lumière.

La sortie de la grotte se trouvait dans une forêt ensoleillée, à l'orée d'un château. Je connaissais très bien ce château. C'était le château de Damien ! Ce qui voulait dire que je pouvais aller le voir, il pourrait m'aider à coup sûr.

J'ai essayé une fois de plus de lui parler par le biais de notre lien d'âme sœur, mais j'ai échoué. Il semblait que la blessure à ma tête n'était pas encore guérie. Je devais trouver un moyen de rentrer à l'intérieur.

Je pouvais voir les portes d'entrée du château plus loin. Elles étaient lourdement gardées. Les marchands entraient et sortaient du château. Les gardes fouillaient tous les chariots qui entraient, il n'y avait donc aucun moyen pour moi de me cacher à l'intérieur d'un chariot pour entrer.

Je ne pouvais pas escalader les murs. Même si mes blessures étaient complètement guéries, c'était trop haut. Il n'y avait pas de porte arrière non plus.

Mon seul moyen d'entrer dans le château était de passer par la porte d'entrée.

Je me suis cachée dans les buissons et j'ai observé attentivement les gardes. Il semblait que toutes les heures environ, il y avait un changement de gardes. Je suppose que ce serait ma meilleure chance. Si j'avais assez de chance, il y aurait assez d'agitation pour me permettre d'entrer dans le château sans être remarquée.

Un bruit derrière moi m'a sorti de mes pensées. J'ai sursauté. Je me suis retournée pour voir un vampire qui me sautait dessus. Il a mis sa main sur ma bouche et m'a tiré vers l'arrière du château.

J'ai essayé de me libérer, mais j'étais trop faible et fatiguée. Quand nous sommes arrivés à l'arrière du château, je l'ai reconnu.

« Kate ! Que fais-tu ici ? » demanda Arius, surpris de me voir.

Il a lâché ma bouche pour que je puisse lui parler. J'ai fait un pas en arrière, maintenant que j'étais libre.

« Ne t'approche pas », ai-je dit avec méfiance. Arius a ricané à ma réponse.

« Si je voulais que tu sois morte, tu le serais déjà. »

Je suppose qu'il avait raison. Pourtant, je devais m'éloigner de lui. Je me suis retourné, mais il a lancé, « Ne pars pas ! S'il te plaît, Damien m'a tout dit. »

J'ai gelé à ce nom. Qu'est-ce qu'il lui avait dit exactement ?

Il a continué, « Je ne ferai pas de mal à la compagne de mon frère. »

Je me suis retourné pour lui faire face.

« Alors, pourquoi m'avoir ramené à l'arrière du château ? »

« Tu étais sur le point de faire quelque chose de stupide. »

Je l'ai regardé d'un air perplexe.

« Tu es blessée, Kate. Tu empestes le sang. N'importe quel vampire t'aurait senti. Tu ne sais pas que les vampires sont attirés par l'odeur du sang ? Il n'y a aucune chance que tu passes inaperçue auprès des gardes. »

Je me suis arrêtée un instant. Il avait raison. Je n'y avais pas pensé. Il m'a probablement sauvé.

« Je suppose que tu m'as sauvé alors… merci. »

Arius a souri.

« Je sais où tu veux aller. Viens, je vais te conduire à lui. Il se meurt d'inquiétude pour toi. » Il m'a fait signe de m'approcher de lui. Je suppose que c'était ma meilleure option. J'ai décidé de lui faire confiance.

Ce n'est que lorsqu'il a enlevé son manteau et m'en a recouvert que je me suis souvenue que j'étais encore nue après avoir repris ma forme humaine. Je me suis soudainement sentie si embarrassée. Depuis combien de temps me voyait-il dans cet état ? Je suppose que je n'y pouvais rien, mais je me sentais rougir à cause de la situation dans laquelle je me trouvais.

Arius ne semblait pas s'en soucier. Il m'a pris dans ses bras. Je pouvais sentir qu'il était aussi fort que son frère.

« Sois silencieuse, mon père te cherche encore frénétiquement. Nous arriverons par la voie des airs », dit-il en levant les yeux au ciel.

J'ai attrapé ses épaules quand il a pris son envol. Je n'ai toujours pas l'habitude de voler. Je préférais quand c'était avec Damien, mais j'étais reconnaissante d'avoir l'aide d'Arius.

En quelques secondes, nous sommes arrivés au quatrième étage du château.

Arius a vérifié que la voie était libre avant d'entrer. Il m'a gardé dans ses bras alors qu'il marchait rapidement vers une porte. Sans même me poser, il a frappé à la porte.

Je ne me souvenais pas très bien du château depuis ma dernière visite et j'espérais seulement qu'Arius ne m'avait pas trompé. Je me suis souvenu que la chambre de Damien était au quatrième étage. Mais s'il m'amenait plutôt chez le sorcier ? J'ai attendu anxieusement que quelqu'un réponde à la porte.

Toute ma peur s'est envolée quand j'ai vu Damien ouvrir la porte. Il avait l'air épuisé. Ses yeux étaient rougis par les pleurs. Il était dans un tel état ! Je ne l'avais jamais vu comme ça.

Son visage s'est éclairci quand il m'a vu.

« Kate ! » a-t-il lancé.

Arius m'a mise sur le sol, et je me suis
effondrée. Mes jambes refusaient de me tenir
debout. Je n'avais pas réalisé que j'étais aussi
fatiguée.

Damien m'a pris dans ses bras. Enfin, me suis-je
dit ! Combien j'ai désiré ardemment retourner
auprès de lui.

Arius a dit à son frère, « Prends soin d'elle. »

« Comment puis-je te remercier ? » a demandé
Damien.

Arius a haussé les épaules.

« Ne t'inquiète pas pour ça. »

Damien m'a serré dans ses bras. Avant qu'il ne
me fasse entrer dans sa chambre, j'ai tourné la
tête vers Arius.

« Merci beaucoup, Arius. »

Il m'a souri.

« Remets-toi vite », a-t-il dit en partant.

Chapitre 11 (Damien)

Guérison

J e n'arrivais pas à croire l'état dans lequel était Kate. Elle ne pouvait même pas se tenir debout correctement. Que lui était-il arrivé ? Comment mon frère l'avait-il trouvée ?

J'avais tellement de questions en tête. Mais au moins, elle était avec moi. J'étais si inquiet quand elle n'est pas venue hier ! Je savais que quelque chose n'allait pas. Ça, et le fait que je ne pouvais pas me connecter à travers notre lien d'âmes sœurs. J'ai tellement pleuré et je n'ai pas dormi. Mais un second souffle d'énergie s'emparait de moi.

Toutes ces questions pouvaient attendre. Je devais prendre soin d'elle maintenant. C'était la chose la plus importante à faire en ce moment.

Je la tenais dans mes mains comme si elle pouvait se briser si je la serrais trop fort. Je l'aimais tellement ! Son doux parfum me manquait, même si pour l'instant elle sentait le sang. Je lui ai enlevé le manteau de mon frère et l'ai glissée dans une robe de nuit légère.

Je l'ai allongée avec précaution sur mon lit. Elle avait des égratignures sur tout le corps et une grosse bosse sur la tête qui saignait encore légèrement. Il semblait qu'elle avait aussi une blessure au ventre, car je pouvais voir une grosse tache de sang séché. Et il semblait que son omoplate saignait encore beaucoup. Je suppose que la chose la plus importante pour le moment était de la guérir.

Je pensais que les loups-garous avaient des pouvoirs de guérison comme nous. Comment se faisait-il qu'elle soit dans un si mauvais état ? J'avais de la chance de l'avoir en vie si j'en juge par ce que je vois.

Ma poitrine s'est serrée à l'idée que j'aurais pu la perdre. Je ne sais pas ce que j'aurais fait si c'était le cas.

Rapidement, je suis allé dans mon armoire. Je cherchais frénétiquement quelque chose. Après avoir cherché pendant un moment, je l'ai finalement trouvé.

C'était une potion de guérison qu'Elwin m'avait donnée un jour. En tant qu'héritier du trône, on ne savait jamais quand quelqu'un allait essayer de vous tuer pour accéder au trône. Même si j'étais sûr que mon frère ne ferait jamais cela, je gardais toujours un stock de potions de guérison, au cas où. On ne sait jamais ce qui se cache dans les couloirs du château.

J'ai pris la potion et je suis retourné au lit. Kate était toujours là, presque endormie.

J'ai caressé sa joue doucement avec ma main. Elle a tourné la tête vers moi et a souri.

« Tiens, ma petite louve. S'il te plaît, bois ceci. »

Elle a regardé la potion que je tenais et a regardé à nouveau mes yeux.

« Qu'est-ce que c'est ? »

« C'est quelque chose pour t'aider à aller mieux. »

Elle a hoché la tête et a essayé de se mettre en position assise. Je pouvais la voir grimacer à cause de la douleur. Je l'ai aidée à s'asseoir dans le lit.

Quand elle s'est enfin assise, je lui ai donné la potion. Elle a tout bu sans poser de questions. Je me suis demandé ce que la potion goûtait, puisque je n'ai jamais eu l'occasion d'y goûter.

Kate m'a souri après l'avoir bu.

« Comment te sens-tu ? »

Elle a semblé réfléchir un peu avant de répondre.

« J'ai mal partout… Mais je suis si heureuse d'être ici avec toi. »

J'ai pris ses mains dans les miennes et les ai serrées.

« J'étais si inquiet pour toi ! Je pensais t'avoir perdue. »

Toutes les émotions de la journée précédente ont commencé à refluer et je n'ai pas pu retenir les larmes qui voulaient sortir. C'est comme si je pouvais enfin laisser sortir tout ce que j'avais retenu à l'intérieur.

Kate a doucement essuyé mes larmes. Je ne voulais pas qu'elle s'inquiète pour moi. C'est elle qui avait besoin de soins en ce moment.

« Que t'est-il arrivé ? Comment as-tu fini comme ça ? »

Elle a chuchoté, « des assassins ».

J'ai serré les dents à ses mots. Je savais que mon père voulait son "héritage". "Je ne pensais pas qu'il irait jusqu'à engager des assassins. Je bouillais intérieurement à cette pensée.

Comme j'aimerais pouvoir aller lui dire le fond de ma pensée ! Je me sentais impuissant. Je savais que mon père était bien trop puissant pour que je puisse l'affronter. Tout ce que je pouvais faire était de soigner ma compagne.

Je voulais entendre toute l'histoire. J'ai regardé Kate. Elle avait l'air épuisée. Je l'ai aidé à se remettre en position couchée.

« Repose-toi, mon amour. Je veillerai sur toi. »

Kate a serré ma main.

« Je t'aime, Damien. »

Je l'ai regardée s'endormir. Je n'avais pas dormi la nuit dernière et j'étais aussi fatigué. Je savais que la potion de guérison commencerait à faire effet bientôt. Je me suis allongé à ses côtés et me suis laissé aller au sommeil, sachant qu'elle était en sécurité à mes côtés.

Je me suis réveillé une heure ou deux plus tard. Kate était réveillée, elle caressait doucement mon dos avec sa main. Le contact de sa main a fait battre mon cœur fort. J'étais si chanceux de l'avoir.

« On dirait que tu te sens mieux. »

Elle a souri à ma remarque.

« Oui, grâce à tes bons soins. »

J'ai pris son menton et embrassé ses douces lèvres.

Je l'ai regardée. On aurait dit que le saignement s'était arrêté. La bosse sur son front avait déjà disparu. Il ne restait que de la terre et du sang séché de ses anciennes blessures. Cette potion de guérison a vraiment aidé. J'ai souri.

« On devrait te nettoyer. »

Kate s'est assise sur le bord du lit.

« Je devrais prendre une douche, alors. »

J'ai secoué ma tête.

« J'ai une bien meilleure idée que ça. »

Elle n'avait aucune idée de ce que je voulais dire. Je ne pouvais pas cacher mon sourire. J'aimais jouer avec elle.

Elle m'a regardé prendre une tenue dans la garde-robe avec un air étonné.

J'ai choisi une longue robe bleue avec un motif fleuri. La robe était sans manches et se nouait derrière le cou. Vraiment, elle aura l'air d'un ange dans cette robe.

J'ai pris sa main et l'ai doucement guidée dans les couloirs du château, après m'être assuré que je ne tomberais pas nez à nez avec mon père ou ses gardes.

J'aimais la façon dont les carreaux de sol marbrés noirs et blancs brillants contrastaient avec le haut plafond de style cathédrale. Des puits de lumière permettaient à la lumière du soleil de pénétrer. Le plafond était décoré de charpentes et d'œuvres d'art. C'était magnifique.

Au bout du couloir se trouvait la pièce que je cherchais.

Je me suis tourné vers Kate.

« Ferme les yeux. »

Elle a ri et a obéi. J'aimais qu'elle ait une confiance totale en moi.

« Bonne fille », l'ai-je taquinée en ouvrant la porte et en la faisant entrer.

J'ai fermé la porte derrière elle.

« Tu peux ouvrir les yeux maintenant. »

Kate a ouvert les yeux. J'ai aimé l'expression de son visage quand elle regardait autour d'elle.

Nous étions dans la salle de bain royale. C'était une vaste pièce avec une grande baignoire rectangulaire sculptée dans le sol en marbre. En vérité, cela ressemblait plus à une piscine tant elle était grande. Autour de la pièce se trouvaient diverses fleurs, des huiles et des parfums que l'on pouvait verser dans l'eau.

Il y avait quatre robinets en forme de tête de lion, un de chaque côté de la baignoire. Au centre se trouvait une plaque de marbre ronde avec toutes sortes de savons et de shampoings.

Voir le regard émerveillé de Kate valait la peine de l'emmener ici.

J'ai appuyé sur un bouton et tous les robinets ont commencé à verser de l'eau chaude dans le bain. J'ai versé quelques gouttes d'huiles parfumées et des pétales de rose.

« Qu'est-ce que tu en penses ? »

Kate a pris une grande inspiration.

« Damien, cet endroit est magnifique. »

J'ai souri à sa remarque.

« Le mieux, c'est qu'on peut se baigner ensemble. Personne ne viendra ici. »

Nous avons enlevé nos vêtements et sommes entrés dans l'eau lorsque la baignoire était pleine.

Kate a poussé un léger soupir en entrant dans l'eau. Son corps glissait gracieusement dans l'eau. J'admirais sa beauté. Ses seins flottaient voluptueusement à la surface de l'eau. Comme j'aurais aimé pouvoir lui offrir du plaisir en ce moment.

À la place, j'ai entouré sa taille par-derrière. Elle a reposé son dos sur ma poitrine, se détendant dans mon étreinte.

J'ai commencé à laver son corps, en le frottant doucement avec une éponge de mer. J'ai regardé sa peau retrouver sa beauté habituelle, la boue et la saleté tombant. J'aimais la douceur de sa peau au bout de mes doigts. Elle a lavé ses cheveux avec un shampoing parfumé, y laissant une odeur de fleurs enivrante.

Quand nous avons fini de nous laver, nous sommes restés enlacés l'un à l'autre. J'ai prodigué des baisers à son corps. Il n'y avait aucun son, à part un gémissement occasionnel s'échappant de ses lèvres. Elle a parcouru mon corps avec ses mains. J'ai pris ses seins dans mes mains et j'ai joué avec eux, prenant soin de chacun d'eux. J'étais dur maintenant, et chaque soupir de plaisir qu'elle poussait ne faisait que le renforcer.

Je n'ai pas pu retenir un gémissement quand elle a commencé à se frotter contre moi. Elle avait ce sourire diabolique sur son visage qui m'excite à chaque fois.

On s'est assis dans l'escalier de la baignoire, nos corps encore dans l'eau chaude. Kate s'est mise à califourchon sur mes cuisses. Elle a commencé à se balancer de haut en bas, sans jamais aller jusqu'au bout, laissant mon sexe tout juste toucher son vagin. Ses mamelons durs glissaient sur ma poitrine.

« Oh Kate ! Tu me rends fou », ai-je gémi.

Elle m'a embrassé, sa langue dansant avec la mienne.

J'ai gémi lorsqu'elle est finalement descendue jusqu'au bout, sentant la chaleur de son corps autour de moi. Elle était si serrée, j'ai eu du mal à me retenir.

Les vagues remplissaient la baignoire pendant que nous faisions l'amour. Kate a augmenté le rythme à mesure que le plaisir la frappait. J'aimais l'entendre gémir et je ne pouvais pas m'empêcher de bouger mes hanches pour la prendre plus fort.

À chaque nouveau coup, je la sentais se resserrer sur moi, tandis que j'allais plus loin en elle. Nous avons continué nos efforts jusqu'à ce qu'elle crie mon nom, son corps tremblant. J'ai crié son nom alors que je jouissais avec elle.

Je l'ai prise dans mes bras et elle a posé sa tête sur ma poitrine. Un doux ronronnement est sorti de sa poitrine, vibrant dans ma poitrine. J'ai embrassé son cou, lui donnant des frissons. C'était tout ce dont j'avais besoin dans ma vie.

Dans mes bras reposait la femme que je chérissais le plus. Pourtant, je ne pouvais m'empêcher de penser que j'avais failli la perdre.

« Que ferais-je si je devais te perdre ? »

Elle a soulevé sa tête de ma poitrine, me regardant avec ses yeux noisette que j'aimais tant.

« Tu ne me perdras pas. »

Je savais qu'elle ne s'enfuirait pas intentionnellement. Pourtant, rien ne me garantissait qu'elle ne serait pas à nouveau poursuivie par des assassins. Je ne pouvais pas être là avec elle à tout moment.

« Pourtant, hier, j'ai failli te perdre. Je n'ai même pas pu me connecter à toi grâce à notre lien d'âme sœur. »

Je pouvais voir dans ses yeux qu'elle comprenait ce que je voulais dire.

J'ai entendu dans mon esprit. « Je suppose que le lien a été rompu parce que je me suis cogné la tête hier. »

J'ai souri et je l'ai embrassée. J'étais si heureux de voir que le lien était rétabli.

J'ai poussé dans son esprit, « Il semble que tu sois guérie. »

J'ai proposé à voix haute. « On devrait peut-être sortir d'ici avant que l'eau ne devienne froide. On devrait aller manger dans ma chambre. »

Je n'ai pas eu besoin de demander une seconde fois. Nous étions dans le bain depuis un certain temps maintenant.

Nous nous sommes habillés et Kate ressemblait vraiment à une déesse grecque dans cette robe. Ses cheveux reposaient sur ses épaules nues. La robe descendait jusqu'à ses pieds. Elle était simplement parfaite.

Nous sommes retournés dans ma chambre. Je me sentais reconnaissant que tout le monde semble occupé. Nous n'avons rencontré que quelques esclaves qui n'auraient jamais osé dire quoi que ce soit, ni remettre en question les décisions de l'héritier.

Lorsque nous nous sommes assis et avons commencé à manger, je savais que je pourrais enfin entendre toute l'histoire de ce qui lui était arrivé.

Mon cœur s'est effondré quand elle m'a parlé des assassins. J'ai eu tellement peur quand elle m'a dit qu'elle avait été poignardée dans le ventre. La grande chute qu'elle a faite explique probablement la blessure à la tête qu'elle avait et le fait que nous ne pouvions pas communiquer. Est-ce que sa louve était blessée ? J'avais entendu des histoires selon lesquelles les loups-garous avaient une deuxième âme, leur loup, et qu'il avait une vie propre. Je n'ai jamais vraiment pensé à cela auparavant… Il faudra que je demande à Kate plus de détails à ce sujet.

Je l'ai écoutée continuer son histoire sur la grotte dans laquelle elle était, et finalement, comment elle a été trouvée par mon frère. J'ai fait une note mentale de trouver un moyen de le remercier. Il lui avait sauvé la vie une autre fois. Je lui serai toujours reconnaissant.

Après qu'elle ait terminé, j'ai réfléchi un peu. Si des assassins la trouvaient dans sa meute, ça signifierait des problèmes. Ça voudrait dire qu'ils reviendraient tant qu'ils n'auraient pas réussi leur objectif.

« Les assassins sont-ils allés jusqu'aux terres de ta meute ? »

Kate a secoué la tête.

« Non, je me suis aventuré plus loin dans la forêt, car je cherchais Zach. »

Je n'avais aucune idée de qui c'était.

« Zach ? »

Elle a hoché la tête.

« Oui, c'est mon oncle. Je me suis enfin
souvenu ! »

Elle avait l'air vraiment excitée, mais je ne
comprenais pas ce qu'elle voulait dire.

 « Souvenu de quoi ? »

« Je me suis souvenu où j'ai vu Lilith. »

Cela expliquait son excitation, me suis-je dit.
J'étais impatient de l'entendre, puisque Lilith lui
avait clairement dit qu'elle venait de la
rencontrer.

« Quand j'étais petite, je ne sais pas quel âge
j'avais. Un jour, je suis allée au lac la nuit ;
j'avais l'habitude de sortir en douce de ma
chambre et de me promener la nuit. J'ai surpris
mon oncle Zach, en train de parler avec Lilith. Je
m'en souviens clairement, ils s'embrassaient,
Damien. Ils étaient amoureux ! »

Je ne pouvais pas croire ce qu'elle disait ! Ma
tante, notre meilleur général se préparant à la
guerre, aurait été l'amante d'un loup-garou ?
Comment cela pourrait-il être possible ? Et puis,

il y a quelques années, elle n'était pas la même qu'aujourd'hui, alors tout cela pourrait-il être lié ?

Le rire de Kate m'a sorti de mes pensées.

« Tu vois, Zach était dans les bois quand je le cherchais. Il était bien plus loin que je ne l'aurais pensé. C'est comme ça que j'ai rencontré les assassins… Mais tu sais, en repensant à ce jour. Ce qui est encore plus intéressant, c'est que je me souviens que Lilith a apporté quelque chose à Zach… Mais je n'ai jamais pu voir ce que c'était. »

Ça devenait de plus en plus intéressant.

« Ça pourrait être le livre manquant, peut-être ? »

Elle a haussé les épaules. « Peut-être, j'étais très jeune, alors je ne me souviens pas vraiment. »

J'oubliais toujours que les loups-garous avaient une longévité si courte comparée à nous, les vampires. Il y a quelques années, pour elle, cela signifiait qu'elle était une enfant, alors que pour moi, je n'avais pas l'air très différent de maintenant. Bien que nous ayons l'air d'avoir le même âge, j'étais beaucoup plus vieux qu'elle. Ce qui signifiait qu'elle vieillissait beaucoup plus vite que moi et que je la perdrais assez rapidement si je ne trouvais pas un moyen de la faire vivre aussi longtemps que moi… Un problème que je devrais régler tôt ou tard.

« As-tu une idée de l'âge que tu avais quand c'est arrivé ? Le livre a disparu il y a environ dix-huit ans. Ça pourrait nous aider à voir si la chronologie correspond. »

Kate a semblé réfléchir un peu avant de répondre.

« Je suppose que la chronologie correspond. Il serait logique que j'aie eu environ cinq ans. Ce qui pourrait aussi expliquer pourquoi j'ai eu du mal à me souvenir de Lilith, puisque j'étais si jeune. »

Je l'ai serrée dans mes bras tout en portant sa main à ma bouche, l'embrassant doucement sur le dessus.

« Tu es encore si jeune, ma petite louve. »

Elle avait l'air surprise. « Eh bien, je dois avoir à peu près le même âge que toi, non ? »

J'ai soupiré. « Les vampires vieillissent très, très lentement, et vivent pendant des centaines d'années, mon amour. En fait, j'ai deux cent vingt-sept ans. »

Kate m'a regardé, bouche bée.

« J'espère vraiment que cela ne changera pas ce que tu ressens pour moi. Je t'aime vraiment de tout mon cœur. »

Elle m'a regardé dans les yeux, et je pouvais sentir tout l'amour qu'elle me portait en me fixant.

« Damien, je n'aurais jamais deviné. Mais cela ne change rien. Tu es mon âme sœur et tu le seras toujours. J'aimerais seulement pouvoir rester à tes côtés plus longtemps, puisque je ne vis pas aussi longtemps qu'un vampire. »

J'ai embrassé ses douces lèvres, goûtant son goût sucré en laissant ma langue pénétrer dans sa bouche. Je lui ai parlé doucement, nos fronts se touchant.

« Chaque chose en son temps ma petite louve. Nous allons d'abord résoudre ce problème de guerre. Nous ne pouvons pas non plus avoir des assassins qui te poursuivent tout le temps. Nous travaillerons sur ta longévité si possible après, quand nous serons enfin libres d'être ensemble. »

Kate a souri et a hoché la tête.

« J'ai essayé d'aller parler à Zach à propos de Lilith. C'est pourquoi je le cherchais dans les bois. Il semble qu'il avait beaucoup de choses en tête. Mais il ne se souvenait de rien à propos de Lilith, » dit-elle, pensive.

« Ça me semblait bizarre qu'il ne se souvienne pas. Surtout que je me souviens clairement qu'ils étaient amoureux. »

Elle avait raison, c'était un peu bizarre. À moins qu'il ne voulût pas en parler.

« Je vais aller voir Lilith demain, peut-être qu'elle se souviendra de lui. »

Kate a acquiescé. Si tout cela était vrai alors, quelque chose clochait.

Mon cœur a fait un bond quand j'ai entendu frapper à la porte. J'avais peur que quelqu'un ait repéré Kate et ait dit à mon père qu'elle était là.

« Rentre dans la salle de bain et ferme la porte », lui ai-je dit à travers notre lien.

Elle a hoché la tête, s'est levée et est allée se cacher dans la salle de bain. Si c'était bien mon père, il fallait qu'elle reste cachée.

J'ai marché nerveusement vers la porte. Je ne pouvais pas attendre trop longtemps avant d'ouvrir la porte, sinon ce serait suspect. J'espérais que la personne à la porte ne remarquerait pas les deux assiettes sur la table.

J'ai ouvert la porte, en retenant mon souffle.

À mon grand soulagement, c'était Arius.

« Hé ! Je suis venu chercher des nouvelles de Kate. »

« Chut ! »

J'ai regardé autour de moi dans le couloir. Il n'y avait personne.

J'ai attiré mon frère dans ma chambre et j'ai fermé la porte.

« Tu peux sortir Kate », lui ai-je dit.

Kate est sortie de la salle de bain, soulagée de voir mon frère.

Elle lui a souri. « Salut Arius. »

Mon frère est allé lui faire un câlin.

« Je suis soulagé de voir que tu vas mieux. »

« C'était grâce à toi, pour m'avoir amené à mon compagnon. Et tous les bons soins qu'il m'a donnés. »

Elle a souri en disant cette dernière partie. Je pouvais sentir de la tendresse dans sa façon de le dire. Je lui ai souri en retour.

« N'oublie pas la potion de guérison d'Elwin. Tu aurais encore un long chemin à parcourir pour guérir si ce n'était pas pour ça. »

Arius a ri.

« Ce truc a vraiment marché ? »

J'ai hoché la tête.

« Il suffit de la regarder, tu vois bien comment elle va mieux. »

Arius et moi avions toujours plaisanté sur les pouvoirs d'Elwin. Non pas que nous pensions qu'il n'était pas un bon sorcier. Il avait l'habitude de nous donner toutes sortes de potions. Nous n'avons jamais vraiment fait confiance à ce qu'il y avait dedans. On ne l'avait jamais vu faire de magie. On s'est toujours demandé s'il n'était pas plein de vantardises.

Mais aujourd'hui, après avoir vu ce que sa potion a fait à Kate… J'étais étonné de voir à quel point elle s'est remise rapidement. Je savais maintenant que j'avais tort. Elwin était un meilleur sorcier que je ne le pensais. J'ai trouvé un nouveau respect pour l'homme.

Les mots de mon frère m'ont sorti de mes pensées.

« Tu sais que tu ne peux pas rester ici. »

Je ne voulais pas que Kate parte, mais je savais qu'il avait raison. Kate avait un regard triste sur son visage. J'ai pris ses mains dans les miennes et les ai serrées.

« Il a raison. Si tu restes ici, les gens vont finir par le remarquer. Ce n'est qu'une question de temps avant que mon père n'entende parler de toi. »

Elle a compris ce que nous voulions dire et a hoché la tête.

Je lui ai demandé, « J'imagine que ta famille va s'inquiéter de ton absence prolongée, non ? »

Son visage s'est éclairé quand elle a compris.

« Tu as raison ! Ils doivent me chercher partout ! »

J'ai regardé dehors. Le soleil commençait déjà à se coucher. Ce serait le bon moment pour l'amener au lac sans être vu.

« On devrait y aller », ai-je dit à Kate.

Elle est allée vers mon frère et l'a pris dans ses bras.

« Merci encore de m'avoir sauvé. »

Il l'a serrée dans ses bras et lui a souri.

« Ce n'était rien, tu es ma sœur après tout. »

Je ne pourrais pas être plus heureux que mon frère s'entende avec Kate comme ça. J'ai fait un câlin à mon frère aussi. Après nos adieux, il était temps pour moi d'aller avec Kate.

Chapitre 12 (Kate)

Force intérieure

J'étais dans les bras de Damien, volant au-dessus de la forêt. Je commençais à m'habituer à voyager de cette façon. C'était pratique et rapide. J'ai laissé mes pensées dériver pendant que nous volions, me prélassant dans le doux parfum de miel et de musc de Damien.

Je n'arrivais toujours pas à croire à la chance que j'avais d'avoir trouvé Arius devant le château ce matin. Si cela avait été quelqu'un d'autre que lui ou Damien, je serais morte. Dans l'état où j'étais, je n'avais aucune chance de m'enfuir ou de me défendre.

Au début, je n'étais pas sûre de pouvoir faire confiance à Arius. Mais quand il a dit que Damien lui avait dit qu'on était des âmes sœurs, j'ai su que je pouvais lui faire confiance.

J'étais tellement heureuse de savoir que le frère de Damien nous approuve, et qu'il est un allié. C'était un soulagement ! J'espérais que tout se passerait bien quand je parlerai de Damien à ma famille. Je ne savais toujours pas comment j'allais le faire. Je savais que j'allais devoir le faire à un moment donné, mais je n'étais pas encore prête.

Je ne me souviens pas de grand-chose avant que Damien ne me donne cette potion de guérison. Je me souviens du goût étrange de fraise et de menthe qu'elle avait. Je sais juste qu'à mon réveil, j'ai senti que ma louve se sentait mieux. Elle était de retour, heureuse d'être avec son compagnon, remuant la queue.

J'ai serré les bras de Damien pendant que nous volions. Il m'a serré en retour. Je l'aimais tellement ! Une fois de plus, il était là quand j'avais besoin de lui. Il a pris soin de moi. Et m'a probablement sauvé la vie ! J'espérais qu'un jour, s'il en avait besoin, je pourrais lui rendre la pareille.

En approchant du lac, j'ai vu des gens marcher dans la forêt. Damien a maudit.

« Je pense qu'ils te cherchent. On ne peut pas atterrir ici. »

J'étais partie depuis presque deux jours entiers. Toute la meute devait être à ma recherche. Ça allait être difficile de trouver un endroit où se poser sans être vus.

Comme s'il pouvait lire dans mes pensées, Damien a parlé.

« Je pense que je connais l'endroit où nous pouvons aller. »

Il a fait un virage à droite, vers une partie de la forêt où je ne m'aventurais jamais. C'était plus loin que le territoire de notre meute et nous n'avions généralement pas besoin d'aller aussi loin.

Damien a atterri au bord d'une grande grotte. Elle était très haute, et je ne pouvais rien voir au-delà des premiers mètres, car il n'y avait pas de lumière à l'intérieur. On pouvait voir de petits cristaux pousser à travers les rochers. C'était vraiment magnifique ! À l'extérieur, la grotte était partiellement cachée par une chute d'eau. C'était un point d'atterrissage parfait pour nous. Ce n'était pas loin des terres de ma meute, il me serait donc facile de rentrer chez moi.

J'ai pris Damien dans mes bras.

« Merci, mon amour. Cet endroit est à couper le souffle ! »

« On dit que cette grotte est le repaire de Ladon, le dragon à cent têtes. »

J'ai sursauté en me rappelant la légende. On disait que Ladon était le fils de la déesse Echidna et du titan Typhon. C'était un dragon féroce. Si c'était bien son repaire, je devais faire attention à ne pas le réveiller. Je ne croyais pas vraiment à toutes ces légendes… mais on ne pouvait jamais être trop prudent.

« Je ferais mieux de ne pas le réveiller alors. »

Damien a ri de ma remarque.

« Viens, alors. »

Il m'a pris doucement par la main. J'aimais la façon dont nos doigts s'entrelaçaient. Nous avons marché jusqu'à l'orée des bois, un peu plus loin, à la limite du territoire de ma meute.

Je n'ai même pas eu le temps de poser le pied sur le territoire que deux bras puissants m'attrapaient par-derrière et m'éloignaient de Damien.

« Kate ! » Damien a crié en courant, essayant de me rattraper.

J'ai reconnu l'odeur de la personne qui me tenait. Est-ce que ça pouvait vraiment être lui ? Que faisait-il si loin dans le territoire ?

Je lui ai crié. « Will ! Lâche-moi ! »

Il m'a jeté au sol sans un mot. Une seconde plus tard, il était sous sa forme de loup, grognant férocement contre Damien.

Je voulais faire quelque chose, mais je ne savais pas ce que je pouvais faire. Je ne voulais pas que mon frère et mon compagnon se battent ! Ne pouvait-il pas le sentir ? J'ai marqué Damien comme mon compagnon. Comment se faisait-il que mon frère ne le voie pas ? Était-il dans une soif de sang ?

La soif de sang était mauvaise. Quand un loup-garou est enragé, il entre dans un état appelé soif de sang. Quand tu es dans cet état, tu ne peux pas voir clair. Tu as du mal à avoir des pensées justes. Votre loup prend le contrôle total de vous-même. La plupart du temps, cela continue jusqu'à ce que la source de la rage soit tuée, ou jusqu'à ce que tu te fasses tuer ou blesser suffisamment pour ne plus pouvoir te battre. C'était un état très sérieux. Tous les loups savaient qu'il ne fallait pas se laisser aller à ce point.

Je ne comprenais pas comment Will pouvait être dans un tel état. Se pouvait-il qu'il soit *si* inquiet pour moi ?

J'ai regardé, impuissante, Damien se mettre en mode défense.

Je l'ai senti à travers notre lien. Il ne voulait pas le blesser. Il voulait seulement se défendre. Il était gentil, à cause de moi. J'espérais seulement qu'il ne se ferait pas tuer en agissant ainsi.

Will s'est jeté sur Damien, essayant de le mordre. Damien a évité son attaque. Will a continué à attaquer sans relâche, mais Damien a continué à l'esquiver encore et encore.

Je ne pouvais pas regarder ça, mais je ne pouvais rien faire. Si j'essayais de rejoindre le combat, je serais sûrement blessée.

J'ai crié « Will, non ! », mais mon frère ne semblait pas m'écouter. Il a juste continué à attaquer Damien autant qu'il le pouvait.

Je suppose que la seule chose qui pourrait l'atteindre dans cet état serait… « Will, arrête ! C'est mon âme sœur ! Arrête, s'il te plaît ! »

Ce n'est pas comme ça que je voulais qu'il apprenne pour Damien, mais ça a semblé fonctionner. Will a arrêté d'attaquer. Il avait l'air surpris, même sous sa forme de loup. Il me fixait intensément.

Il a commencé à s'approcher lentement de Damien.

« Damien, ça va aller. Laisse-le venir à toi. »

Damien m'a regardé, puis il a regardé mon frère avec méfiance. Je pouvais comprendre son appréhension. Il venait d'être attaqué sans relâche et maintenant je lui demandais de laisser ce loup l'approcher.

Il a finalement décidé de me faire confiance et de faire ce que je lui demandais.

Will ne montrait plus aucun signe d'hostilité. La soif de sang était passée, je suppose que la surprise d'apprendre que Damien est mon compagnon a été suffisante pour le secouer.

Il s'est approché à quelques mètres de Damien. Il prenait son odeur, l'observait. Je savais qu'il le jaugeait. Essayant de comprendre si ce que j'ai dit était vrai.

Finalement, il a regardé son cou et a vu la marque que j'avais laissée sur le cou de Damien. Je pense que c'est là qu'il a réalisé.

Il a couru derrière un buisson et a repris sa forme humaine.

« On était tous inquiets pour toi ! Et toi, tu trafiquais avec un vampire ? Tout ça alors que ta sœur est toujours inconsciente ? Pfff ! Je pensais que ma sœur valait mieux que ça. »

Il avait l'air dégoûté en me criant dessus.

Je l'ai supplié. « Will, s'il te plaît ! Ce n'est pas ce que tu crois ! »

« Garde ça pour quelqu'un qui s'en soucie ! »

Il a fait un geste pour s'éloigner, mais j'ai crié.

« Will, s'il te plaît, je ne suis pas prête à ce que tout le monde sache pour mon compagnon. S'il te plaît, garde ça entre nous pour le moment. »

Il m'a regardé fixement, ses joues étaient rouges. Je pouvais sentir sa colère jusqu'à l'endroit où je me trouvais.

Il n'a rien dit de plus. Il a repris sa forme de loup et est reparti en courant en direction de la maison.

J'ai essayé de l'arrêter, « Attends Will ! », mais c'était déjà trop tard. Il était parti. Il ne voulait rien entendre.

Je suis tombée à genoux, désemparée. C'était désastreux ! J'avais tellement espéré que mon frère serait heureux que j'aie trouvé mon âme sœur. L'autre jour, il m'a dit qu'il l'aimerait immédiatement… Bien sûr, c'était avant qu'il ne sache que mon compagnon était un vampire… Mais j'avais espéré… Les larmes ont commencé à couler sur mes joues.

Damien a couru vers moi et bientôt, j'ai senti son étreinte.

« Tu vas bien, ma petite louve ? »

288

Bien sûr, il pouvait voir que je ne l'étais pas. Je sais qu'il essayait seulement d'être gentil et de me faire sentir mieux.

J'ai secoué ma tête en pleurant.

« Je ne savais pas comment lui dire que tu étais mon compagnon. Je ne voulais pas qu'il le découvre comme ça. Je voulais prendre du temps, laisser l'idée faire son chemin, pour qu'il l'accepte plus facilement. »

Damien a hoché la tête. Il comprenait ce que je voulais dire. J'étais un loup et lui un vampire. Nous étions ennemis… Et pourtant, nous étions des âmes sœurs. Nous avons eu de la chance que son frère l'accepte facilement. Mais je n'avais aucune idée de la façon dont le reste des amis et de la famille de Damien, ou la mienne accepteront le fait que nous sommes des âmes sœurs. J'espérais juste que ça se passerait mieux qu'avec Will.

Être dans les bras de Damien a lentement apaisé mes larmes.

« Qui était-ce ? Il était aussi avec toi l'autre jour. C'est un de tes amis ? »

J'ai réalisé qu'il n'avait aucune idée de qui était Will. J'ai secoué ma tête.

« C'était mon frère, Will. »

Damien avait l'air pensif.

« Je suppose que ça explique sa taille. »

J'ai hoché la tête.

« Oui, en tant que fils de l'Alpha, il est plus fort et plus grand que les autres loups. Comme moi… enfin, je ne suis pas plus grande que les autres loups, j'ai pris du côté de ma mère pour ça, mais je suis plus forte que les autres loups de la meute. »

C'était l'histoire de ma vie ! En tant que fille de l'Alpha, on attendait de moi que je sois plus grande que les autres loups de la meute. Mais qu'est-ce que je pouvais faire ? Je suis une petite louve. On ne peut pas juger par la taille. Je suis plus forte que les autres loups. Toute ma vie, les gens m'ont mal jugé par ma taille. J'ai toujours aimé leur prouver qu'ils avaient tort.

« Tu penses qu'il va s'en sortir ? »

J'ai réfléchi pendant un moment, me calmant, prenant quelques respirations profondes avant de hocher la tête.

« Oui, je suppose que je devrai tout lui expliquer demain. »

Je suis restée dans les bras de Damien, appréciant juste d'être avec lui pour le moment. Je ne voulais pas m'éloigner de lui, même si je devais le faire.

Damien a chuchoté dans mon oreille. « J'arrive à peine à passer la journée sans toi, tu sais. »

Mon cœur a palpité à ses mots. Je savais exactement ce qu'il voulait dire !

« Oh, Damien, je ne pourrai pas vivre longtemps comme ça. Ma louve se languit de toi toute la journée. C'est insupportable. »

Si seulement il savait à quel point je pense à lui chaque minute de la journée.

« Je trouverai un moyen pour que nous soyons ensemble, je te le promets. »

J'ai commencé à embrasser son cou, pleine d'espoir face à sa promesse. Il a pris mon visage dans sa main, rapprochant nos bouches et m'embrassant tendrement.

Les mots de mon frère se répétaient dans ma tête. Tout cela alors que ma sœur est toujours inconsciente… Ce n'est pas que je l'avais oubliée. C'est juste que mes pensées étaient occupées ailleurs… Être chassée, blessée et ensuite essayer de guérir.

« Damien, es-tu allé voir le sorcier ? Pour ma sœur ? »

Les yeux gris de Damien me fixaient et il souriait.

« Uh-huh, et j'ai fait en sorte qu'il aide, et qu'il garde ça pour lui. »

J'étais si heureuse ! J'espérais seulement que le sorcier trouverait un remède pour ma sœur. J'ai enroulé mes mains derrière son cou et je l'ai embrassé.

« Merci beaucoup, mon amour. »

Damien a gloussé un peu. J'aimais le son sexy de sa voix. Il a fait un clin d'œil.

« C'est le moins que je puisse faire pour mon âme sœur. »

Je suis restée dans ses bras pendant quelques minutes, profitant de sa présence, laissant son amour me remplir, profitant de ses baisers. Mais bientôt, je savais que je devais rentrer à la maison.

Je n'ai pas eu besoin de lui dire quoi que ce soit, il le savait aussi.

« Je te promets que c'est la dernière fois que je te quitte. Je vais trouver une solution, je ne peux pas continuer comme ça. »

Ses mots me remplissaient de joie. Alors que nous nous disions au revoir, me sentant déjà seule, j'ai couru vers la maison.

Je n'ai rencontré personne en rentrant chez moi. Je suppose que Will leur avait déjà dit que j'allais bien. Leur avait-il parlé de mon compagnon ? Ou avait-il décidé de le garder pour lui ?

J'ai été accueillie par tout le monde quand je suis arrivée à la maison.

« Kate ! Où étais-tu ? » Mes parents avaient l'air inquiets.

Je suppose que Will ne leur a pas dit. Mes yeux sont tombés sur lui. Il était adossé au mur, les bras croisés. Il attendait ma réponse, comme tous les autres.

Ma mère a ajouté : « Will m'a dit qu'il t'avait vu revenir et que tu allais bien, mais nous n'avons pas eu de détails. S'il te plaît, dis-nous ! Je me suis tellement inquiétée ! C'est la deuxième fois que tu disparais. »

J'ai réfléchi un peu et j'ai décidé que dire la vérité était la chose la plus facile et la meilleure à faire.

« J'étais dans la forêt… Je suis allé voir oncle Zach. Mais alors que j'étais sur le point de rentrer, j'ai été attaquée par des assassins. »

Tout le monde a sursauté à mes paroles. Même les yeux de Will ont semblé s'adoucir un peu en me regardant.

« J'ai couru pendant longtemps. Je me suis blessée, je me suis cogné la tête et j'ai passé la nuit dans une grotte… Ce n'est qu'aujourd'hui que j'ai suffisamment guéri et que j'ai pu reprendre le chemin de la maison. »

Bon… OK, presque la vérité. Je n'étais pas encore prête à dire que Damien était mon compagnon.

« Des assassins ? » a crié ma mère.

Mon père était furieux. Je n'avais pas vraiment envie d'en parler davantage. J'espérais que personne ne demanderait où j'avais trouvé cette jolie robe.

« Je me sens un peu fatiguée… » J'ai menti.

Ils n'ont pas demandé pour la robe. Personne ne savait que je portais quelque chose de différent quand je suis partie à la recherche de Zach. Enfin… à part Zach lui-même. Mais il n'a pas semblé le remarquer. Peut-être qu'il était tellement plongé dans son esprit qu'il ne s'en souvenait pas ?

« Repose-toi pour aujourd'hui », a ordonné mon père.

Je lui ai fait un signe de tête. Vous devez faire ce que l'Alpha ordonne de toute façon. Bien que cette fois, j'étais heureuse de le faire. On a fait un câlin de groupe.

Quand tout le monde est parti et qu'il ne restait plus que Will et moi, il s'est approché de moi et m'a demandé : « Quelle part de ce que tu viens de dire est vraie ? Je ne t'ai pas trouvé dans une grotte… »

Je l'ai regardé, il était toujours méfiant, mais son regard était plus doux.

« Tout est vrai, Will… La seule chose que j'ai sautée, c'est que j'ai rencontré le frère de mon compagnon. Il m'a amené à lui et c'est lui qui m'a guéri aussi vite. C'est juste que… je ne voulais pas encore leur parler de mon compagnon. »

Will a pris un moment pour décider s'il voulait me croire ou non. J'ai attendu anxieusement qu'il se décide. C'était mon frère et je voulais qu'il me fasse confiance. Après un moment, il a parlé.

« Nous avons traversé beaucoup de choses ensemble. Nous avons toujours été là l'un pour l'autre. Donc, je vais croire que tu me dis la vérité. Et si ce que tu dis est vraiment vrai, alors il t'a sauvé la vie… »

J'ai poussé un soupir de soulagement. J'étais heureuse que mon frère m'ait crue. Je lui ai souri. Il m'a serré dans ses bras ; c'était une étreinte fraternelle qui faisait du bien.

« Tu sais que ça ne veut pas dire que je lui fais confiance, hein ? Je ne pourrai jamais faire confiance à un vampire. Je n'approuve pas le fait que tu aies un vampire comme âme sœur. »

J'ai regardé mon frère, je pouvais voir dans ses yeux qu'il était sérieux. Mais bon, au moins c'était un pas en avant. Je ne pouvais pas m'empêcher d'être contente, au moins un peu.

« Tu sais que je n'ai pas choisi mon âme sœur. La déesse de la lune l'a fait. »

Mon frère a soupiré.

« Ouais, c'est le pire dans toute cette histoire. Mais hey, tu es toujours ma sœur. »

Je n'ai pas pu me retenir de rire. Mon frère s'est vite joint à moi. Je me sentais vraiment heureuse. La bataille n'était pas encore gagnée, mais c'était un bon début.

Je suis allée me coucher et me suis endormie immédiatement, épuisée par ma journée.

Le lendemain matin, à mon réveil, mon père voulait me voir. Il regardait par la fenêtre quand je suis arrivé dans son bureau. Des feuilles de papier étaient éparpillées sur son bureau, comme s'il avait cherché quelque chose. Ce n'était pas son genre d'avoir un bureau en désordre, alors je me suis demandé ce qui se passait.

J'ai lancé avec désinvolture. « Salut papa ! »

Il s'est retourné et je pouvais voir qu'il était fatigué. Il m'a souri.

« Bonjour chérie. Je suis si heureux de te voir. »

« Tu as l'air fatigué. »

Il s'est frotté l'arrière du cou.

« Oui, j'ai été occupé. J'ai pensé à ces assassins qui t'ont poursuivi l'autre jour… »

Oh… donc il était inquiet pour moi. Ce n'était pas bon. Je ne voulais pas que mon père s'inquiète pour moi. De plus, je ne voulais pas que mon père assigne un garde qui me suivra partout. Ou pire, je ne voulais pas être coincée à la maison de la meute. Je sais que je suis une adulte, mais pour les loups-garous, ça n'avait pas d'importance. Ce que l'Alpha ordonnait, tout le monde le faisait…

« Je pense qu'il est temps que je te parle de quelque chose. »

Je n'avais absolument aucune idée de ce dont il pouvait vouloir parler. J'ai écouté, curieuse.

« Il y a des années, les nymphes ont été attaquées par une manticore qui parcourait leur territoire. »

« Une manticore ? »

« Oui, une créature avec le corps d'un lion, la tête d'un humain et la queue d'un scorpion. Il tuait et mangeait toutes les nymphes sur lesquelles il pouvait mettre la main. Les nymphes étaient décimées très rapidement et elles avaient beau se défendre, elles ne pouvaient pas tuer la bête maléfique. »

Je ne savais pas vraiment où menait cette histoire, mais c'était divertissant. Je n'avais jamais entendu parler de manticores avant. Ça ressemblait à une créature sortie d'un livre.

Mon père semblait assez sérieux... J'ai essayé d'arrêter de penser et de me concentrer.

« Les nymphes ont cherché de l'aide pour vaincre la Manticore. Les loups de notre meute se sont unis. Nous avons conçu un plan d'attaque. Nous avons piégé la bête, et quand elle ne pouvait plus bouger, nous avons réussi à la tuer, avec les nymphes. »

Je l'ai regardé, il était très sérieux. Je suppose qu'il croyait vraiment à toute cette histoire. Je ne comprenais pas vraiment pourquoi il me disait tout ça.

« Depuis ce jour, afin de nous remercier pour ce que nos ancêtres ont fait, les nymphes réveillent le pouvoir intérieur de notre Alpha. »

Attendez. Quoi ?

« Le pouvoir intérieur de notre Alpha ? »

« Oui, ma fille, chaque Alpha de notre meute possède un pouvoir intérieur que les autres loups-garous n'ont pas. La reine des nymphes l'éveille à chaque génération, en remerciement des services que nous leur avons rendus. »

Je ne savais pas quoi répondre. Je me contentais de regarder, bouche bée. Cela avait-il un rapport avec l'héritage dont parlait le sorcier ? Était-ce le pouvoir que le Seigneur vampire recherche ?

Mon père a poursuivi.

« Habituellement, nous réveillons le pouvoir lorsque le prochain Alpha se lève pour devenir le chef de la meute… Mais puisque tu as été poursuivie par des assassins. Je pense que ce serait mieux de faire l'éveil maintenant. »

Il y avait tellement de choses à assimiler. Je ne savais même pas par où commencer.

« Quel est ce pouvoir intérieur ? »

Mon père a haussé les épaules.

« C'est différent pour chacun. Mon père avait des pouvoirs de pacifisme. C'est comme ça qu'il a réussi à unir autant de meutes de loups. Quant à moi, j'ai une capacité de peau de roche, me permettant, pendant un certain temps, de durcir ma peau pour me protéger. Elle agit comme un bouclier et réduit les dégâts que je reçois. Cela m'a permis de prendre le dessus dans de nombreuses batailles. »

J'étais sous le choc. Comment se faisait-il que je n'apprenais tout cela que maintenant ? Je suppose que c'était vrai alors. J'avais vraiment un "héritage", un pouvoir intérieur caché en moi. Je me suis demandé ce qu'il serait pour moi.
« Ce soir, c'est la pleine lune. Tu dois aller voir Ayanna, la reine des nymphes de Melian. Elle réside dans le bosquet sacré, au nord. Tu dois la trouver ce soir. »

J'ai fait un signe de tête à mon père. Il m'a montré le bois sacré sur mon téléphone. Ce n'était pas très loin, mais je devais partir maintenant si je voulais y arriver avant la nuit.

Je suis allé me préparer pour le voyage à venir. C'est alors que j'ai réalisé que je ne serais pas là pour rencontrer Damien. Ou si je l'étais, j'allais être en retard.

Je me suis connecté à Damien via notre lien d'âme sœur.

« Salut mon amour. »

« Qu'y a-t-il, ma petite louve ? »

« Je serai en retard ce soir. Je dois aller voir la reine des nymphes. »

« La reine des nymphes ? »

J'ai gloussé. Je pouvais entendre son étonnement même à travers notre lien de compagnon.

« C'est une longue histoire. Je te raconterai quand je te rejoindrai. »

« OK. Tu me manques, ma petite louve. Je te verrai ce soir. »

« Tu me manques aussi, mon amour. On se voit plus tard. »

Je savais que la journée serait longue. Mais j'étais remplie d'espoir. J'étais encore choquée par toute cette histoire de pouvoir intérieur et de nymphe. Mais bon, ça ne peut qu'aider, non ? Avec un peu de chance, ce pouvoir m'aidera à arrêter la guerre et à rester avec Damien.

Chapitre 13 (Damien)

Souvenirs du passé

Ce n'était que le matin quand Kate m'a dit qu'elle rentrerait tard ce soir. Passer la journée sans elle me donnait toujours l'impression d'être perdu dans l'océan et la voir le soir était le canot de sauvetage qui me permettait de tenir le coup. Au moins, elle m'avait dit qu'elle serait là ce soir. Je serais patient, je l'attendrais.

Pendant ce temps, je suis parti à la recherche de ma tante Lilith. Je l'ai vite trouvée, elle était dans la salle de guerre, étudiant la stratégie pour la guerre contre les loups-garous. L'idée que la guerre menaçait de commencer me mettait tellement de pression. Je devais l'éviter à tout prix. Non seulement je voulais protéger ma compagne, mais je voulais aussi protéger ses amis et sa famille. Elle serait anéantie si tous ceux qu'elle aime mouraient. Cette guerre ne pouvait pas avoir lieu.

Lilith semblait complètement absorbée par les documents qu'elle regardait lorsque je suis entré dans la pièce.

« Tante Lilith ? » Elle a levé la tête quand j'ai prononcé son nom, surprise, mais s'est ensuite détendue et a souri en me voyant.

« Damien, c'est bon de te voir. »

Je ne savais pas exactement comment aborder le sujet. Cela faisait tellement longtemps que je n'avais pas eu une vraie conversation avec ma tante. J'ai pensé que ce serait une bonne idée de passer un peu de temps seul avec elle, peut-être qu'elle s'ouvrirait davantage à moi. « Voudrais-tu faire une promenade avec moi ? »

Elle a eu l'air agréablement surprise par ma demande.

« Pourquoi pas, ça fait si longtemps que tu ne m'as pas demandé de passer du temps avec toi ! »

Je lui ai souri et lui ai expliqué : « Les devoirs de prince héritier du trône peuvent me tenir très occupé ».

Elle a hoché la tête comme si elle comprenait ce que je voulais dire. Elle a ensuite tendu le bras, attendant que je le prenne. Nous avons commencé à marcher bras dessus bras dessous, comme nous le faisions lorsque j'étais plus petite et que nous allions passer du temps ensemble.

Lilith m'a souri, elle avait l'air sincèrement heureuse.

« Ça fait longtemps qu'on n'a pas fait ça. »

Je voulais ajouter que cela faisait longtemps que je ne l'avais pas vue aussi heureuse, mais j'ai préféré le garder pour moi, au cas où cela assombrirait l'ambiance.

En marchant, je l'ai amené dans le jardin où elle avait l'habitude de m'emmener quand j'étais enfant. C'était un jardin encadré par de très grands arbres. Quelques carrés de fleurs ici et là semblaient toujours attirer les papillons. Au fond du jardin se trouvait l'œuvre d'art préférée du Seigneur vampire. Sur le côté du chemin se trouvaient quelques bancs où l'on pouvait s'asseoir. C'était exactement comme dans mon souvenir. C'est comme si le temps lui-même s'était arrêté, préservant cet endroit dans un état parfait. Pendant un instant, j'ai eu l'impression d'être à nouveau un enfant.

J'ai regardé ma tante et elle s'en souvenait sûrement aussi, car elle regardait partout avec de grands yeux et un sourire. Pour couronner le tout, j'ai ajouté d'une petite voix : « Tu as vu toutes les couleurs de pa'illons, tante ? ».

Elle a rigolé. « Oh Damien ! Je me souviens que tu n'arrivais pas à prononcer 'papillons'. C'était si mignon ! »

J'ai ri avec elle alors que nous nous asseyions sur l'un des bancs.

« Oui, et à chaque fois, tu me corrigeais et me demandais de dire 'papillons' correctement. »

J'ai souri. C'était comme si c'était hier. Je pouvais le voir clairement dans mon esprit.

Lilith soupire de bonheur. « Merci beaucoup de m'avoir amenée ici, Damien ! Cela me rappelle tellement de bons souvenirs. »

« Oui, c'est vrai. On passait beaucoup de temps ensemble, même quand je vieillissais. Mais tout d'un coup, tu as arrêté de vouloir passer du temps avec moi. »

Je parlais du moment où elle a commencé à s'investir dans la guerre. Après que le livre ait été volé. Elle savait ce que je voulais dire. J'ai vu son visage s'assombrir comme je l'avais prévu. J'ai essayé de gagner sa confiance. J'espérais qu'elle me parlerait si je jouais l'innocent.

« Ai-je fait quelque chose qui t'a mis en colère ? Qui t'a fait ne pas vouloir passer du temps avec moi ? »

Ses yeux s'écarquillèrent et elle s'empressa de répondre, « oh, mon dieu non ! Damien, tu as toujours été le plus gentil des anges ! Ne t'en veux pas, mon chéri. »

Je lui ai souri. « Tu me réconfortes, je pensais que j'avais fait quelque chose pour te contrarier. »

Elle m'a souri en retour alors que je parlais.

Maintenant je devais la faire parler d'un potentiel amant loup-garou. Ce qui ne serait pas facile. Je ne savais pas exactement comment la faire parler de ça. Jouer la carte de l'innocence semblait encore être une bonne stratégie.

« Hé, tante, je peux te poser une question ? »

Elle a légèrement hoché la tête.

« Tu sais, avant toute cette histoire de guerre avec les loups-garous. Aurait-il été possible pour les vampires et les loups-garous d'être amis ? »

J'ai décidé que demander à propos des "amis" serait plus facile que les amants. Je suppose que je verrais comment elle réagit à partir de là. Et heureusement que je n'ai pas posé de question sur la partie "amants", car son visage est passé du sourire à la sévérité. Je pouvais voir que j'avais touché une corde sensible.

« Damien, même lorsque le traité de paix n'avait pas été rompu, les loups-garous et les vampires ont toujours été des ennemis naturels. On ne peut pas faire confiance aux loups-garous ! L'amitié est hors de question ! »

Je pouvais maintenant voir de la fureur dans ses yeux.

J'ai décidé de pousser ma chance un peu plus loin. Je voulais vraiment voir sa réaction si j'allais plus loin.

« Alors… je suppose qu'il est hors de question d'être amants ? »

Son visage est devenu blanc. Elle avait l'air d'avoir vu un fantôme et agitait nerveusement ses doigts.

« Où as-tu eu une idée aussi stupide ? Bien sûr, ça ne pourrait jamais arriver ! »

J'ai haussé les épaules et j'ai donné le coup de grâce. « Je ne sais pas, quand je suis allé kidnapper la prisonnière l'autre jour, j'ai rencontré un loup-garou qui avait l'air sympathique. Son nom était Zach. »

J'ai vu qu'elle était bouche bée. Elle s'est figée et ne semblait pas savoir quoi répondre.

Elle a tourné son visage sur le côté de sorte que je ne pouvais plus voir son visage. Elle semblait blessée et sa voix tremblait. « Quoi que tu penses avoir vu quand tu es allé là-bas, tu te trompes. On ne peut pas leur faire confiance. »

Sans rien dire de plus, elle s'est levée et est partie, sans se retourner vers moi. Je n'ai pas essayé de l'arrêter. Je savais qu'elle avait besoin d'être seule. Et cela a aussi confirmé qu'il y avait quelque chose entre elle et Zach. D'après sa réaction, ils étaient plus que de simples amis. Quelque chose s'est passé. Je ne sais pas quoi exactement, mais quoi que ce soit, ça l'a blessée, et ça lui fait toujours mal, même aujourd'hui.

Je l'ai regardé partir, me sentant désolé de lui avoir rappelé ces souvenirs. Mais pour résoudre ce puzzle, je devais le faire. J'espérais qu'elle ne m'en tiendrait pas rigueur.

*********** PDV de Kate ***********

Je conduisais dans ma voiture. J'ai passé une rivière qui passait au nord de la maison de la meute et j'ai passé une montagne. Après cela, ce n'était que des champs de maïs pendant un moment. J'ai écouté la radio jusqu'à ce que

311

j'arrive enfin à une grande forêt. C'était la forêt où je trouverais le bosquet sacré de la nymphe.

J'ai garé ma voiture sur le bord de la route. Je devrais faire le reste du trajet à pied. Cela n'avait pas d'importance. J'aimais marcher dans les bois.

Il s'agissait d'une forêt de frênes. Les rayons du soleil filtraient à travers les feuilles des arbres. On pouvait voir des fées et des papillons voler à travers les fougères et les fleurs. C'était un spectacle magnifique, et je ne pouvais m'empêcher de me sentir paisible et heureuse en marchant dans les bois.

Plus j'avançais, plus les arbres étaient hauts. Je suis finalement arrivé à un très grand arbre. Il était au moins deux fois plus haut que les autres arbres. Il était fort et son tronc était si large qu'il fallait au moins quatre personnes pour en faire le tour avec leurs bras. Ses branches étaient pleines de fleurs blanches et roses. C'était le seul arbre qui avait des fleurs et je me demandais comment il était possible qu'il ait des fleurs puisque nous étions en été.

« Cet arbre est toujours en fleur. C'est l'arbre de la vie. »

J'ai tourné la tête pour voir qui parlait. À mes côtés se tenait une grande femme. Au lieu de jambes, on aurait dit que le bas de son corps était composé de racines d'arbres. Les racines remontaient jusqu'à son torse. Elle avait l'air humaine à partir du torse. Des racines et des feuilles lui faisaient une sorte de bikini. Elle avait des oreilles d'elfe, mais à part ça, son visage était celui d'une femme gracieuse. Enfin, ses cheveux étaient longs et composés de vignes et de lianes dans lesquelles s'épanouissaient des fleurs. Des papillons semblaient la suivre lorsqu'elle marchait.

J'ai été prise par sa beauté et je n'ai pas trouvé un mot à dire.

« Je vous attendais, Kate. Votre père m'a dit que vous viendriez. »

J'ai été surprise de voir qu'elle connaissait mon nom. Cela ne pouvait que signifier.

« Vous êtes Ayanna ? »

Elle a hoché la tête en signe de reconnaissance.

« Je le suis. »

Je me suis souvenue qu'elle était la reine des nymphes, alors j'ai fait la révérence pour montrer mon respect.

« Votre Majesté. »

Elle m'a souri.

« Lève-toi. Nous avons beaucoup de choses à préparer avant le coucher du soleil. »

Je me suis relevée et je l'ai suivie.

************ PDV de Damien ************

En rentrant dans le château, j'ai décidé de rendre une petite visite à Elwin pour voir comment se passaient ses recherches. Comme d'habitude, quand je suis entré dans sa chambre, il était occupé à faire une expérience quelconque. Je me suis demandé s'il faisait parfois autre chose que des expériences. S'arrêtait-il pour manger ? Est-ce qu'il dormait même la nuit ?

J'ai décidé que je n'avais pas besoin d'avoir l'air en colère ou méchant avec lui aujourd'hui. J'allais attendre et voir ce qu'il avait à dire, avant de décider si j'avais besoin de persuasion supplémentaire.

J'ai prononcé son nom et il s'est retourné, sans lâcher son expérience cette fois.

Il s'est légèrement incliné devant moi. « Ah ! Mon prince ! J'espérais que vous viendriez me voir aujourd'hui », a-t-il dit, l'air excité.

Il a posé son expérience et s'est empressé d'aller chercher quelque chose sur une étagère.

« Je suppose que cela signifie que vous avez eu le temps de faire la tâche que je vous ai demandée ? »

Elwin acquiesça, « Oui mon prince ! C'était un cas intéressant ! Très intéressant ! »

Je suis resté là, attendant une explication, alors qu'il cherchait quelque chose dans un petit coffre en bois.

« Vous voyez, je ne sais pas à qui appartient le sang que vous avez apporté. Il semble que cette personne soit sous l'emprise d'une malédiction très puissante. Je n'ai jamais vu une magie aussi puissante avant ! Même la magie du Seigneur vampire est moins puissante que ça ! »

J'ai été décontenancé par sa dernière phrase. Les pouvoirs de mon père étaient de loin les plus puissants et les plus redoutables que je connaissais. Tout le monde lui obéissait, en veillant à ne pas le mettre en colère et à ne pas subir son courroux. Qu'est-ce qui pourrait être plus puissant que cela, me suis-je demandé ?

« C'est très intéressant en effet. Néanmoins, avez-vous un remède pour cette magie ? »

Elwin a vaguement souri. « Je ne suis pas sûr, mon prince. C'est un territoire inexploré. Comme une magie aussi puissante n'a jamais été vue, il m'est difficile de savoir si je peux la soigner. »

Ce n'était pas ce que je voulais entendre, mais je ne pouvais pas lui en vouloir pour ça. Si cette magie était aussi puissante qu'il le disait, alors qui savait comment la dissiper ?

Finalement, il a semblé avoir trouvé ce qu'il cherchait en prenant une flasque dans le coffre avant de se retourner vers moi.

« J'ai préparé une potion spéciale, avec les réactifs les plus puissants que j'ai. Si ça ne marche pas, alors ce n'est pas de mon ressort, et vous devrez chercher ailleurs. »

Il m'a tendu la flasque. Elle contenait un étrange liquide bleu brillant. Je l'ai tenue avec précaution, regardant à travers elle à hauteur des yeux, émerveillé. D'après les effets de la potion de guérison sur Kate, j'avais bon espoir que cette potion fonctionne sur sa sœur. J'ai mis la fiole dans ma poche, en remerciant Elwin.

Alors que je m'apprêtais à quitter son laboratoire, j'ai entendu Elwin m'appeler.

Je me suis retourné alors qu'il demandait timidement : « Mon prince… Si j'ose demander, sommes-nous quittes maintenant ? »

J'ai souri à sa question. C'était légitime. Il m'a beaucoup aidé. Je pouvais pardonner ce qu'il avait fait à Kate l'autre jour, considérant le fait qu'il ne faisait que suivre les ordres de mon père.

« Oui, Elwin, nous sommes quittes. »

Il avait l'air soulagé par ma réponse. Je suis sorti de sa chambre. Aujourd'hui s'avérait être une bonne journée, je me sentais heureux.

Je rentrais vers ma chambre quand je suis tombé sur mon frère.

« Hé ! Tu viens souper avec nous aujourd'hui ? »

Cela faisait quelques jours que je n'avais pas rejoint ma famille pour le souper. Je m'enfermais toujours dans ma chambre pour manger, puis je partais tôt pour aller rencontrer Kate. Je n'avais pas beaucoup de choses à dire, mes pensées revenant toujours à ma compagne qui était loin de moi.

« Je ne sais pas, j'ai des projets pour ce soir. »

Mon frère a souri. « Oui, j'ai remarqué que tu sortais souvent le soir… je crois que je sais pourquoi ». Il a ajouté avec un clin d'œil, avant de continuer. « Maman voulait te voir. »

J'ai soupiré. J'aimais ma mère ; je savais qu'elle devait s'ennuyer de moi ou se demander ce que je devenais. Elle prenait toujours soin de moi, même si j'étais adulte.

« Je suppose que je peux me joindre au souper de ce soir. »

Mon frère a souri en me tapotant le dos. « C'est bon à entendre ! »

Nous avons marché ensemble pour aller souper avec notre famille.

À notre arrivée, mes parents étaient déjà là, ainsi que Lilith. Elle a levé les yeux lorsque je suis entré dans la pièce et m'a fait un grand sourire. Je suppose que cela signifiait qu'elle ne m'en voulait pas pour tout à l'heure. Je lui ai souri en retour, j'étais soulagé. J'aimais beaucoup ma tante et je ne voulais pas qu'elle soit en colère contre moi.

Ma mère s'est levée à notre arrivée et est venue m'embrasser.

« Ça fait longtemps que je ne t'ai pas vu, mon fils. Je suis heureuse que tu aies décidé de te joindre à nous ce soir. »

Je lui ai souri. « J'ai été assez occupé ces derniers temps, désolé. »

Mon père m'a jeté son habituel regard sévère. Je l'ai ignoré et me suis assis à côté de mon frère pour manger.

La nourriture était excellente, et tout le monde parlait, mais je n'écoutais pas. La seule chose à laquelle je pensais était Kate. Je devais trouver un moyen de rester avec elle. J'avais besoin d'elle à mes côtés comme j'avais besoin de respirer.

Être loin d'elle me faisait souffrir. Ça me rongeait de l'intérieur. J'étais tellement perdu dans mes pensées que je ne faisais pas attention à ce qui se passait autour de moi. À la fin du repas, Arius m'a regardé et m'a demandé : « Tu sais, je peux dire que quelque chose te préoccupe. Tu veux le partager avec moi ? »

Ça ne me dérangeait pas de parler de ça à mon frère. Mais je ne pouvais pas lui parler avec toutes les personnes autour de la table. Je l'ai regardé, puis j'ai désigné du regard les personnes autour de la table. Mon frère a suivi mon regard et a compris.

Nous nous sommes excusés de la table et sommes allés dans ma chambre, où nous pouvions parler loin des oreilles indiscrètes.

J'ai fermé la porte derrière nous. Arius m'a regardé. « Tu n'as pas parlé pendant tout le repas. Tu n'as même rien dit quand papa s'est vanté de ses histoires habituelles. Qu'est-ce qui se passe ? »

J'ai regardé mon frère. J'ai repensé au fait qu'il avait sauvé ma précieuse Kate. Il était toujours là pour moi et pour elle. J'ai pensé à la façon dont il avait perdu sa compagne de la manière la plus tragique possible. Et pourtant, il était de nouveau là, à prendre soin de moi. Je me sentais si proche de lui en ce moment.

« Je ne peux pas continuer comme ça, Arius. Je dois trouver un moyen de rester aux côtés de Kate ou je vais devenir fou. Elle me manque tellement, c'est insupportable ! »

Je pouvais voir le regard fraternel d'Arius sur moi, comprenant parfaitement ce que je ressentais. Mon frère a soupiré, se frottant l'arrière de la tête avec sa main.

« Hmmm… C'est un bon problème à résoudre. Mais ne t'inquiète pas, ce n'est pas comme si nous ne pouvions pas le résoudre. »

J'ai déjà essayé de réfléchir à tout cela, mais je n'avais pas encore trouvé de solution.

« Elle ne peut pas rester ici… Et je ne peux pas rester chez elle non plus. Et ce n'est pas comme si je pouvais rester caché avec elle dans la forêt pour toujours… »

Mon frère semblait réfléchir un peu. « … Ou peut-être que tu pourrais. »

Je l'ai regardé avec des yeux interrogateurs. Il avait un sourire en coin.

« Tu te souviens de ce chalet où nous allions avec nos parents quand nous étions enfants ? » m'a-t-il demandé, excité.

J'ai réfléchi. Quand j'étais enfant, nous partions en vacances en famille dans un chalet situé dans la forêt, au pied d'une montagne. C'était un beau chalet, pas très luxueux, mais il avait tout le nécessaire. Je me souviens combien je m'amusais avec mon frère quand nous y allions ! Je ne sais pas vraiment pourquoi nous avons cessé d'y aller.

« Oui ! Maintenant que tu le dis, je m'en souviens ! Nous avions l'habitude d'y aller plusieurs fois par an. »

Mon frère a hoché la tête. « Tu te souviens encore de l'endroit où il se trouve ? »

« Comment pourrais-je oublier ? »

« Tu sais que c'est toujours la propriété de nos parents, n'est-ce pas ? Ce qui veut dire qu'en ce moment, il devrait être vide, attendant que quelqu'un s'y rende. »

C'était une idée tellement géniale, je n'arrivais pas à y croire ! J'ai sauté sur mon frère et l'ai serré dans mes bras, en lui tapant dans le dos. « Tu me sauves, tu n'as pas idée ! »

J'étais si heureux ! Je ressentais cette énorme explosion d'émotions qui voulait sortir. Mais la première chose qui m'est venue à l'esprit est que je devais le dire à Kate le plus tôt possible.

Mon frère a ri doucement. « Oui, je peux comprendre. J'y suis allé pour me cacher avec ma compagne avant que père ne la découvre. C'est une excellente cachette. »

Je l'ai regardé, surpris, mais je n'ai pas pu dire un mot comme mon frère. « Ne t'inquiète pas, je trouverai une excuse pour dire à maman pourquoi elle ne te voit pas pendant quelques jours. »

Je ne pourrais pas être plus heureux ! Comment se fait-il que je n'y aie pas pensé ?

« Merci beaucoup Arius ! Mon Dieu ! Je ne peux pas le croire ! J'ai hâte de voir la réaction de Kate quand je lui dirai ça ! »

Mon frère a rigolé et a regardé dehors le ciel qui s'assombrissait.

« Je suppose qu'il est temps que tu ailles lui dire, non ? »

J'ai ri aussi.

« Tu parles ! Quoique, elle m'a dit qu'elle serait en retard ce soir… Mais ça n'a pas d'importance. »

J'ai remercié mon frère encore une fois en prenant congé pour rencontrer Kate. J'avais tellement de choses à lui dire, je ne pouvais pas attendre de la voir.

*********** PDV de Kate ***********

J'ai regardé le ciel s'assombrir. La pleine lune montait lentement dans le ciel. Nous avions besoin de la pleine lune, avait dit Ayanna. Nous avons besoin que ma louve soit la plus forte possible. Je n'avais toujours aucune idée de ce que je devais attendre de tout ça.

Je me suis assise par terre, sur une pierre dans le bosquet sacré de la nymphe. Les fées étaient occupées à arranger des pétales de fleurs tout autour de moi, en cercle sur le sol. Avec le coucher du soleil, les fées ont commencé à briller, et on pouvait voir une traînée de lumière partout où elles allaient. Cela donnait une atmosphère magique à l'air. C'était si joli.

Ayanna est venue vers moi et s'est assise en face de moi. D'autres nymphes étaient assises autour de nous. Elle a posé un petit verre devant moi, contenant un breuvage vert.

« Vous devrez boire ce cocktail. »

Je n'avais jamais bu quelque chose qui ressemblait à ça avant. Soudain, j'ai commencé à me demander si c'était une bonne idée.

« Qu'est-ce qu'il y a dedans ? »

« Il contient de nombreuses plantes et herbes, mais surtout de l'absinthe. »

J'ai sursauté.

« Cet alcool n'est-il pas illégal ? »

Elle a secoué la tête.

« Peut-être que dans les pays humains, ça l'est. Mais pas dans le royaume des nymphes. N'ayez pas peur, mon enfant. Il y a juste quelques gouttes dans la boisson. »

J'ai entendu d'innombrables histoires sur l'absinthe et je n'étais pas vraiment sûre de vouloir l'essayer. Je suppose que je n'avais pas vraiment le choix en la matière.

« L'absinthe contient une substance qui réagit à votre loup intérieur. C'est ainsi que nous pourrons réveiller votre puissance intérieure. Cela se fait de cette façon depuis des générations. »

J'ai réfléchi à ce qu'elle venait de dire. Cela signifiait que mon père, et son père et tous les autres avant moi ont toujours bu cela pour libérer leur force intérieure. Ça ne devrait pas être trop dangereux alors, non ?

J'ai fait un signe de tête à Ayanna.

« Je dois juste boire ça ? »

« Oui, et je vous guiderai pour le reste. »

Je ne savais pas trop à quoi m'attendre et j'étais un peu nerveuse. Mais c'était déjà la nuit. Je voulais passer à travers ça et ensuite aller voir Damien.

Les fées ont commencé à danser tout autour de nous et les nymphes ont entamé un chant dans une langue que je ne connaissais pas. Je ne sais pas si elles ont utilisé une sorte de magie ou si c'était une invocation spéciale, mais mon esprit est devenu vide et la paix m'a envahi. Sans même réfléchir, j'ai pris la boisson dans mes mains.

J'ai porté le verre à mes lèvres, ayant peur de prendre la première gorgée. Quel goût cela aurait-il ?

Il se dégageait une odeur de citron et d'épices. J'ai pris une profonde inspiration et j'ai rassemblé mon courage. « Ça ne peut pas être si mauvais », me suis-je dit.

Je l'ai bu en quelques gorgées seulement, afin d'être certaine de ne pas changer d'idée. J'ai réalisé après coup que le goût n'était pas mauvais du tout. Ça avait le goût d'une limonade épicée.

J'ai regardé Ayanna, elle me souriait.

« Maintenant, mon enfant. J'ai besoin que tu laisses ton loup prendre le contrôle de toi. Tu dois le laisser sortir, mais ne te change pas. Donne-lui juste le contrôle de ton corps humain. »

Je n'étais pas sûre de ce qu'elle voulait dire. Donner à mon loup le contrôle de mon corps humain ? Je n'avais jamais fait ça de toute ma vie.

Il n'a pas fallu longtemps pour que je ressente les effets de la boisson. Cela a commencé par une sensation de feu à l'intérieur de moi, un peu comme quand on boit un cocktail fort. Elle s'est répandue lentement dans tout mon corps. Je n'avais pas mal, je sentais juste cette chaleur partout en moi.

En même temps, je sentais que ma tête commençait à tourner un peu. Je sentais ma louve devenir plus agitée. Elle voulait sortir, elle avait *besoin* de sortir.

Je suis resté là, sans vraiment savoir quoi faire.

« Ne la combattez pas. Laissez-la venir à moi. »

J'entendais ce qu'Ayanna disait, mais je n'avais aucune idée de comment le faire. Mon corps était lourd, et je ne pouvais pas bouger. Je sentais ce pouvoir grandir en moi. Il brûlait à l'intérieur, et j'avais besoin de le laisser sortir, de peur d'être consumée par lui.

À un moment, j'ai senti quelque chose se briser en moi. J'ai senti ma louve s'avancer. Je me suis sentie attirée à l'intérieur. J'ai vu mes mains bouger, mais je ne contrôlais plus rien. Maintenant je comprenais ce qu'elle voulait dire. J'ai regardé, émerveillée, mon loup prendre le contrôle de mon corps humain.

Ayanna a souri.

« Tu l'as fait, regardes la beauté de ton loup. »

Elle a pris un petit miroir de sa poche et l'a tourné vers moi. De l'intérieur de moi-même, j'ai vu mon reflet dans le miroir qu'elle tenait. J'ai tout reconnu, sauf ces deux yeux dorés qui me fixaient. C'étaient les yeux de mon loup. Brillant férocement dans le miroir, prenant possession de mon corps humain pour la première fois.

Qu'allait-il m'arriver ? Est-ce que je devrai rester comme ça pour toujours ? J'ai commencé à paniquer un peu, ma respiration s'accélérant.

Ayanna l'a sûrement compris et a rapidement dit,

« Calme-toi, mon enfant. Tout va bien se passer. Nous devons juste réveiller tes pouvoirs et tu pourras reprendre le contrôle. »

Ses mots ont suffi à me calmer.

Je sentais toujours cette chaleur qui brûlait en moi et je me demandais quand ça allait s'arrêter.

Ayanna a pris mes mains dans les siennes.

« Dis-moi, que vois-tu ? »

Je n'ai rien vu. Je me suis demandé ce qu'elle voulait dire, quand j'ai réalisé qu'elle parlait à ma louve.

Soudain, mon esprit était rempli de feu et d'anges. Je me suis rendu compte que ma louve ne pouvait pas parler, elle ne savait pas comment, alors à la place, je voyais ce qu'elle voulait répondre.

Ayanna me regardait intensément, comme si elle pouvait voir à travers mes yeux. Les nymphes pouvaient-elles faire une telle chose ?

Tout semblait si réel et écrasant. À un moment, ma louve a hurlé à la lune. C'était un hurlement venant du plus profond de mon être. Après ça, je me suis évanouie.

Quand j'ai ouvert les yeux, j'avais repris le contrôle de mon corps. Ma louve était de retour à l'intérieur, comme d'habitude. Elle allait bien, elle avait l'air heureuse et en paix. J'étais allongée sur le sol.

Je me suis relevé. Ayanna était toujours là avec moi.

« Comment vous sentez-vous ? »

J'ai pris une seconde avant de répondre.

« Bien… Je suppose. »

Le feu que je sentais à l'intérieur de moi avait disparu. Je me sentais en paix. J'ai regardé autour de moi, me sentant un peu désorientée.

« C'est bon, tu t'es un peu évanouie. C'est normal. Regarde. »

Sur le sol se trouvait une lance enflammée. Je me suis demandé d'où elle venait.

« Tu as une lance de feu sacré, ma chère enfant. »

Je n'étais pas certaine d'avoir bien compris.

« J'ai quoi ? »

« Ton pouvoir intérieur. Tu peux invoquer une lance de feu sacré. »

J'ai pris la lance dans mes mains, stupéfaite.
L'avais-je vraiment fait apparaître ? Alors que
j'examinais la lance, elle a disparu.

Ayanna m'a souri.

« Les armes invoquées ne durent généralement
que quelques minutes, mais elles sont très fortes.
Vous devriez les utiliser à bon escient dans les
batailles. »

« Comment vais-je l'invoquer ? »

« Maintenant que votre pouvoir intérieur a été
éveillé, cela devrait être assez facile. Il suffit d'y
penser et il devrait apparaître. Votre loup
saura. »

« Dois-je laisser mon loup contrôler mon corps à
chaque fois ? »

Ayanna a secoué la tête.

« Non, maintenant que c'est fait, vous n'aurez
plus à le faire chaque fois que vous voudrez
utiliser la lance. »

Au moment où j'allais essayer d'invoquer ma
lance de feu sacré, elle a ajouté.

« Ne le faites pas trop souvent. Cela demande
beaucoup d'énergie. Vous ne devez l'utiliser que
lorsque c'est nécessaire. »

Je lui ai fait un signe de tête. C'était un bon conseil. Je l'essaierai quand j'en aurai besoin.

J'ai regardé l'heure. Il était déjà minuit. J'avais vraiment besoin d'aller voir Damien. Il me faudra quelques heures pour arriver jusqu'à lui. Il devait déjà m'attendre.

« Merci beaucoup, Ayanna. J'aimerais pouvoir rester plus longtemps, mais il y a un endroit où je dois vraiment aller. »

Elle m'a fait un sourire complice.

« Bien sûr, mon enfant. »

Je me suis demandé comment elle pouvait savoir où je devais être ? Ou peut-être que je me suis trompé, et qu'elle ne le savait pas. À ce moment, ça n'avait pas d'importance. Tout ce qui était important était que j'arrive à Damien.

« J'arrive, mon amour », ai-je fait passer dans son esprit, avant de monter dans ma voiture.

Chapitre 14 (Damien)

Amnésie

J'étais si impatient de voir Kate. Je suis arrivé au lac avant elle. Je savais qu'elle serait en retard, mais je n'ai pas pu m'en empêcher. Elle me manquait tellement !

Ce soir, le lac était recouvert d'une fine couche de brume. Le brouillard s'étendait aux alentours, donnant l'impression que j'étais dans un rêve étrange. Mais je savais que ce n'était pas un rêve et j'avais hâte que mon amour vienne me rejoindre. J'écoutais le chant des grenouilles et regardais les étoiles briller comme des diamants dans le ciel.

J'ai attendu pendant un certain temps. Je commençais à m'impatienter, mais j'attendrais aussi longtemps que nécessaire.

Finalement, j'ai vu quelqu'un marcher dans le brouillard et venir vers moi. Je savais que c'était elle. Je pouvais sentir son doux parfum paradisiaque de là où j'étais, devinant ses courbes dans la brume. Enfin, elle était assez proche pour que je puisse voir son sourire ensorcelant.

« Enfin », ai-je ronronné d'une voix rauque.

Kate m'a regardé, je pouvais lire le désir dans ses yeux. « Tu m'as tellement manqué ! » a-t-elle chuchoté alors que je l'embrassais, sentant son corps contre le mien.

L'avoir dans mes bras après avoir passé la journée sans elle était si bon. Je l'ai embrassée tendrement, glissant ma langue dans sa bouche quand elle a entrouvert les lèvres. Elle goûtait le paradis. J'ai senti son cœur battre plus vite quand j'ai glissé mes doigts dans ses cheveux. Elle a laissé échapper un gémissement quand j'ai caressé son dos et attrapé ses hanches. Elle a parcouru mon torse avec ses mains, sentant mes muscles. J'ai gémi un peu, ce moment était juste parfait. Nous sommes restés comme ça pendant un moment, profitant de nos retrouvailles et de l'amour de l'autre.

J'ai finalement rompu le baiser et l'ai serrée contre moi.

« Tu es arrivée assez tard aujourd'hui », l'ai-je taquinée.

« Je sais. Je suis allé voir Ayanna. »

« Ayanna ? »

Je n'avais aucune idée de qui était cette Ayanna. Kate a ri.

« C'est la reine des nymphes melian. »

Je ne savais toujours pas qui c'était, mais au moins j'avais une explication.

« Et qu'as-tu fait avec cette Ayanna ? »

« Eh bien… Tu te souviens quand ton sorcier a dit que j'avais un héritage en moi ? Il s'avère que c'était vrai. »

J'ai essayé de trouver quelque chose à répondre, mais je n'ai rien trouvé. Je ne pouvais pas croire qu'Elwin avait raison. Je ne voulais pas vraiment que ce soit vrai. Seulement plus de raisons pour mon père d'essayer de chasser la femme que j'aimais.

« Pourquoi ne m'en as-tu pas parlé ? »

Elle avait l'air désolée en parlant.

« Eh bien, je viens juste de le découvrir. Je n'étais pas au courant. »

J'ai caressé sa joue doucement avec le dos de ma main.

« Mon père m'a tout raconté ce matin. Ayanna m'a aidé à réveiller mon pouvoir intérieur. Je ne savais même pas que je l'avais. Tu dois me croire, Damien. »

On aurait dit qu'elle essayait de me convaincre, mais elle n'a pas eu à le faire.

« Hé, calme-toi, ma petite louve. Je te crois. Je te croirai toujours. »

Elle a souri à mes mots. Ça la rendait irrésistible. J'ai embrassé ses douces lèvres.

« Alors, quel est ce pouvoir intérieur ? »

« Il s'avère que je peux invoquer une lance de feu sacré ! »

« Quoi ? »

J'ai vu les yeux de Kate pétiller d'excitation quand elle me regardait. Ce pouvoir intérieur était incroyable. Et il pourrait s'avérer très utile à mon père pendant la guerre.

« Ça veut dire que tout le monde dans ta famille peut faire ça ? »

Kate a secoué la tête.

« Non, c'est différent pour chacun. »

C'était assez intéressant, mais aussi assez effrayant. Je ne voulais pas que quelqu'un le sache. Je ne voulais pas que mon père le découvre. Je voulais que Kate soit en sécurité.

« Kate, c'est incroyable ! Tu vas garder le secret, hein ? »

« Pourquoi ? »

« Eh bien, je ne voudrais pas que quelqu'un, surtout pas mon père, s'en prenne à toi pour obtenir ce pouvoir. »

Elle a réfléchi un moment.

« Hum… Je n'y avais pas pensé de cette façon. Mais maintenant que tu le dis, ça fait du sens. Merci, mon amour. Je ferais attention. »

J'ai souri, rassuré qu'elle garde au moins cela à l'esprit. J'avais aussi beaucoup de choses à lui dire et j'étais impatient de le faire.

« Hé, ma petite louve, j'ai quelque chose pour toi. Tu vas être heureuse. »

Kate m'a regardé avec le plus beau sourire sur son visage.

Je lui ai tendu la flasque qu'Elwin m'a donnée. Dans l'obscurité de la nuit, elle brillait encore plus. Kate l'a regardé avec des yeux intrigués.

« C'est pour ta sœur. »

Ses yeux brillaient d'excitation. « Vraiment ? »

« Uh-huh. Elwin n'a pas été capable de savoir exactement ce qui lui est arrivé. Mais une chose est sûre, la magie qui la maintient inconsciente est plus forte que celle du Seigneur vampire. »

Kate a eu l'air choquée par ces derniers mots. Elle a hésité, puis a demandé : « … Cela signifie qu'il est impossible qu'un vampire lui ait fait ça ? ».

J'ai hoché la tête. « Ce serait très peu probable, puisque le Seigneur vampire est le plus fort de tous les vampires. »

Elle semblait soulagée par ma réponse.

« Notre sorcier n'était pas sûr que cela la guérirait, mais c'est la potion la plus forte qu'il ait pu faire. Si ça ne marche pas, alors nous devrons trouver une autre solution pour aider ta sœur. »

Kate avait l'air d'avoir envie d'essayer la potion sur sa sœur. Je pouvais voir ses yeux brûler d'impatience. Elle avait l'air si impatiente que je me demandais si elle allait aller la voir tout de suite. Ce que je ne permettais pas puisque je voulais encore la tenir dans mes bras et que j'avais beaucoup de choses à lui dire.

Elle était si mignonne que ça m'a fait un peu rire. J'ai pris sa main, lui demandant doucement, « tu ne pars pas déjà, n'est-ce pas ? »

Elle a rougi un peu quand j'ai embrassé le dessus de sa main. « Bien sûr que non ! »

J'ai souri, heureux de sa réponse. « Bien, parce que j'ai une autre chose importante à te dire. »

« Vraiment ? Qu'est-ce que c'est ? » a-t-elle demandé d'un air enjoué. À ce moment-là, tout ce que je voulais faire, c'était l'embrasser.

« Mon Dieu, tu es si jolie ! Je veux juste te chérir pour toujours », ai-je chuchoté.

Elle a gloussé. « C'est la chose importante que tu voulais me dire ? » demanda-t-elle avec un clin d'œil.

Je me suis rendu compte que j'avais dit tout haut ce que je pensais et je lui ai adressé un sourire en coin. « Eh bien, c'est assez important aussi… Mais j'avais aussi quelque chose d'autre à te dire. »

Je l'ai fait attendre quelques secondes avant de parler. Je voyais qu'elle s'impatientait, ce qui me donnait envie de la taquiner encore plus. Mais je n'ai pas attendu trop longtemps avant de lui dire.

« Je suis allée voir ma tante Lilith aujourd'hui. »

Les yeux de Kate se sont élargis lorsque j'ai parlé, elle savait où je voulais en venir avec mon histoire et était impatiente de l'entendre.

« Je lui ai demandé s'il était possible que les loups-garous et les vampires soient amants, mais elle m'a dit qu'on ne pouvait jamais faire confiance aux loups-garous. »

Les yeux de Kate se sont tournés vers le sol quand j'ai dit ça. Je pouvais sentir qu'elle était triste au travers de notre lien. J'ai serré sa main et soulevé son menton de mes doigts pour qu'elle me regarde dans les yeux. « Hé, ma tante a dit ça. Ça ne veut pas dire que je suis d'accord avec elle, OK ? »

Puis, pour lui rappeler, en plus, à quel point je l'aimais, j'ai incliné la tête et poussé mes cheveux sur le côté pour qu'elle puisse voir clairement mon cou, exposant la marque qu'elle m'a faite. Il a suffi d'un regard pour effacer toute sa tristesse et la faire sourire à nouveau. Elle a effleuré la peau de mon cou avec ses doigts, provoquant des frissons dans tout mon corps.

« Tu as raison, j'avais presque oublié », m'a-t-elle dit.

J'ai demandé, perplexe, « comment as-tu pu presque oublier que tu es mon âme sœur ? C'est assez important ! »

Elle a ri, « Je ne fais que jouer avec toi. Je n'oublierais jamais. Ma louve se languit de toi toute la journée. »

Un ronronnement de satisfaction s'est échappé de ma poitrine en entendant ces mots, soulagé. J'avais besoin d'elle à mes côtés plus que jamais.

« Comme je le disais, Lilith a eu une forte réaction quand j'ai parlé des loups-garous et des vampires comme des amants. Alors, pour tâter un peu le terrain, je lui ai dit que j'avais rencontré un loup-garou qui avait l'air sympathique, et qu'il s'appelait Zach… Tu aurais dû voir sa réaction. Elle avait l'air blessée, sa voix tremblait. Je ne sais pas exactement ce qui s'est passé entre eux, mais elle le connaît définitivement. »

Kate était encore en train de penser à tout ce que je venais de dire, quand un bruit est venu des buissons.

« Peut-être que je peux aider à clarifier », a dit une voix d'homme.

Je me tenais devant Kate, me préparant à la protéger contre quiconque pourrait être là. Mes ongles avaient déjà poussé, et mes crocs étaient en train de sortir. Je ne laisserais rien arriver à ma compagne.

Un homme est sorti lentement des buissons. Il avait des cheveux blonds et des yeux bleus, il était grand et semblait en bonne forme, plus âgé que Kate. Il est sorti, ne montrant aucun signe d'agressivité.

Il m'a regardé et m'a parlé doucement :
« Relaxe, je ne suis pas là pour me battre avec toi. »

Je me suis un peu détendu et j'ai reculé mes ongles et mes crocs.

Kate a crié : « Oncle Zach, que fais-tu ici ? »

Hum, alors c'est Zach. Cela devrait être intéressant.

Zach se frottait l'arrière du cou, cherchant une réponse. « … Je suppose, la même chose que tu faisais quand tu étais petite », a-t-il dit en regardant Kate.

Kate a souri à sa réponse.

Kate m'a regardé, puis a dit à son oncle : « Zach, c'est Damien. C'est lui qui m'a ramené à la maison il y a quelques jours… Et… eh bien… C'est mon âme sœur ! »

Elle rougit un peu à ces derniers mots.

Zach rit un peu, « ouais, c'est ce que j'ai compris de votre petite conversation ».

Je lui ai demandé : « Qu'as-tu entendu ? »

Il a souri. « Tout. »

Heureusement, les choses ne sont pas devenues trop chaudes entre Kate et moi quand il regardait, me suis-je dit. Je suis allé à côté de Kate et j'ai mis mon bras affectueusement autour de sa taille. Kate a appuyé sa tête sur mon épaule et j'ai entendu un doux ronronnement sortir de sa poitrine qui a réchauffé mon cœur.

Zach a gloussé doucement en nous regardant. « Ne t'inquiète pas. La déesse de la lune t'a choisi comme compagnon. Tant qu'elle est heureuse avec toi, je me fiche complètement que tu sois un vampire. »

J'ai senti Kate se détendre à ces mots. J'étais aussi heureux. La dernière chose que je voulais était de me battre avec sa famille à cause de notre amour. Tout ce que je voulais, c'était que sa famille nous approuve pour que nous puissions vivre ensemble librement.

Zach continua, « de plus, bien que je n'aie jamais scellé le lien, comme vous deux semblez l'avoir fait, » il fit un clin d'œil en disant cela, fixant la marque sur mon cou.

Je ne pouvais pas m'empêcher d'avoir un air fier sur mon visage, car je savais à quel point c'était important pour les loups-garous.

Il a ensuite parlé plus doucement, « … Ma compagne est aussi une vampire… »

Kate a mis ses mains sur sa bouche par la surprise.

Je suppose que tout faisait du sens maintenant. Je n'avais pas besoin de tous les détails ; Lilith était la compagne de Zach. Cela expliquait comment ils se connaissaient, et pourquoi Kate a dit qu'ils étaient amants. Bien que ça n'expliquait pas ce qui s'est passé entre eux.

Je lui ai demandé : « Pourquoi n'es-tu pas à ses côtés alors ? Pourquoi est-elle si désireuse de faire la guerre aux loups-garous ? »

Zach avait l'air triste. « Je ne m'en suis souvenu qu'aujourd'hui… Je ne sais pas comment j'ai pu oublier quelque chose d'aussi important… »

Il a regardé Kate. « Toute cette discussion avec toi. Quand tu m'as interrogé sur les âmes sœurs. Et quand tu m'as demandé si je connaissais une vampire nommée Lilith. J'ai continué à chercher, mon esprit était confus. Mais soudain, je me suis souvenu. »

C'est la chose la plus bizarre que j'avais jamais entendue. Le lien d'âme sœur était la chose la plus forte qui soit. Je sais dans mon cœur que je ne pourrais jamais oublier que Kate est ma compagne. Tout en moi a envie d'elle tout le temps.

Kate a lancé dans mon esprit, « Je ne pourrais jamais t'oublier. »

Je l'ai regardée et j'ai vu de la passion dans ses yeux. J'ai serré sa taille et l'ai embrassée doucement dans le cou.

Kate a parlé doucement à son oncle, « Je ne comprends pas comment tu as pu oublier ta compagne ».

Il a haussé les épaules. « Je ne comprends vraiment pas non plus… »

Puis j'ai pensé à quelque chose qui pourrait l'expliquer. Mais d'abord, je devais vérifier s'il était lié à la disparition du livre des secrets des vampires, il y a dix-huit ans.

Je lui ai demandé, « Cette nuit-là. Kate m'a dit qu'elle avait vu Lilith te donner quelque chose. Qu'est-ce que c'était ? »

Zach m'a regardé, tendu. « C'était le livre secret des vampires. Celui qui contient tous les secrets connus sur les vampires et leur histoire. »

Maintenant, nous allions quelque part ! Et ça pourrait peut-être expliquer comment il a pu oublier sa compagne.

Je lui ai demandé, « as-tu ouvert le livre ? »

Il m'a regardé. « Bien sûr ! »

« Alors cela pourrait expliquer pourquoi tu as oublié ta compagne. »

Kate et Zach me regardaient avec des yeux inquisiteurs.

Je me suis expliqué. « Le livre des vampires est protégé par une malédiction. Personne ne sait vraiment quelle est cette malédiction. Mais si cette malédiction était celle qui vous faisait tout oublier ? Cela pourrait expliquer ce qui t'est arrivé. Et ce serait une malédiction efficace pour s'assurer de préserver les secrets des vampires, n'est-ce pas ? »

Ils ont tous deux réfléchi à ce que je venais de dire et semblaient être d'accord avec moi.

« C'est logique », a marmonné Zach.

Je lui ai demandé. « Que voulais-tu faire avec le livre de toute façon ? »

Zach soupira, « Je voulais trouver un moyen d'étendre ma durée de vie, pour pouvoir vivre éternellement avec Lilith. »

Il avait l'air triste en parlant de ça. Son but était des intentions les plus pures. Cette malédiction était si cruelle pour lui. Il voulait seulement passer toute sa vie avec sa compagne et vivre aussi longtemps qu'elle, mais il l'avait complètement oubliée.

Et dire que Lilith a dû souffrir de cela ! La douleur et la tristesse de se voir arracher son compagnon, son autre moitié, celui que le destin a choisi. Elle a probablement pensé qu'il ne l'aimait plus. Mais puisqu'il ne l'a pas refusée comme compagne, cela signifie que le lien n'a jamais complètement disparu. Donc, elle a dû se languir de lui pendant des années, sans jamais pouvoir se réunir avec lui. Ça a dû être insupportable.

Cela explique probablement ce qui s'est passé il y a quelques années quand ma tante a soudainement changé. Et pourquoi elle désirait tant aller en guerre contre les loups-garous... Cela expliquait aussi pourquoi elle disait qu'on ne pouvait pas faire confiance aux loups-garous.

Si seulement j'avais su, peut-être que j'aurais pu l'aider d'une façon quelconque.

« Nous trouverons comment étendre ma durée de vie, et ensuite nous te le dirons ! » Kate a dit avec de la détermination dans ses yeux. Ma douce Kate. Toujours cette détermination et ce feu intérieur que j'aimais tant.

« Nous devons aussi trouver un moyen d'allonger la durée de vie de Kate », ai-je ajouté.

Zach nous a souri en hochant la tête.

Mais quelque chose me dérangeait encore. Tout le monde disait que les loups-garous nous avaient volé le livre. Si Lilith lui avait apporté le livre, pourquoi tout le monde pensait-il que les loups-garous l'aient volé ?

J'ai demandé à Zach, « Je ne comprends pas. Les vampires pensent que les loups-garous ont volé le livre il y a dix-huit ans. Mais si Lilith te l'a apporté, je ne vois pas pourquoi ils penseraient ça. »

« Je crois que je connais la réponse à cette question… Quand Lilith m'a apporté le livre, personne ne savait qu'elle l'avait pris. C'était notre secret, car nous ne pouvions dire à personne que nous étions compagnons… Le but était que je trouve un moyen d'allonger ma durée de vie, et une fois cela fait, rendre le livre et m'enfuir avec Lilith. Vivre loin d'ici. Un endroit où personne ne remettrait en question le fait que je sois un loup-garou et qu'elle soit une vampire. »

Cela semblait être une bonne idée. Mais je ne voulais pas m'enfuir. Je voulais trouver un moyen pour que les gens approuvent notre relation. J'étais l'héritier du trône. Dans le pire des cas, j'attendrais de devenir le Seigneur et de faire une déclaration publique permettant aux gens d'aimer qui ils veulent. Mais j'espérais ne pas avoir à attendre si longtemps. Et j'avais l'intention d'être avec Kate à partir d'aujourd'hui, car je ne pouvais pas supporter d'être séparé d'elle.

Zach a poursuivi : « Je devais la retrouver ici une semaine plus tard et lui rendre le livre. Mais dès que j'ai ouvert le livre, j'ai tout oublié. Ou du moins, c'est la meilleure explication que j'ai. »

Kate a parlé doucement, « Je suppose qu'elle a dû trouver une excuse pour le livre manquant quand les gens ont réalisé qu'il avait disparu… »

Je suppose qu'elle pensait qu'il ne l'aimait pas et qu'il l'a trompé pour obtenir le livre, me suis-je dit, mais j'ai décidé de ne pas le dire à voix haute, car tout cela était probablement déjà assez difficile pour Zach.

Zach a répondu : « C'est logique, car ce livre est de la plus haute importance pour les vampires et il est sous haute surveillance. »

J'ai commencé, « Zach… une terrible guerre est sur le point d'éclater à cause que ce livre a disparu. Si tu pouvais me le rendre, je pourrais peut-être empêcher cette guerre de se produire. »

Zach m'a regardé, embarrassé. « Le problème c'est que… je ne me souviens pas où est le livre. »

Je l'ai regardé, surpris.

Il a expliqué : « Je me souviens l'avoir ouvert, mais je ne sais pas ce que j'en ai fait ensuite. »

« Tu penses que tu aurais pu le mettre dans la bibliothèque ? » a demandé Kate.

Zach secoue la tête. « Non, ce livre est assez grand et émet une étrange aura magique. Quelqu'un l'aurait déjà trouvé s'il avait été dans la bibliothèque. »

Je me sentais découragé. C'était la seule chose dont nous avions besoin pour empêcher la guerre. Nous étions si près de le trouver ! Mais il semble que nous soyons de retour à la case départ. Kate devait avoir senti mes sentiments à travers notre lien de compagnon puisqu'elle m'a serré et poussé à travers mon esprit, « n'abandonne pas, mon amour. »

Ces mots étaient tout ce dont j'avais besoin pour faire revenir le feu en moi. « Tu as raison, ma petite louve », ai-je poussé à travers son esprit.

« S'il te plaît Zach, tu dois essayer de te souvenir, tu dois essayer de le trouver. Si cette guerre éclate… Kate pourrait être blessée. Sa famille et ses amis pourraient être blessés aussi. Je ne veux pas de victimes d'un côté comme de l'autre. »

Zach a hoché la tête. « Oui, je comprends. Je vais faire de mon mieux pour le trouver, et le ramener. Ce serait mieux si nous pouvions éviter cette guerre… De plus, j'ai besoin de voir Lilith. »

Bien sûr, il devait la voir. Je ne savais pas comment elle réagirait après toutes ces années. Mais c'était quelque chose qu'ils devaient gérer eux-mêmes.

Zach a continué, « Je suppose que je devrais y aller. J'ai un livre à trouver et une âme sœur à retrouver. »

Kate a hoché la tête, « Je suppose que je devrais y aller aussi. »

Je secoue la tête, tenant son bras pour la garder avec moi. « Non, attends ! Pas encore, je… je ne peux pas continuer comme ça. S'il te plaît, reste avec moi. »

Elle m'a regardé. « Ah, mon amour, je sais. Je veux rester avec toi aussi. Mais tu sais que je dois rentrer à la maison, et toi aussi. » Je pouvais lire la tendresse dans ses yeux, et je savais qu'elle était triste de partir, mais elle ne savait pas ce que j'étais sur le point de lui dire.

Je l'ai regardée avec des yeux espiègles. « En fait, peut-être pas. »

Kate m'a regardé avec des yeux curieux. J'aimais ce regard qu'elle faisait. J'aimais jouer avec elle.

« Il y a un chalet à proximité, appartenant à ma famille. Il n'y a personne là-bas. Je t'en prie ! Viens avec moi. Nous pouvons y rester ensemble ! Nous ne sommes pas obligés de rester séparés toute la journée. »

Je ressentais toute l'excitation qu'elle ressentait à travers notre lien d'âmes sœurs. Je pouvais entendre les battements de son cœur s'accélérer et lire la joie sur son visage. Elle était si belle en souriant comme ça, elle rendrait les diamants jaloux.

« Oh Damien ! C'est une idée géniale ! »

Kate a sauté dans mes bras, me serrant très fort. J'ai mis ma tête dans le creux de son cou et apprécié son doux parfum. Mais soudain, elle a fait un pas en arrière et son visage est passé de l'excitation à la tristesse. « … Mais je ne peux pas… Ma famille va s'inquiéter pour moi… Et je dois encore aller voir ma sœur et la réveiller… Et nous devons trouver le livre et arrêter la guerre… et… »

Je pouvais sentir tellement de doutes en elle à ce moment-là. Elle essayait de prendre tous les problèmes du monde sur ses épaules, et c'était beaucoup trop. Elle avait besoin de laisser les autres l'aider aussi. J'étais son compagnon, je voulais partager le fardeau avec elle, je voulais pouvoir l'aider.

Je l'ai interrompue, « Hey, ma petite louve, calme-toi. C'est trop dur à gérer pour une seule personne. Laisse-nous t'aider avec ça, OK ? Tu sais que tu peux compter sur moi. Je suis ton compagnon, je suis là pour toi. S'il te plaît, laisse-moi t'aider. »

Zach, qui avait assisté à toute la scène, a ajouté :
« laissez-moi m'occuper du livre. C'est moi qui
l'ai perdu. Je serai celui qui le trouvera et le
ramènera, OK ? »

Kate a hoché la tête ; elle s'est un peu calmée
quand on lui a parlé.

Puis Zach a ajouté : « Je pense que tu devrais
aller au chalet avec Damien. Je dirai à tes
parents que je t'ai demandé de t'occuper d'une
affaire que j'ai avec la meute de loups voisine.
Comme ça, ils sauront que tu seras absente pour
quelques jours. »

Kate a demandé, « Vraiment. Tu ferais ça pour
moi ? »

Zach a acquiescé, mais Kate a ajouté : « Mais, je
veux vraiment essayer de réveiller Bianca
d'abord. Et j'ai besoin de prendre certaines de
mes affaires aussi. »

Elle m'a regardé et j'ai pu voir que lorsqu'elle
avait quelque chose en tête, rien ne pouvait
l'arrêter.

« Est-ce que ça serait correct si je venais plutôt
te rejoindre demain matin ? »

Elle avait ces jolis yeux qu'il était impossible de résister. J'ai ri doucement, « bien sûr que oui, ma petite louve. Laisse-moi te montrer où c'est sur ton téléphone. »

J'ai montré à Kate l'emplacement du chalet sur son téléphone. Comme ça, elle était sûre de ne pas se perdre. Zach a regardé la carte et a dit, « oh oui ! Je sais où c'est. C'est un bel endroit, tu vas être bien. »

J'ai souri. Il avait raison, j'allais aimer ça, me suis-je dit. Encore plus qu'il ne le pensait. Ce n'est pas l'emplacement ni même le chalet lui-même que j'attendais avec impatience. J'allais enfin passer du temps seul avec ma belle Kate, toute la journée et toute la nuit. C'est vraiment *ça* que j'attendais avec impatience.

Alors que nous nous disions au revoir pour la nuit, j'ai donné à Zach une tape amicale dans le dos. C'était agréable de savoir que j'avais un allié dans la famille de Kate. Mon premier allié loup-garou, je me suis dit.

Alors que Kate s'approchait de moi, je pouvais sentir la chaleur de son souffle sur mon cou. Elle était si tentante, je ne pouvais pas attendre que nous soyons seuls.

Je lui ai chuchoté.

« Je vais préparer le chalet. Je serai là, à t'attendre. Ne me fais pas attendre trop longtemps, mon amour. »

Kate s'est levée sur la pointe des pieds pour m'embrasser alors que je la tenais par la taille. Je n'avais besoin de rien d'autre qu'elle pour être heureux. Je la suivrais jusqu'au bout du monde.

« Je vais faire vite, je te le promets. Tu verras, en un rien de temps, je serai de retour dans tes bras. »

Ses mots étaient apaisants. La promesse de l'avoir pour moi toute la journée a réveillé en moi un feu dont j'ignorais l'existence. Je l'ai embrassée avec passion, résistant à peine à l'envie de la prendre tout de suite. J'avais besoin d'elle plus que jamais. Je savais qu'elle devait rentrer dans sa famille ce soir et je savais que son oncle était toujours là à nous observer. Mais c'est comme si mon cœur avait pris le contrôle de ma tête. Le lien d'âmes sœurs m'attirait vers elle plus que jamais. C'était impossible de résister.

Kate m'a murmuré, à bout de souffle, entre deux baisers, « nous aurons tout le temps dont nous avons besoin demain, mon amour. Je dois partir pour la nuit maintenant. »

Il semble que ses mots étaient tout ce qu'il fallait pour que mon esprit reprenne le contrôle. Je suppose qu'elle avait ce pouvoir sur moi maintenant.

« Tu as raison. Va, ma petite louve, pour que tu puisses me revenir le plus vite possible. » Je lui ai fait un clin d'œil et l'ai laissée partir. Je l'ai regardée retourner vers la maison de sa famille avec Zach.

Je me sentais heureux, car je savais que cette fois, elle me rejoindrait le matin au lieu d'avoir à attendre une journée entière. Je me suis dirigé vers le chalet, le cœur léger, en pensant à tout ce que je voulais préparer avant l'arrivée de Kate demain.

Chapitre 15 (Kate)

La malédiction du démon

De retour à la maison avec oncle Zach, j'étais plus heureuse que jamais, sachant que je pourrais aller voir Damien demain et que je pourrais rester avec lui. Ma louve n'était pas contente, elle voulait partir tout de suite. Mais je lui ai répété que nous devions d'abord aller voir ma sœur. C'était plus important.

Alors que nous approchions de la maison, Zach m'a dit : « Je suis vraiment heureux que tu aies trouvé ton compagnon. Prends bien soin de lui. Ne fais pas comme moi. »

Ça a dû être si dur pour Lilith… Mais ce qui s'est passé n'était pas exactement la faute de Zach non plus.

« Tu n'as pas fait exprès pour l'oublier… Je suis sûre que tu pourras réparer ce qui a été brisé. »

Zach avait l'air préoccupé. « … Je n'en suis pas si sûr. Mais j'espère que je pourrai le faire. »

Nous sommes arrivés à la maison. « Tu ferais mieux d'aller voir si tu peux faire en sorte que ta sœur se réveille. Je vais essayer de voir si je peux me rappeler où j'ai mis le livre des secrets des vampires. »

Je lui ai fait un signe de tête, il avait raison. J'étais déjà fatiguée, mais ma sœur était plus importante que dormir en ce moment.

Je suis entré dans la maison sans bruit ; la plupart des gens dormaient déjà. Je suis entrée dans la chambre de Bianca. Comme toujours, Steven était là, dormant sur la chaise, appuyé sur le lit. J'ai marché lentement vers lui et j'ai tapoté doucement son bras.

J'ai parlé doucement, « Steven ».

Il a relevé la tête, ouvrant à moitié les yeux.

Il a tourné la tête vers moi, les yeux endormis, « Hein ? Oh, hey Kate. Que fais-tu ici à cette heure-ci ? »

Je lui ai souri en sortant la fiole. « J'ai quelque chose à te montrer. »

Ses yeux s'écarquillèrent en regardant le liquide brillant dans la noirceur. « Wow ! … Qu'est-ce que c'est ? »

« C'est quelque chose pour essayer de réveiller Bianca. »

Steven m'a regardé avec un grand sourire. « Vraiment ? »

Je lui ai fait un signe de tête en m'approchant de Bianca. « Aide-moi à la mettre en position assise pour que je puisse lui faire boire ça. »

Steven a fait ce que je lui ai demandé et a tenu Bianca en position assise. Il la tenait avec beaucoup de soin, la tendresse transparaissant dans ses mouvements. Je pouvais voir à quel point il l'aimait.

J'ai ouvert sa bouche et incliné un peu sa tête en arrière pendant que je versais le contenu de la fiole. Quand elle avait tout avalé, Steven l'a recouché, doucement, comme s'il tenait la personne la plus précieuse au monde dans ses mains.

Nous avons attendu un peu, mais rien ne s'est passé.

Steven m'a regardé. « Est-ce censé marcher immédiatement ? »

J'ai haussé les épaules. « Je ne sais pas. Tout ce que je sais, c'est qu'elle est affligée d'une magie ou d'une malédiction très puissante. C'était la plus puissante concoction connue, censée la réveiller. »

J'ai regardé ma sœur. Elle ressemblait à la belle au bois dormant. Peut-être qu'un baiser de son prince la réveillerait ? J'ai rigolé à cette pensée.

Steven a dit, « Merci d'avoir essayé. On verra si elle se réveille éventuellement. »

Je lui ai fait un câlin. « Oui, désolé qu'elle ne se soit pas réveillée tout de suite. J'espère qu'elle se réveillera bientôt. En attendant, je vais aller dormir un peu. »

Steven a hoché la tête. « Ouais, je vais dormir aussi », a-t-il dit en se remettant dans le fauteuil.

Je suis allée dans ma chambre. Je me sentais épuisée et je me suis tout de suite endormie. J'ai fait des cauchemars toute la nuit. J'étais poursuivie par quelque chose, je sentais son souffle chaud quand il s'approchait. Chaque fois que je me réveillais, je me rendormais et je refaisais le même cauchemar.

À un moment donné, je me suis réveillée et j'ai entendu la voix inquiète de Damien dans ma tête qui me demandait « tu vas bien, ma petite louve ? ».

Je suppose qu'il ressentait ma peur à travers notre lien. Je l'ai rassuré, « oui, seulement des cauchemars, ne t'inquiète pas. »

J'ai senti sa voix se détendre. « OK, je m'assurerai que tu ne fasses pas de cauchemars demain quand tu dormiras dans mes bras. »

L'idée de dormir dans ses bras me semblait si merveilleuse en ce moment ! Comme j'aimerais être dans ses bras, sentir son corps frais contre le mien, être baignée de son parfum, me sentir aimée et protégée.

J'ai poussé à travers notre lien, « Tu me manques ».

Damien a poussé des souvenirs de lui me serrant dans ses bras à travers mon esprit, me faisant me détendre. « Bientôt, ma petite louve, nous serons ensemble. »

Après ça, j'ai enfin pu m'endormir. Je me suis réveillée en entendant un cri. J'avais l'impression de n'avoir dormi que quelques minutes seulement, mais quand j'ai regardé autour de moi, il semblait que le soleil était déjà levé.

J'étais assise dans mon lit, essayant de rassembler mes pensées, quand j'ai entendu le cri à nouveau.

Je me suis précipitée hors de ma chambre pour tomber sur mon frère Will, qui courait vers la chambre de Bianca. Je ne lui avais pas encore parlé depuis l'autre jour à propos de mon âme sœur. Je n'étais pas sûre de son opinion à ce sujet. Je savais que je devais lui parler avant d'aller au chalet avec Damien.

Mais avant toute chose, je devais d'abord voir ce qui se passait avec Bianca.

Je suis entrée dans la chambre de Bianca avec Will, et Bianca était réveillée ! C'était Steven qui criait. Il m'a regardé, des larmes de joie sur les joues.

« Oh mon dieu Kate ! Ça a marché ! Tu l'as fait ! Tu l'as réveillée ! »

Will m'a regardé avec des yeux interrogateurs. Je n'ai pas eu le temps de répondre avant que Zach ne fasse irruption dans la pièce. Il a regardé Steven puis Bianca avant de s'exclamer : « Oh mon dieu Bianca ! Tu es réveillée ! Ça a marché, Kate ! »

Une fois de plus, Will m'a regardé. « Quelqu'un pourrait-il m'expliquer pourquoi tout le monde dit que c'est grâce à Kate que Bianca s'est réveillée ? »

Bianca a regardé autour de la pièce. « Maman et papa ne sont pas là ? »

Zach a secoué la tête. « Non, ils sont partis en voyage pour faire les préparatifs de la guerre. »

J'étais tellement soulagée que ma sœur soit de retour parmi nous. Je voulais la serrer dans mes bras, mais Steven la gardait pour lui, ne laissant personne les séparer.

Je lui ai demandé avec un sourire. « Je peux faire un câlin à ma sœur ? »

J'ai entendu son loup grogner un peu, mais il l'a lâchée à contrecœur pour que je puisse la serrer dans mes bras.

« Je suis si heureuse que tu sois de retour », ai-je dit à ma sœur en la serrant dans mes bras.

« Je suis heureuse d'être de retour… et il semble que je doive te remercier. »

Je me retenais de rire en voyant le visage agacé de mon frère. Il était le seul à ne pas savoir que j'avais fait quelque chose pour essayer de guérir Bianca.

« J'ai eu l'aide de mon âme sœur », ai-je commencé.

Le visage de Will s'est assombri à ces mots. Il savait que mon compagnon était un vampire.

Les yeux de Bianca se sont élargis et elle a crié d'excitation : « Tu as trouvé ton âme sœur ? ».

J'ai gloussé à sa question.

« Oui, je l'ai trouvé, et quand tu ne t'es pas réveillée, je lui ai demandé de m'aider. Il est allé voir un sorcier et lui a demandé d'aider. Hier, il m'a donné une fiole d'une concoction forte et avec l'aide de Steven, je te l'ai fait boire. »

Zach souriait, il était là quand Damien m'a donné la fiole, donc il connaissait déjà l'histoire. Bianca et Steven avaient l'air stupéfaits.

Will n'avait toujours pas l'air heureux.

« Donc, je suppose qu'il fallait un vampire pour briser la malédiction d'un vampire », a-t-il craché, en colère.

Steven avait l'air choqué. J'ai répliqué à Will : « Les vampires n'ont pas jeté cette malédiction sur Bianca ! »

« Ah oui ? Comment peux-tu en être si sûre ? ».

« Parce qu'elle a été jetée par une magie plus puissante que celle du Seigneur vampire ! »

Will ne me croyait toujours pas, et ça se voyait sur son visage.

« N'importe quoi ! Pourquoi est-ce que tu le crois ? C'est un vampire ! »

J'ai répondu doucement, « parce qu'il est mon âme sœur, Will. Je sais qu'il dit la vérité. »

Je n'avais pas de meilleure raison, je le sentais dans mon cœur. Si seulement je pouvais faire ressentir à Will ce que je ressens, il saurait que c'est la vérité.

Mais il ne me croyait toujours pas. Ça se voyait sur son visage.

Bianca a parlé, « elle dit la vérité. »

Tous les yeux se sont posés sur elle alors qu'elle continuait.

« Même si j'avais l'air de dormir, je ne dormais pas. Mon âme était retenue prisonnière par un démon nommé Eurynomos. »

Je n'avais jamais entendu le nom de ce démon, mais à en juger par le visage de Zach, il en savait quelque chose.

Zach a parlé. « Eurynomos… Il avait été scellé dans un sépulcre par la déesse de la lune elle-même, il y a très longtemps. Mais il y a quelques années, avant ta naissance, des loups ont essayé de le ressusciter. Finalement, ce sont tes parents, Sam et Sarah, qui l'ont vaincu. »

J'étais tellement surprise que je ne savais pas quoi dire. Je n'avais jamais entendu parler de cette histoire auparavant ! J'ai levé les yeux vers Will et Bianca et ils avaient l'air aussi surpris que moi.

« Ta mère a été faite prisonnière par ces loups, mais ton père l'a sauvée. J'étais là, on s'est battu ensemble. À la fin, Sam a été blessé, et c'est Sarah qui les a repoussés. Il s'avère qu'elle était la fille de la déesse de la lune. »

Je ne savais pas quoi dire. J'ai toujours pensé que ma mère était seulement humaine.

Bianca s'est écriée. « C'est ce qu'il a dit ! »

Nous l'avons tous regardée avec des yeux interrogateurs.

Elle a expliqué, « Eurynomos n'arrêtait pas de dire que j'étais la fille de la déesse de la lune. Qu'il avait jeté une malédiction sur ma lignée, avant même ma naissance. Et maintenant que j'avais trouvé mon compagnon, la malédiction avait été activée. »

Nous l'avons tous regardé avec étonnement. Elle serait la fille de la déesse de la lune ? Je suppose que ça pourrait expliquer pourquoi elle n'avait pas les mêmes gènes que nous. Mais quelque chose clochait !

J'ai demandé, perplexe. « Si tu es la fille de la déesse de la lune, alors pourquoi ne partages-tu pas les mêmes gènes que notre mère ? Notre mère était aussi la fille de la déesse de la lune, n'est-ce pas ? »

Le silence s'est abattu sur nous, car personne ne savait vraiment quoi répondre à ma question.

Tout à coup, Zach s'est écrié : « Je crois que je sais pourquoi ! »

Nous l'avons tous regardé, attendant une explication.

« Après la naissance de Bianca, le pouvoir de ta mère semblait avoir disparu. J'ai toujours entendu dire que la déesse de la lune n'avait qu'une seule fille. Peut-être que, ce jour-là, les pouvoirs de ta mère t'ont été transmis. Et peut-être que les gènes de la déesse de la lune ont été transférés en même temps. »

C'était un peu exagéré. Mais je n'avais pas de meilleure explication. C'est juste que ça semblait trop tiré par les cheveux pour être vrai.

J'ai demandé à Bianca. « Mais tu savais que Steven était ton compagnon depuis longtemps, n'est-ce pas ? »

Elle m'a fait un signe de tête. « Oui, j'ai su que Steven était mon compagnon quand j'ai eu dix-huit ans. Mais il était trop jeune. Il ne pouvait pas le savoir aussi, alors j'ai été patiente, en attendant qu'il vieillisse. »

J'ai continué. « Alors, pourquoi la malédiction s'était-elle réveillée maintenant ? »

Bianca a répondu : « Eh bien, comme Steven était trop jeune, le lien d'âmes sœurs ne pouvait pas s'activer. Mais quand il a eu dix-huit ans, il a découvert qu'il était mon compagnon, et le lien s'est finalement activé. Je suppose que c'est ce qui a activé la malédiction. »

« Hum, » dit Will, « Je suppose que ça a du sens… en quelque sorte… »

Nous avions tous cette expression déconcertée sur nos visages.

« Eh bien, je suis content que tu ailles bien maintenant », ai-je dit à Bianca.

Elle a secoué la tête.

« Eh bien, je ne vais pas totalement bien », a-t-elle expliqué. « Tu vois, une partie de mon âme est toujours retenue prisonnière par Eurynomos… Tant qu'il gardera cette partie de mon âme, il sera capable de voir et d'entendre tout ce que je fais. Comme je suis capable de voir et d'entendre tout ce qu'il fait également. »

Bon sang, c'est comme si ça n'avait pas de fin !

Steven a demandé, « comment puis-je te sauver ? Je t'en prie ! Il doit y avoir un moyen ! J'ai besoin de toi à mes côtés. Je suis ton compagnon, je ferai tout ce qu'il faut pour te sauver ! »

Il avait l'air désespéré. Il était évident qu'il irait jusqu'au bout du monde pour la sauver.

Bianca a réfléchi pendant une minute. « J'ai entendu Eurynomos dire qu'il était impossible que je sois libérée, car il faudrait que deux ennemis ancestraux s'associent, et cela ne pourrait jamais arriver. »

Zach a réfléchi. « Tu penses qu'il voulait dire loups-garous et vampires ? »

Steven a chuchoté, « bien sûr, il doit parler de nous et des vampires… »

Will avait un air sévère sur le visage, ne disant rien. Il était appuyé contre le mur, les bras croisés.

« Mais ça n'a pas d'importance, pas vrai ? Parce que ton âme sœur est un vampire, alors on va pouvoir briser la malédiction, non ? » Steven m'a demandé, plein d'espoir.

L'espoir de tout le monde reposait sur mes épaules. Je ressentais beaucoup de pression. J'ai pensé à Will, qui n'avait toujours pas l'air d'approuver mon compagnon.

J'ai commencé, mal à l'aise, ne voulant pas briser le rêve de chacun.

« Ce n'est pas aussi simple que cela… Tout le monde n'acceptera pas Damien à bras ouverts, même s'il est mon compagnon. Avec lui étant un vampire… beaucoup de gens n'approuveront pas notre amour. »

Steven a immédiatement répondu : « il a aidé à me ramener ma compagne, je me fiche qu'il soit un vampire. Je l'aime déjà. »

Je lui ai souri, mais j'ai répondu : « et pourtant, mon propre frère ne l'accepte toujours pas. Faire la paix avec les vampires n'est pas une tâche facile. »

Tout le monde s'est retourné pour regarder Will, qui était toujours accoté contre le mur. Il me fixait dans les yeux, perdu dans ses pensées. Tout le monde attendait qu'il dise quelque chose.

Il a finalement soupiré et a parlé.
« Écoute, je n'aime pas le fait qu'il soit un vampire. Mais il nous a aidés… et t'a probablement sauvé la vie aussi… Je ne peux rien faire contre le fait que la déesse de la lune t'ait choisi un vampire comme compagnon… Donc, je vais lui donner une chance. »

J'aimais tellement mon frère. Je savais qu'il faisait un gros effort en ce moment. Je l'ai serré fort dans mes bras, des larmes de joie coulant tandis que je murmurais : « Merci, petit frère, je t'aime ».

Il m'a serré dans ses bras en retour. Nous sommes restés quelques secondes comme ça avant de rompre l'étreinte.

« Tu vois ? Tout espoir n'est pas perdu », dit Bianca avec un sourire.

« N'oubliez pas qu'une guerre est sur le point d'éclater dans quelques jours… » Will a commencé, « maman et papa sont en train de préparer les derniers détails des préparatifs. Je ne me ferais pas trop d'illusions. »

« Nous allons arrêter la guerre », ai-je crié. Ils m'ont tous regardé pendant que je m'expliquais.

« Damien et moi, nous voulons arrêter la guerre. Nous ne voulons pas de victimes. »

Zach a ajouté : « Je vais essayer de les aider aussi. Vous voyez, je ne l'ai pas dit encore, mais… ma compagne est aussi une vampire. »

Will, Bianca et Steven ont sursauté.

Bianca a répondu, « alors il y a de l'espoir ! »

Je lui ai souri. « C'est encore loin d'être gagné, mais nous allons faire tout notre possible pour ramener la paix entre loups-garous et vampires. »

« Alors je vais aider aussi ! » Steven a dit, avec Bianca qui a suivi peu après, « et moi aussi ! ».

Will a rétorqué, « tu ne peux pas ».

« Et pourquoi pas ? » lui demande-t-elle avec défiance.

« Parce que tu es toujours liée à Eurynomos, et tant que tu ne seras pas libérée de lui, il connaîtra tous nos mouvements si tu nous aides », a répondu Will.

Je devais admettre qu'il avait raison. Même si j'aurais aimé que Bianca puisse nous aider, il était vrai qu'Eurynomos essaierait probablement de nous empêcher d'arrêter la guerre s'il le pouvait. Donc, il était préférable qu'elle ne connaisse pas trop de détails sur ce que nous faisions. Il en allait de même pour Steven, puisqu'il était son compagnon.

« Je suppose que c'est mieux si Steven et toi ne savez pas trop de choses sur le fait qu'on arrête la guerre », ai-je commencé. « Mais ça ne veut pas dire que vous ne pouvez pas aider du tout. »

Steven a demandé à Will : « J'ai toujours gardé tes arrières lorsque nous nous battions ensemble avec la meute. Est-ce que tu me soutiendras cette fois-ci et aideras à arrêter cette guerre ? »

Will s'est approché de Steven et a tapé son dos amicalement de sa main. « Bien sûr, je serai là pour toi. Je vais aider à empêcher cette guerre, et nous allons libérer ma sœur de cette malédiction. »

Il a ajouté, « tu ferais mieux de prendre soin de ta compagne. C'est ma sœur, donc tu auras de mes nouvelles si tu ne le fais pas. »

Steven a ri de sa dernière déclaration.

« Alors c'est réglé », ai-je commencé, « je dois préparer mes affaires et me préparer à partir ».

Will a demandé, perplexe, « partir » ?

Oh, c'est vrai ! Je ne leur avais pas encore dit.

« Je pars pour quelques jours, je vais rejoindre Damien dans un chalet dans les bois. »

« Maman et papa n'accepteront jamais », a répondu Will.

« C'est pour ça que tu ne vas pas leur dire où elle est vraiment… Officiellement, elle s'occupe de choses avec la meute de loups voisine », dit Zach.

Tout le monde a fait un signe de tête, et je me suis sentie heureuse de savoir que j'allais pouvoir aller voir mon compagnon, tel que ma louve le désirait.

« Je vais vous montrer où c'est, comme ça si vous avez besoin de me trouver, vous pourrez le faire », ai-je ajouté en sortant mon téléphone pour leur montrer l'endroit sur la carte.

Juste avant que je ne quitte la pièce, Will m'a attrapé doucement par le bras et m'a pris à part des autres.

« Écoute, désolé que ça ait commencé du mauvais pied avec ton âme sœur. Dis-lui que je ne lui en veux pas. Et s'il te plaît, tiens-moi au courant de la façon dont je peux vous aider à arrêter cette guerre. »

J'étais si heureuse que Will ait décidé d'accepter mon compagnon, même s'il était un vampire. Et encore plus qu'il voulait arrêter la guerre.

« Bien sûr, je vais le faire ! Merci, Will », lui ai-je dit en le serrant dans mes bras.

Je suis allée dans ma chambre. J'avais l'impression de marcher sur un nuage. Cela faisait longtemps que je ne m'étais pas sentie aussi heureuse. Les choses semblaient enfin s'améliorer. Ma sœur était réveillée, pas complètement libre, mais quand même. Nous avions des alliés pour essayer d'arrêter la guerre. Et maintenant, il était temps de se préparer et d'aller voir Damien. J'avais si hâte d'y aller !

J'ai pris le strict minimum avec moi et les ai glissées dans un petit sac que j'aimais porter avec moi. Il était léger et pas trop grand, ce qui me permettait de le porter sans trop de difficultés, même lorsque j'étais sous ma forme de loup.

Lorsque je suis sortie de la maison, Will, Zach, Bianca et Steven sont venus me serrer dans leurs bras avant que je n'aille au chalet. Je les ai regardés et une chaleur a rempli mon cœur. C'était vrai que nous étions des loups et que nous prenions soin les uns des autres dans la meute. Mais en ce moment, avec notre objectif commun d'arrêter la guerre, j'avais l'impression que c'était plus que ça. Je n'aurais pas pu espérer avoir autant d'alliés. Ensemble, avec Damien, nous formions une équipe forte. Une lueur d'espoir illumina mon cœur alors que je leur disais au revoir en partant.

J'ai fait quelques pas dans les bois, loin des regards indiscrets. À l'intérieur, je pouvais sentir ma louve m'appeler. Elle répétait la même chose encore et encore : compagnon. Elle voulait sortir, elle voulait le rejoindre. Et maintenant que j'étais cachée, j'ai enlevé mes vêtements, les ai mis dans mon sac. Je l'ai laissée prendre le contrôle de moi. Je savais ce qu'elle voulait. J'ai lentement laissé le changement venir. J'ai toujours aimé la sensation de me changer à ma forme de loup. Surtout quand ce n'était pas forcé, comme pour un combat ou pour me défendre, mais quand c'était pour le plaisir, comme aujourd'hui.

C'était relaxant, comme se glisser dans un bain chaud. Je sentais tous mes sens s'intensifier, bien plus que lorsque j'étais sous ma forme humaine. Soudain, j'ai pris conscience du vent qui traversait les arbres et ma glissait dans ma fourrure. Le doux parfum de la rosée sur l'herbe a frappé mon nez. Je regardais deux tamias qui se poursuivaient dans les feuilles, tandis que la pensée me traversa l'esprit qu'ils ne feraient pas un gros repas.

Je pouvais sentir mon instinct animal s'emparer de moi. Tout ce que je voulais faire maintenant était de rejoindre mon compagnon. J'ai attrapé mon sac et j'ai commencé à courir à travers les bois, laissant mes sens me guider. Je pouvais encore sentir l'odeur de Damien, même si elle était faible, et le suivre jusqu'au chalet.

Si je devais décrire ce que signifie être libre, je dirais que c'est ça. Pouvoir courir librement dans la forêt, être connecté à la nature, sentir la chaleur du soleil sur ma fourrure, simplement profiter de la vie.

J'ai couru pendant un certain temps, je ne suis pas sûre de combien, car je ne me souciais pas du temps en ce moment. J'ai traversé la rivière qui se jette dans le Lac Dormant. J'ai escaladé une petite falaise. Je savais que je me rapprochais, car l'odeur de Damien devenait plus forte. Son odeur de miel et de musc me rendait folle et je ne pouvais penser à rien d'autre à ce moment-là.

Finalement, j'ai vu une grande maison se dessiner à l'horizon. Ce n'était pas le genre de chalet miteux. Il avait deux étages, avec un long balcon au deuxième étage. Dans la cour, il y avait un spa et un grand patio avec tout ce qu'il fallait pour organiser une réception. Je me suis demandé si j'étais au bon endroit, mais je pouvais sentir l'odeur de Damien. J'avais hâte de voir à quoi ressemblait l'intérieur.

J'ai lancé dans l'esprit de Damien : « Je suis là, viens dehors. »

Il n'a pas fallu longtemps avant que Damien ne sorte. Il avait attaché ses cheveux en un chignon bas, et je trouvais qu'il était encore plus sexy comme ça. Il portait un jean et une chemise moulante. Je l'ai regardé me chercher, sans savoir que je serais sous ma forme de loup. J'aurais pu le lui dire par le biais de notre lien, mais c'était plus amusant d'attendre et de voir quelle serait sa réaction lorsqu'il me verrait.

Chapitre 16 (Damien)

Réunis

J'étais assis sur le canapé à relaxer, quand j'ai entendu Kate m'appeler.

« Je suis là, viens dehors. »

J'avais attendu ces mots toute la matinée et maintenant elle était enfin là ! Je me suis levé d'un bond et je suis sorti.

J'ai regardé dehors, mais Kate était introuvable. Était-elle allée au mauvais chalet ? Elle venait de me dire qu'elle était là, alors sûrement, elle devait être arrivée à *un* chalet quelconque. Comment aurait-elle pu se tromper d'endroit ? Je lui ai montré son téléphone.

J'ai lancé dans son esprit : « Où es-tu ? Je suis dehors et je ne te vois pas. »

Au moment où j'ai dit ça, j'ai vu un petit loup gris sortir lentement d'un buisson. Le loup m'a regardé et je l'ai tout de suite reconnu. Elle était là, à me regarder avec ses profonds yeux noisette.

Je lui ai dit à haute voix, en lui souriant. « Te voilà, ma petite louve. »

Que ce soit sous forme de loup ou sous forme humaine, elle était à couper le souffle.

Elle s'est approchée de moi et j'ai attrapé le sac qu'elle portait. Elle a frotté son museau tendrement contre moi tandis que je passais mes doigts dans sa fourrure. C'était doux comme de la soie.

« Tu m'as manqué. Veux-tu venir dans le chalet ? »

Elle a hoché la tête et s'est levée. J'aimais la voir sous sa forme de loup. Elle restait presque toujours sous sa forme humaine, alors la voir ainsi était nouveau. J'aimais son air sauvage et fort. Pourtant, il y avait de la douceur dans ses yeux et dans sa façon de se blottir contre moi. Je pouvais sentir à quel point elle tenait à moi, même sous sa forme de loup.

J'ai ouvert la porte et Kate est entrée dans le chalet. J'ai entendu un bruit lorsque j'ai fermé la porte et lorsque je me suis retourné, Kate était sur le sol sous sa forme humaine, nue.

Je me suis exclamé d'une voix rauque. « Oh, mon Dieu, tu es magnifique ! »

Elle m'a regardé avec du désir dans les yeux.

« Tu m'as tellement manqué ! »

Un faible ronronnement s'est échappé de ma poitrine alors que je la regardais s'habiller. « C'était mieux quand tu étais nue, mais tu es toujours aussi belle. »

Kate a ri du compliment alors que je la serrais affectueusement dans mes bras. C'était si bon de pouvoir apprécier la chaleur de son corps contre le mien. Elle m'avait tellement manqué que je ne voulais plus la lâcher.

« Enfin, je peux t'avoir dans mes bras », ai-je chuchoté à son oreille.

Un doux ronronnement a résonné dans sa poitrine jusqu'à la mienne. Elle m'a regardé avec un sourire affectueux. « Enfin, je t'ai pour moi toute seule », m'a-t-elle dit sensuellement. Nous sommes restés ainsi un moment, tandis que je lui murmurais des mots doux à l'oreille et la couvrais de baisers.

J'ai pris sa main dans la mienne. « Viens », lui ai-je dit en lui faisant visiter chaque pièce, lui montrant notre nouvelle maison. Pour moi, ce n'était qu'un chalet, comparé au château où j'avais l'habitude de vivre. Mais Kate avait l'air d'être impressionnée, et je ne pouvais pas être plus heureux. Je voulais qu'elle soit heureuse ici. Je voulais qu'elle aime tellement le chalet qu'elle veuille y rester pour toujours.

Toutes les chambres étaient décorées avec goût. C'était confortable et chaleureux avec une touche de luxe, mais pas trop.

J'ai terminé la visite par notre chambre. Kate a tout de suite remarqué la robe que j'avais laissée sur le lit pour elle.

« Qu'est-ce que c'est ? » a-t-elle demandé, curieuse.

« Un cadeau pour toi. Ce soir, nous *nous* célébrons », ai-je répondu avec un sourire en coin.

« Je peux vraiment porter une robe aussi jolie ? »

Est-ce qu'elle demandait vraiment ça ? Elle était bien plus jolie que cette robe. Je ne savais pas vraiment comment lui faire voir ce que je voyais dans mes yeux quand je la regardais.

« J'ai essayé de trouver une robe à la hauteur de ta beauté, mais je n'ai rien trouvé qui s'en approche de près ou de loin, alors j'espère que tu la trouveras assez bien pour la porter. »

Kate a mis une main sur sa bouche, émue.

« Oh Damien ! C'est une des choses les plus romantiques qu'on ne m'ait jamais dites. »

J'ai souri, satisfait de l'impact que mes mots ont eu sur elle. Rien n'égalait sa beauté, je voulais qu'elle le voie. Peut-être que maintenant elle était plus proche de comprendre ce que je ressentais pour elle.

Elle a ajouté avec le plus grand des sourires. « Cette robe est magnifique ! Bien sûr que je vais la porter. »

Il y avait une petite table ronde dans le coin de la pièce. J'y avais posé deux verres à vin. Une bouteille de vin blanc pétillant était posée dans un seau à glace et nous attendait.

Kate a eu une étincelle dans les yeux quand elle a repéré les verres.

« Vous voulez vous joindre à moi pour un verre, mademoiselle ? »

Elle a rigolé un peu. « Bien sûr ! », a-t-elle répondu.

J'ai versé le vin dans les verres, et nous avons pris place dehors sur le balcon, nous relaxant sous le soleil tandis que la journée passait.

Kate m'a regardé, excitée.

« Je ne te l'ai pas encore dit ! Devine quoi ? La potion que tu m'as donnée a fonctionné ! Ma sœur s'est réveillée ! »

Elle avait le plus grand sourire sur son visage. Tout ce qui pouvait la rendre heureuse me rendait également heureux, ne serait-ce que pour la voir sourire.

Je lui ai fait un clin d'œil. « Qui aurait cru que ce vieux sorcier pouvait s'avérer utile ? »

Kate a ri de ma remarque.

« Comment va-t-elle ? »

« Elle se porte bien. Il s'avère qu'un démon la retenait prisonnière d'une malédiction. Eurynomos est son nom, tu en as déjà entendu parler ? »

J'ai réfléchi un peu, repensant à mes cours d'histoire. Ça fait un moment, mais je me suis souvenu de ce nom.

« Oui, il y a une vieille légende. On dit que la déesse Hécate est la déesse des vampires. Elle est la déesse de la magie, de la sorcellerie, des fantômes et bien d'autres choses encore. Elle était la détentrice des clés, la gardienne des portes des Enfers. Elle était capable de faire le bien et le mal. On dit qu'un jour, elle a décidé de laisser Eurynomos passer les portes des Enfers et de le laisser entrer dans notre monde. »

Kate avait l'air pensive.

« Hum, je suppose que c'est là que notre légende entre en jeu, alors. »

Je l'ai regardée avec des yeux inquisiteurs.

« On dit que Selene, la déesse de la lune, a enfermé Eurynomos dans un sépulcre il y a très longtemps. Mais il y a quelques années, des loups-garous l'ont libéré du sépulcre. C'est ma mère et mon père qui l'ont vaincu. »

Hum, c'était intrigant. Je pensais que toutes ces légendes étaient seulement, eh bien, des légendes. Je n'ai jamais pensé qu'il pouvait y avoir une part de vérité dans tout ça.

Alors que je réfléchissais, Kate a continué, « et tu sais ce que j'ai appris ? Je pensais que ma mère était seulement humaine. Il s'avère qu'elle était la fille de la déesse de la lune ! Mais il semble qu'elle ne l'est plus. La fille de la déesse de la lune est maintenant ma sœur. »

Tant de choses à assimiler en même temps.

« Attend quoi ? Ta mère est la fille de la déesse de la lune ? Et ta sœur l'est aussi ? »

Kate a ri devant mes questions.

« Ouais, c'est beaucoup à encaisser, non ? Et rien de tout cela n'a de sens, mais c'est la meilleure explication que nous ayons jusqu'à présent. »

Elle a pris un ton comme si elle expliquait quelque chose à un enfant et a commencé par le début.

« Il semblerait que ma mère était la fille de la déesse de la lune, mais qu'elle a transmis ces gènes à ma sœur lorsqu'elle lui a donné naissance ».

« Est-ce même possible ? »

Kate a haussé les épaules.

« Je ne sais pas, mais il semble qu'Eurynomos ait jeté une malédiction sur la fille de la déesse de la lune il y a des années. Maintenant que ma sœur a trouvé son âme sœur, la malédiction s'est activée. D'où la raison pour laquelle elle était inconsciente pendant plusieurs jours. »

J'étais stupéfait par son histoire. Aussi improbable que cela puisse paraître, je devais admettre que ce qui est arrivé à sa sœur est étrange. Et comme Elwin a dit que la magie qui l'a maudite était plus puissante que celle du Seigneur vampire, je suppose que le fait qu'un démon soit à l'origine de la malédiction est plausible. Quand même, c'était beaucoup à croire.

Mon verre était vide depuis longtemps, et je savais qu'il m'en fallait un autre pour continuer à lire son histoire.

J'ai demandé à Kate : « Tu veux que je te serve un autre verre avant de continuer cette histoire ? »

Kate m'a souri et a hoché la tête. « C'est une idée géniale ! »

J'ai déposé un doux baiser sur ses lèvres en prenant son verre vide et en allant les remplir.

En retournant sur le balcon, j'ai remarqué que le soleil était déjà plus bas dans le ciel, c'était déjà la fin de l'après-midi.

Je me suis assis sur ma chaise et j'ai commencé à siroter mon verre.

« OK, disons que ta mère était, mais n'est plus, la fille de la déesse de la lune. Et disons que ta sœur est maintenant la fille de la déesse de la lune. Comment se fait-il qu'elle puisse parler à Eurynomos ? »

Kate a expliqué : « Bianca a dit que lorsqu'elle était endormie, son âme a été faite prisonnière par Eurynomos, dans le royaume où il se trouve. »

« Je suppose qu'elle était dans les Enfers. »

Elle a hoché la tête. « Mais tu vois, pendant que son âme était emprisonnée, ma sœur a pu parler avec Eurynomos. Et en plus, elle n'est pas encore libre. Une partie de son âme est toujours emprisonnée. Jusqu'à ce qu'elle soit libre, Eurynomos est capable de voir et d'entendre tout ce que ma sœur entend, et vice versa. »

Mon cœur s'est effondré à cette dernière partie. Sa sœur n'était toujours pas libérée du démon. Cela ne pouvait pas être bon. Ma petite louve ne pourra jamais être complètement heureuse si nous ne parvenons pas à libérer sa sœur.

« Que devons-nous faire pour la libérer ? »

Kate semblait hésiter en parlant.

« Eh bien… il semble que les vampires et les loups-garous doivent s'associer pour la libérer. »

Kate avait l'air triste en parlant de ça. Je voulais lui remonter le moral. J'ai pris son menton dans ma main et j'ai levé sa tête pour qu'elle me regarde dans les yeux.

« Ne perds pas espoir, ma petite louve. Nous allons arrêter cette guerre, et nous allons libérer ta sœur. Tu parles à l'héritier du trône, ne l'oublies pas ! Nous rendrons l'impossible possible. »

Le sourire de Kate est réapparu sur son visage.
Ses yeux brillent à nouveau d'excitation
lorsqu'elle parlait.

« Oui ! Tu as raison ! Et mon frère a dit qu'il
t'acceptera comme mon compagnon et qu'il veut
repartir du bon pied avec toi. »

J'ai souri à ses mots. C'était bon à entendre,
surtout que je me suis déjà battu deux fois avec
son frère.

Elle a poursuivi : « Tout le monde veut nous
aider à arrêter la guerre ! Nous ne sommes pas
seuls dans cette affaire. »

« C'est génial ! Mon frère va aussi nous aider.
Donc, nous devenons plus forts, c'est bien. »

Les choses commençaient enfin à tourner en
notre faveur. Du moins, c'est ce qu'il semblait.
Je voulais le croire, en tout cas. Maintenant si
seulement son oncle pouvait trouver le livre des
vampires, nous aurions une chance d'arrêter
cette guerre. Arrêter la guerre serait-il suffisant
pour libérer la sœur de Kate ? Je l'espérais
vraiment.

J'ai levé les yeux sur ma montre. C'était déjà l'heure du souper. J'avais prévu une belle soirée pour Kate. Je voulais qu'elle se sente comme la princesse qu'elle était censée être. Elle était ma partenaire, et comme j'étais l'héritier du trône, techniquement, elle était une princesse, bien que je ne l'aie jamais officiellement demandée en mariage.

Kate m'a regardé quand je me suis levé. Je lui ai tendu le bras et lui ai demandé : « Voulez-vous vous joindre à moi pour le souper, mademoiselle ? »

Kate a gloussé à ma question. Elle m'a fait un clin d'œil. « Bien sûr, je vais me joindre à vous, mon prince. »

Je l'ai conduite dans notre chambre et lui ai montré la robe sur le lit.

« Je t'attends en bas », lui ai-je dit d'un ton doux. J'ai quitté la pièce pour la laisser se changer.

Je me demandais ce qu'elle aurait l'air dans la robe que j'avais choisie pour elle. C'était une robe noire en dentelle avec le dos dénudé. J'ai préparé notre repas en attendant qu'elle descende. Je ne pouvais pas attendre de la voir. J'espérais qu'elle apprécierait notre soirée.

Cette soirée était faite juste pour elle et moi. Notre première vraie soirée en tant qu'amoureux. Ne pensant qu'à nous et à rien d'autre. La première fois que je pourrais profiter d'être avec elle, sans craindre qu'il ne lui arrive quelque chose. La première nuit où je pourrai simplement la goûter et l'apprécier, la savourer aussi longtemps que possible avant de m'abandonner au sommeil de la nuit.

Je me suis arrêté et retourné quand j'ai entendu des pas sur le parquet. Elle était encore plus éblouissante que je ne l'avais imaginé. Je ne pouvais pas bouger. J'étais subjugué par sa beauté. Je l'ai regardé de la tête aux pieds.

« Wow », c'est tout ce que j'ai pu sortir, j'étais sans voix.

J'ai attrapé sa main et l'ai embrassée doucement.

« Tu es éblouissante, mon amour », ai-je chuchoté.

Kate a rougi à mon compliment. Je l'ai accompagnée à la table et j'ai tiré la chaise pour elle. J'ai tenu sa taille doucement pendant qu'elle s'asseyait et repoussé sa chaise.

Elle était la femme la plus précieuse au monde.

J'ai apporté une bonne bouteille de vin rouge et j'en ai versé un verre pour elle. Puis j'ai apporté une des meilleures bouteilles de vin de sang et je m'en suis versé un verre.

J'ai levé mon verre. « Un verre à notre santé. Que notre amour reste fort et résiste à l'épreuve du temps. »

Kate a levé son verre, et nous avons porté un toast à notre amour.

Je suis allé chercher nos assiettes dans la cuisine. Kate semblait impressionnée. J'avais préparé de délicieux plateaux de filet mignon. Je n'ai choisi que les meilleurs ingrédients pour préparer le repas.

J'ai souri, heureux de voir Kate fermer les yeux et humer de plaisir en mangeant. Je voulais que ce repas l'épate. Les repas au château étaient toujours délicieux. Mais préparer un repas pour celle que j'aime et la voir l'apprécier était bien meilleur.

Nous avons vidé nos assiettes tout en parlant et en buvant notre vin. Nous avons terminé le repas avec une mousse au chocolat. Ce repas était tout simplement parfait.

Nous avons fini nos verres, et je pouvais voir que le vin faisait son effet sur Kate, car ses joues rougissaient et elle avait des yeux sensuels. Je peux dire que le vin m'influençait aussi, car je pouvais à peine résister à la prendre maintenant.

Je lui ai pris la main et l'ai conduite sur la terrasse extérieure où j'avais installé des lumières douces et de la musique. Dans sa robe, elle ressemblait vraiment à une princesse, et c'était la salle de bal parfaite.

J'ai demandé avec un sourire charmeur. « Puis-je avoir cette danse ? »

Kate m'a embrassé langoureusement et j'ai remarqué que son corps était encore plus chaud que d'habitude. Je ne sais pas si c'était à cause de son baiser, de son odeur ou de la façon dont ses seins se pressaient contre moi pendant que nous nous embrassions, mais je commençais à être plutôt excité.

« J'en serais ravie. »

Son sourire en coin montrait qu'elle savait exactement à quoi elle jouait et j'adorais jouer avec elle !

Nous avons dansé sur quelques chansons, les étoiles illuminant déjà le ciel, nos corps se déplaçant en harmonie. Au fil des chansons, Kate devenait plus coquine et lascive. Elle dansait et faisait en sorte que ses hanches frôlent la bosse dans mon pantalon à chaque fois que je la faisais tournoyer. Elle jouait avec moi et c'était si bon. Je pouvais à peine me retenir et je savais qu'elle voulait la même chose.

Les chansons se sont succédé, mais nous les avons à peine écoutées. J'ai continué à suivre le corps de Kate pendant qu'elle bougeait. La lune était déjà haute dans le ciel.

À un moment, je n'en pouvais plus. J'ai pris sa main et l'ai conduite à l'intérieur, dans la chambre, où elle m'a suivie de bon gré, avec un sourire séducteur. Je l'ai déposée avec précaution sur le lit et j'ai commencé à faire glisser lentement les bretelles de sa robe le long de ses épaules, embrassant sa peau nue au passage. Kate a gémi lorsque j'ai mordillé tendrement son cou.

Kate a commencé à passer ses doigts dans mes cheveux. J'aimais la façon dont elle les tirait doucement. J'ai laissé mes mains se promener librement sur son corps. J'aimais la façon dont je faisais apparaître la chair de poule sur sa peau au gré de mes envies. De temps en temps, lorsque j'effleurais un point sensible, j'étais récompensé par un gémissement de sa part qui me faisait la désirer encore plus.

Kate a commencé à embrasser mon cou. J'ai senti son souffle chaud sur ma peau et le bout de ses ongles effleurer mon cou, me donnant des frissons. Je pouvais sentir les battements de son cœur s'accélérer et la température de son corps augmenter par l'excitation. Elle a commencé à lécher mon cou et j'ai laissé échapper un gémissement de plaisir lorsqu'elle a léché la marque de morsure. C'est comme si mon corps entier réagissait à la marque de morsure qu'elle m'avait laissée. Comme si mon corps savait que c'était *elle* et qu'il réagissait à son contact.

J'étais submergé de désir pour elle. Depuis qu'elle m'avait mordu l'autre jour, je sentais cette envie qui montait en moi. Elle était à son apogée ce soir, et je ne pouvais plus la retenir. Je me suis déshabillé, me libérant enfin de ce pantalon restrictif. Kate a caressé ma poitrine, je savais qu'elle aimait mes muscles, je pouvais le voir dans ses yeux chaque fois qu'elle me regardait. Je l'ai laissée parcourir mon corps avec ses doigts pendant que j'enlevais le reste de ses vêtements.

Je l'ai embrassée passionnément, nos langues dansant l'une avec l'autre. Elle était déjà humide d'impatience lorsque j'ai inséré un doigt dans sa chatte. Elle n'a pas pu retenir ses gémissements alors que je lui léchais le clito. Ses gémissements doux me donnaient encore plus envie de la prendre, on aurait dit un doux paradis. Elle arquait son dos de plaisir pendant que je continuais de manger sa chatte. Ses respirations s'accéléraient alors que le plaisir augmentait.

Je suis remonté, embrassant sa peau douce sur mon chemin. Elle a attrapé mon doigt et a commencé à le lécher langoureusement. Chaque mouvement de sa langue me faisait gémir et allumait encore plus le feu en moi.

Elle a commencé à se déhancher, me faisant savoir qu'elle en voulait plus. Je la voulais tellement, mais je voulais jouer avec elle davantage. Alors, j'ai continué à embrasser chaque partie de sa peau douce, en faisant glisser ma langue sur sa peau.

« Oh, s'il te plaît Damien ! Prends-moi ! » m'a-t-elle demandé, suppliante.

Ses mots m'ont excité encore plus.

« Hmmm, j'aime quand tu me supplies. »

Cela pourrait être un jeu auquel je jouerais pendant longtemps, me suis-je dit.

Je me suis aligné avec elle. Kate a gémi fort quand je l'ai pénétrée tout en léchant ses mamelons. Elle était si chaude et mouillée pour moi, j'ai gémi bruyamment. J'ai poussé en elle doucement puis plus fort, m'adaptant à ses cris. Elle griffait mon dos avec ses ongles.

Alors que des vagues de plaisir nous frappaient, mes instincts prenaient le contrôle de moi, et j'ai frôlé son cou avec mes dents sans même y penser. J'ai hésité, puis j'ai reculé de son cou. Elle a attrapé mes cheveux et m'a repoussé contre son cou, me suppliant « fais-le ».

C'était tout l'encouragement dont j'avais besoin. Mon corps m'appelait à la prendre *entièrement*.

J'ai enfoncé mes dents dans son cou, la faisant haleter de plaisir en la mordant. La sensation était tout simplement incroyable. J'avais l'impression de ne faire qu'un avec elle, de sentir son cœur battre à l'intérieur de moi. Aucun mot ne pouvait expliquer cette connexion que je ressentais en ce moment. J'ai bu son sang lentement, en prenant mon temps. Son sang avait le goût du nectar le plus doux qui ait jamais existé, comme s'il avait été fait spécialement pour moi. Je ne pourrais jamais me lasser d'elle.

Je ne voulais pas m'arrêter, mais je ne voulais pas boire trop de sang. J'ai soigneusement retiré mes dents de son cou, faisant cicatriser la blessure en laissant ma langue s'attarder là où j'avais mordu. J'ai poussé fort en elle, la faisant crier mon nom. Elle était de plus en plus serrée autour de moi. Il devenait difficile de résister, mais je ne voulais pas que ça s'arrête.

J'ai senti son corps trembler sous moi, ses mains s'agripper à mes épaules et son dos se cambrer tandis qu'elle hurlait de plaisir. C'était un spectacle parfait. J'aimais la façon dont elle se resserrait autour de moi. J'ai continué mon effort, la laissant jouir encore et encore, la regardant se tordre et gémir sous moi. En la voyant comme ça, je ne pouvais plus me retenir et je me suis laissé aller au plaisir en jouissant à mon tour.

Finalement, épuisés, nous sommes restés ensemble dans les bras de l'autre, nous prélassant dans notre amour.

J'avais passé tellement de nuits seul, à penser à elle. Mais ce soir, j'allais pouvoir la tenir dans mes bras, enfin.

Alors que nous étions allongés dans le lit, je lui ai murmuré : « Je suis follement amoureux de toi, et pourtant, je sais que demain je t'aimerai encore plus. »

Kate a souri, semblant sincèrement heureuse. « Ma vie a changé à jamais le jour où tu en as fait partie. Je ne pourrais pas être plus heureuse de t'avoir comme compagnon. Je t'aime tellement Damien. »

Je l'ai serrée dans mes bras en appréciant son doux parfum. Ses cheveux étaient si doux. J'ai senti un doux ronronnement sortir de sa poitrine, résonnant en moi, me berçant lentement. Je l'ai embrassé tendrement. « Bonne nuit, ma petite louve. »

Elle a murmuré en retour, « bonne nuit, mon amour ».

Je l'ai sentie sombrer dans un profond sommeil tandis que je caressais son dos avec ma main. Ce moment était mon paradis. Je ne voulais pas m'endormir, je voulais en profiter plus longtemps. Finalement, je n'ai pas pu résister et je me suis aussi endormi, tenant dans mes bras la femme que j'aimais.

Chapitre 17 (Kate)

Le voyage vers la vallée

Les derniers jours ont été comme un rêve. Passer mes journées avec Damien, apprécier sa compagnie, voir sa personnalité. Enfin, j'ai pu dormir dans ses bras. Pendant un moment, j'ai eu l'impression que tous mes problèmes avaient disparu. Plus rien ne comptait ni la guerre ni la libération de ma sœur, la seule chose qui comptait était mon âme sœur.

Dans ses bras, je me sentais en sécurité et protégée. Son sourire faisait battre mon cœur à tout rompre et ses baisers me donnaient des papillons dans l'estomac.

Je m'amusais, me détendant dans les bras de Damien, embrassant son cou et passant mes doigts dans ses cheveux. Tout allait bien. Soudain, on a frappé à la porte. J'ai ouvert la porte pour voir Will. Derrière lui, il y avait Bianca et Steven.

« Salut, Will, qu'est-ce qui t'amène ici ? »

Ils sont entrés dans le chalet, et j'ai fermé la porte derrière eux. Damien s'est levé pour venir à leur rencontre. Les yeux de Bianca se sont agrandis. Elle s'est exclamée, « Oh ! Je vais enfin rencontrer ton compagnon ! »

J'ai gloussé à son commentaire et je suis allée à côté de Damien. Il a mis son bras autour de mes hanches et m'a embrassé sur la joue.

J'ai fait les présentations officielles. « Tout le monde, voici Damien, mon âme sœur. »

Bianca a sauté au cou de Damien et l'a serré dans ses bras, le prenant par surprise. J'ai rigolé un peu, c'était tout à fait son genre de faire ça.

« Oh mon Dieu ! Je suis si heureuse de te rencontrer ! » s'exclama-t-elle en faisant un pas en arrière.

« Damien, voici ma sœur Bianca, et son compagnon Steven. »

Steven a tendu la main à Damien.

« J'ai entendu dire que tu as aidé à briser la malédiction de ma compagne. Je te serai éternellement reconnaissant ! »

Damien lui a souri et a pris la main de Steven, l'air vraiment heureux.

Will est resté derrière, à observer. Il avait l'air un peu nerveux, peut-être à cause de leurs précédentes rencontres. Je l'ai attrapé doucement par le bras et j'ai hoché la tête.

« Damien, voici mon frère, Will. »

Les deux hommes se sont regardés avec un respect mutuel. Ils semblaient se comprendre à travers leur regard. Will a fait un pas vers Damien.

« C'est un plaisir de te rencontrer enfin », a-t-il dit avec un sourire.

« De même », a répondu Damien en lui donnant une tape dans le dos.

C'était vraiment bien de voir mon frère et mon âme sœur s'entendre enfin. Je ne pourrais pas être plus heureuse.

Je leur ai demandé, « qu'est-ce que vous faites tous ici ? Vous vous ennuyiez de moi ? »

Le visage de Will est passé de la joie à l'inquiétude. Ce n'était pas bon signe.

« J'ai bien peur que ce ne soit pas la raison de notre venue ici. Nos guetteurs ont vu des vampires marcher vers la vallée de Nysa. Ils sont nombreux. Maman et papa se sont mis en route pour les rencontrer là-bas, avec toute la meute et nos alliés. La guerre est sur le point de commencer. »

J'ai regardé mon frère, choquée, puis Damien. La vallée de Nysa était le lieu où la guerre entre vampires et loups-garous s'est déroulée il y a des milliers d'années. Après la guerre, les corps étaient entassés partout dans la vallée. Mais depuis, la nature a repris le dessus et la vallée est maintenant une plaine luxuriante de plantes et d'herbes. On dit que c'est maintenant la maison des nymphes des bois.

« L'histoire est sur le point de se répéter… Ils vont faire la guerre au même endroit que dans le passé », ai-je dit, consternée.

Will s'apprêtait à dire quelque chose, mais il a été interrompu par un coup à la porte. Je me suis demandé qui cela pouvait être, puisque Will, Bianca et Steven étaient déjà là.

Je suis allé ouvrir la porte, en espérant que ce soit Zach, mais je suis tombé nez à nez avec le frère de Damien.

« Oh, salut », ai-je dit, surprise.

Après qu'il m'ait sauvé la vie, je savais que je pouvais lui faire confiance. Cela faisait un moment que je ne l'avais pas vu.

Il avait l'air surpris de me voir ouvrir la porte, mais il souriait, passant la main dans ses cheveux.

Il a répondu, « hey, content de te voir. Je m'attendais à ce que mon frère réponde. »

« Je suis si heureuse de te voir ! »

Je lui ai fait un câlin. Je suppose que je l'ai pris par surprise, mais il m'a serré dans ses bras après un délai.

Puis il a regardé à l'intérieur du chalet. « On dirait que vous faites une fête, mais que vous ne m'avez pas invité. »

Il sourit à son frère ; Damien lui a fait signe d'entrer.

Quand Arius est entré, un silence s'est installé dans la pièce, tout le monde le regardait fixement.

« Tout le monde, voici mon frère Arius, » dit Damien. « C'est un allié. »

Tout le monde s'est détendu après cette dernière phrase.

Arius a regardé son frère et a fait une remarque en souriant. « Eh bien, il semble que tu te fasses des amis plutôt facilement. »

Damien a rigolé. « Eh bien, il semble qu'avoir une louve-garelle comme compagne vient avec beaucoup d'amis. Non pas que je me plaigne, je suis heureux de les avoir comme amis. »

Cela a rempli mon cœur de joie de l'entendre dire cela.

Damien a demandé à Will, « il semble qu'il nous manque une personne ; Zach n'est pas ici avec vous ? ».

Mon frère a secoué la tête. « Personne ne l'a vu ces derniers jours. Un matin, il a dit quelque chose à propos d'un livre et il est parti. Je n'ai aucune idée de l'endroit où il se trouve. »

Le livre… Il semblait donc que Zach le cherchait encore. Peut-être qu'il se souvenait de quelque chose. J'espérais qu'il le trouverait, et qu'il ne serait pas trop tard quand il le ferait.

« Je suppose que nous devrons faire sans lui, alors », a répondu Damien.

Arius a interrompu la conversation. « Je suis désolé de vous interrompre, mais je suis plutôt pressé. Je suis venu ici parce que père t'a convoqué, Damien. En tant que prince héritier, il te veut sur le champ de bataille et était furieux de ne pas te trouver ce matin. »

Un silence de mort s'est abattu sur nous. J'ai regardé le sol, le cœur brisé à l'idée que mon compagnon soit sur le champ de bataille.

Le visage de Damien s'est durci. « Il semble que nous ne puissions pas éviter cette guerre après tout… Je vais aller sur le champ de bataille.

J'espère toujours que nous pourrons écourter la guerre et minimiser les pertes. »

J'ai pris Damien dans mes bras. « Je t'en prie, ne t'en va pas ! Je ne supporterais pas qu'il t'arrive quelque chose. »

Damien m'a serré dans ses bras. J'ai caché mon visage dans le creux de son cou, respirant son doux parfum. Il m'a fait reculer juste assez pour que je puisse le regarder dans les yeux. Ses yeux gris étaient remplis d'amour.

« Je t'aime de tout ce que je suis, de toute mon âme. Si je n'y vais pas, mon père me tuera. Au moins sur le champ de bataille, j'ai une chance de survivre. »

Quelques larmes ont roulé sur mes joues, mais Damien les a essuyées dès qu'elles sont apparues.

« Alors je vais aussi y aller », lui ai-je dit.

Damien a secoué sa tête. « S'il te plaît, je ne veux pas qu'il t'arrive quelque chose. »

Mon idée était faite. Si mon compagnon devait être à la guerre, alors j'y serais aussi. Quoi qu'il en coûte, je le protégerai. Je trouverai sûrement un moyen d'arrêter la guerre.

« Si tu dois être sur le champ de bataille, alors j'y serai aussi. »

Damien m'a regardé, il savait qu'il ne pouvait rien faire pour me faire changer d'avis.

Bianca a ajouté, « et nous aussi ! Il n'est pas question de vous laisser tout le plaisir. Nous surveillerons vos arrières. »

Je regardais de loin. Les ténèbres m'entouraient. Au loin, j'entendais les rivières couler et les âmes se lamenter. C'était mon domaine. J'étais le maître ici.

J'ai regardé le fragment d'âme toujours emprisonné dans la cage que j'ai installée. Je la détestais tellement. Il n'y avait aucune chance que je la laisse libre un jour. Ils pouvaient essayer d'arrêter la guerre autant qu'ils le voulaient. Ces créatures étaient pathétiques. J'avais hâte de voir leur espoir s'effondrer. Ils étaient idiots de penser qu'ils pouvaient atteindre la paix.

J'ai regardé dans la pièce. Tout le monde semblait avoir l'intention d'aller combattre. Mon frère et Steven étaient parmi les meilleurs combattants de la meute. J'espérais qu'ils l'emporteraient. J'étais plus inquiète pour

Bianca. Elle ne pouvait pas se transformer en loup… Mais il semblait qu'elle était la fille de la déesse de la lune. Je ne comprenais pas vraiment ce que cela signifiait, mais j'espérais que ça l'aiderait pendant la guerre.

J'ai regardé mon doux Damien, mon amour. Je savais qu'il pouvait se battre, et je savais que les vampires possédaient de nombreux pouvoirs. J'espérais juste qu'il serait assez fort pour ne pas être blessé. D'après ce que j'ai compris, le seigneur des vampires était le plus fort des vampires, puis sa femme. Donc, en tant que premier prince, il était le troisième en force parmi les vampires. Il devait sûrement être capable de se battre, non ?

Enfin, j'ai observé Arius, je savais qu'il était un allié. Comme il était le second prince des vampires, j'espérais que sa force nous aiderait.

J'espérais qu'il pourrait protéger son frère. Je ne pouvais pas mentir, mon principal souci était que Damien s'en sorte indemne dans cette guerre. Si mon compagnon devait mourir, je serais brisée à jamais.

Mon frère a posé sa main sur l'épaule de Damien. « Je surveillerai tes arrières, mais s'il te plaît, veille à la sécurité de ma sœur. »

Damien a acquiescé. « Sa sécurité est ma principale préoccupation. Je donnerais ma vie pour elle. »

Will semblait satisfait de sa réponse.

Je leur ai crié dessus, en colère. « Arrêtez ça vous deux ! Personne ne va mourir aujourd'hui, d'accord ? Arrêtez de parler comme si c'était la dernière fois que l'on se voyait ! »

Tout le monde a ri après ce que j'ai dit. En même temps, je pense que nous savions tous que personne n'était en sécurité pendant une guerre.

Nous avons tous marché vers le nord-est, vers la vallée de Nysa. Chacun semblait perdu dans ses pensées. Nous avons grimpé sur une petite colline. Arrivés au sommet, nous avons pu voir la vallée de Nysa dans toute sa splendeur.

La vallée était surmontée de montagnes de chaque côté. Du sommet des montagnes coulaient des rivières, qui descendaient vers les forêts qui se trouvaient à la base des montagnes. Enfin, entre les deux montagnes se trouvait la grande vallée pleine de verdure.

Sur le côté gauche de la vallée se tenait l'armée des loups-garous. Des humains mélangés à des loups-garous. La plupart d'entre eux étaient sous leur forme humaine, mais certains étaient sous leur forme de loup. Ils étaient quelques centaines. On dirait que papa et maman ont rallié la plupart des meutes de la région.

Avec eux, il semble que les nymphes des bois qui résident dans la vallée aient décidé de se joindre à la bataille également. Je me suis demandé pourquoi elles rejoignaient la guerre, les nymphes étant habituellement des créatures pacifiques. Peut-être pour défendre leurs terres natales ? Je suppose que la guerre envahissait leur territoire et que c'était une raison suffisante pour se battre.

La ligne de front était composée de nos Betas et de nos combattants les plus forts.

Mes parents se tenaient devant eux, représentant les loups-garous. Ils se tenaient debout et fort face à l'armée de l'ennemi.

Sur le côté droit se tenait l'armée des vampires. Ils semblaient égaler l'armée des loups-garous en nombre. En leur sein se trouvaient des femmes à cornes, je suppose que c'étaient des succubes. Je détestais ces créatures trompeuses.

En regardant leur ligne de front, j'ai reconnu Lilith. Elle portait une grande armure et maniait une longue épée. Elle était grande et forte. Ses yeux étaient remplis de haine envers ses ennemis. D'autres vampires étaient avec elle sur la ligne de front. On dirait que tous les plus forts combattants étaient là. J'ai reconnu les assassins qui m'ont attaqué l'autre jour.

Devant eux se tenaient un homme et une femme. Je suppose que c'était le Seigneur vampire et la reine vampire. Les parents de Damien. Je ne les avais jamais rencontrés, mais ils avaient l'air forts. L'homme avait de longs cheveux blancs et semblait très puissant ; on aurait dit qu'une aura de magie émanait de lui. Pas étonnant que tout le monde le craignait… y compris ses propres fils.

La femme avait de très longs cheveux bruns et semblait gracieuse. Elle avait les mêmes yeux gris que Damien. Elle semblait être puissante aussi. Elle avait plus de contrôle sur ses pouvoirs, car elle semblait mieux les contenir que son mari. Damien ressemblait beaucoup à sa mère.

Dans l'ensemble, les deux armées semblaient être aussi fortes l'une que l'autre, et la bataille serait certainement une épreuve de force. Cela m'effrayait beaucoup, car cela signifiait aussi qu'il y aurait des victimes des deux côtés, et je ne voulais pas qu'il arrive quelque chose à Damien ou à quelqu'un que j'aimais.

Je me suis tourné vers Damien ; je commençais à m'inquiéter des événements à venir. Les doutes ont commencé à envahir mon esprit. Et si nous ne pouvions pas les arrêter ? Et si nous étions blessés ? Pourrais-je protéger mon compagnon ? Pourrais-je protéger mon frère et ma sœur ? Tout d'un coup, tout est devenu tellement plus réel…

J'ai senti la chaleur monter sur mes joues ; une boule s'est formée dans ma gorge alors que je réprimais quelques sanglots.

Damien s'est tourné vers moi. « Tu vas bien, ma petite louve ? » a-t-il demandé, la voix pleine d'inquiétude.

« J'ai peur », lui ai-je dit.

Il m'a serré tendrement dans ses bras. « Je sais. Ça va aller mon amour. On va s'en sortir. »

Dans ses bras, je me sentais un peu mieux. Je voulais que ce moment dure, je ne voulais pas aller à la guerre.

On ne pourrait pas les laisser se battre entre eux et rester en dehors de ça ?

Ma conscience ne me laisserait pas faire ça. J'aimais toute ma famille. Je devais essayer d'arrêter la guerre, même si nous risquions nos vies.

Je me suis tourné vers tout le monde. « Ils n'ont pas encore commencé à se battre. Il y a peut-être encore un moyen de les arrêter. »

Will a répondu, « oui, mais Zach n'est toujours pas là avec le livre. Je ne sais pas comment on va les arrêter. »

Nous nous sommes tous regardés. Je pense que personne ne savait vraiment comment nous pouvions arrêter la guerre.

« Ça n'a pas d'importance ! » dit Damien avec détermination. « Nous trouverons un moyen. Ensemble, nous pouvons le faire. »

Il avait l'air si confiant. Je pense qu'il nous a donné de l'espoir.

J'ai demandé. « Tout le monde est prêt ? »

Ils ont tous acquiescé.

Nous avons fait un câlin de groupe et avons commencé à descendre la colline pour aller rejoindre les armées. Nous étions encore loin et aucune armée ne nous avait encore vus. Je me suis demandé ce qu'ils penseraient s'ils nous remarquaient. Un groupe de loups-garous et de vampires unis.

En descendant la colline, mes parents ont commencé à marcher vers les vampires. Le Seigneur et la reine des vampires ont fait de même. Un silence est tombé dans la vallée alors que les chefs des deux armées se préparaient à parler ensemble. Ils étaient encore à quelques mètres l'un de l'autre, ils devaient donc parler assez fort pour que l'autre puisse les comprendre.

Bien que nous soyons encore loin, nous pouvions encore les entendre, car le son de leur voix résonnait en écho sur les parois rocheuses.

« Nous sommes ici aujourd'hui parce que vous avez rompu le traité de paix ! » a dit mon père.

« Absurde ! » répondit le seigneur des vampires. « Vous avez rompu le traité de paix en premier. »

Même de loin, la tension était palpable entre eux.

Mon père a rétorqué : « Vous êtes entrés sur notre territoire, vous nous avez attaqués et vous avez enlevé ma fille ! Comment osez-vous nous accuser de rompre le traité de paix ? »

Le Seigneur des vampires a souri. « Le traité a été rompu depuis bien plus longtemps que ça et vous le savez ! Arrêtez de faire l'innocent ! »

C'était frustrant de les voir se disputer à ce sujet. Mon père n'avait aucune idée à propos du livre, donc, bien sûr, il ne pouvait pas savoir ce que le Seigneur vampire voulait dire. Et le Seigneur vampire était sûr que les loups-garous l'avaient volé. Ils avaient tous les deux raison de leur point de vue. En vérité, ils avaient tous les deux tort. Si seulement je pouvais leur montrer la vérité.

Chaque leader attendait que l'autre admette sa faute, attendait que l'autre montre sa faiblesse.

On courait aussi vite qu'on pouvait vers le bas de la colline. Alors que nous atteignions une distance où nous aurions peut-être une chance qu'ils nous entendent, le Seigneur des vampires a déclaré : « Ainsi soit-il ».

Mes parents et ceux de Damien se sont légèrement inclinés et ont repris leur position initiale.

Nous avons essayé d'attirer leur attention, de crier, mais les tambours de guerre avaient commencé à retentir des deux côtés des armées, rendant toute tentative de leur parler futile. Les guerriers se préparaient des deux côtés. Les succubes déployaient leurs ailes, se préparant à prendre leur envol, à attaquer depuis les cieux. Les nymphes des bois préparaient leurs magies, faisant apparaître des boules d'énergie, poussant des racines à des endroits stratégiques, prêtes à saisir les chevilles des ennemis qui passaient par là. Certains loups-garous se transformaient en loups. Les vampires laissaient pousser leurs crocs et aiguisaient leurs ongles. Certains d'entre eux prenaient leur envol, d'autres restaient au sol.

On pouvait sentir l'adrénaline monter au rythme des tambours. Tout le monde était sur le qui-vive, attendant le signal final. Enfin, alors que les chefs étaient de retour à leur poste de commandement, les cornes de guerre ont retenti de chaque côté et les deux armées ont commencé à charger l'une vers l'autre.

Je suis tombée à genoux en regardant dans le désarroi ma famille se battre contre celle de Damien. Je sentais le désespoir s'emparer de mon cœur. Je savais que les gens que j'aimais risquaient d'être déchirés par une guerre inutile. Je me sentais si impuissante. Des larmes coulaient sur mes joues jusqu'au sol.

Deux bras forts se sont posés sur mes épaules. J'ai levé les yeux pour voir les yeux gris de Damien qui me regardaient tendrement. Il m'a offert sa main. Je l'ai prise et il m'a soulevée dans ses bras.

« Viens, ma petite louve. Laisse-moi voir ce feu en toi que j'aime tant. Je sais qu'il est là, quelque part. »

Il y avait tellement de choses à assimiler, je ne savais pas si j'avais ce qu'il fallait pour y faire face. Même si, au fond de moi, je savais qu'il avait raison. J'ai regardé dans ses yeux, regardant mon reflet, cherchant une réponse.

Dans ses yeux, j'ai vu la peur, mais aussi l'amour, l'espoir et… notre avenir ensemble. C'était le moment. C'était le moment d'obtenir notre avenir. C'était notre chance d'être des âmes sœurs. C'était une chance à saisir, même si elle comportait des risques. Nous devions y aller, et arrêter cette guerre, quelles qu'en soient les conséquences.

Comme je le regardais, il s'est mis à sourire.

« C'est mieux comme ça. »

« Merci de me rappeler qui je suis. Je suis une combattante. On va s'en sortir, on va arrêter cette guerre. Après ça, on pourra vivre ensemble. »

Je l'ai serré dans mes bras, savourant son amour et son parfum. C'était comme prendre une bouffée d'air avant de plonger dans la profondeur des eaux sans savoir si vous aurez l'occasion d'en prendre une autre.

Je me suis approchée de sa bouche et l'ai embrassé passionnément, nos langues dansant ensemble tandis qu'il me caressait le dos. Quand nous nous sommes séparés, il m'a dit, « maintenant et pour toujours, je t'aimerai. »

Mon cœur a palpité à ses mots et j'ai répondu : « Quoi qu'il arrive, mon cœur sera toujours à toi. »

Plus sûrs que jamais de ce qu'il fallait faire, nous avons terminé notre descente pour rejoindre les armées. Nous ne devions pas abandonner.

Chapitre 18 (Kate)

La guerre

Quand nous sommes arrivés à la bataille, tout le monde était en pleine mêlée, en train de se battre. Les succubes attaquaient depuis le ciel, essayant de saisir dans leurs serres des nymphes des bois ou des loups plus petits. Les nymphes des bois envoyaient des boules magiques sur les vampires et faisaient pousser des racines pour maintenir leurs ennemis en place, travaillant en équipe pour les vaincre.

Les vampires attaquaient les loups-garous à une vitesse divine. Leur magie était plus puissante que celle de la plupart des loups-garous. Les humains de nos meutes avaient revêtu des armures et brandissaient des épées en argent contre les vampires. Ils étaient les plus à risque dans cette guerre, car ils n'avaient pas de pouvoirs magiques comparés aux autres races. Mais les humains compensaient leur manque de force par leur ingéniosité.

Les loups-garous attaquaient en groupe, mordant la chair de leurs ennemis ou déchirant leur peau avec leurs griffes acérées. Certains d'entre eux, sous leur forme humaine, testaient leur force à bras nus contre les vampires.

Il fallait être prudent, car les morsures venaient à la fois des succubes, des vampires et des loups-garous. Dans le feu de la bataille, on ne pouvait pas être totalement sûr que la morsure toucherait un ami ou un ennemi. Le sang se répandait déjà sur l'herbe de la vallée, tachant les fleurs, et formant de petites flaques à certains endroits.

Ensemble, nous avons décidé d'essayer d'atteindre le Seigneur et la reine qui se battaient avec mes parents. Steven et Bianca étaient déjà plus loin.

J'essayais de les rattraper quand j'ai été frappée d'une douleur aiguë. J'ai senti des ongles pointus dans mon dos et des dents s'enfoncer dans mes épaules. J'ai essayé de regarder en arrière pour voir mon agresseur et j'ai entrevu des cheveux roux. Je n'ai pas vraiment eu besoin de regarder, car je pouvais reconnaître l'odeur de son parfum bon marché n'importe où. Cette salope prenait sa revanche.

J'ai essayé de la secouer pour me libérer, mais elle était hors de portée sur mon dos, et j'avais mal.

J'ai entendu un cri puissant : « Ellie, lâche-la ! Maintenant ! »

Le vampire sur mon dos a hissé à Damien. Il n'y avait pas moyen qu'elle me relâche. Je pouvais le sentir à travers la force qu'elle exerçait. Ses ongles s'enfonçaient plus profondément dans ma peau, le sang s'écoulait des blessures. Elle me voulait morte. Peut-être qu'elle pensait qu'elle pourrait récupérer son petit ami si elle me tuait ?

La douleur me donnait le vertige. J'ai appelé mon compagnon dans mes pensées, « Damien, s'il te plaît. »

Je n'ai pas eu à demander une autre fois. Damien a sauté sur Ellie. Elle a crié de surprise, et a relâché son emprise sur moi. J'ai trébuché sur mes pieds et les ai regardé se battre.

Ellie a grogné, incrédule.

« Tu te battrais contre ta propre espèce ? »

« Je combattrai quiconque menace ma compagne. » a rétorqué Damien avant de lancer une attaque, l'envoyant au sol à quelques mètres de là.

Il l'a avertie, alors qu'elle était encore allongée sur le sol.

« Tu devrais savoir qu'il ne faut pas combattre un prince. Tu ferais mieux de te sauver, si tu sais ce qui est bon pour toi. »

Il s'est lentement avancé vers elle, la regardant d'un air menaçant.

Ellie s'est relevée et a hissé dans sa direction. Elle avait l'air de peser ses options. Finalement, elle a décidé de s'enfuir, disparaissant en quelques secondes à l'autre bout du champ de bataille.

« Merci », lui ai-je dit.

Il m'a fait un signe de tête. Mon dos me faisait mal, ainsi que mon cou. La blessure ne semblait pas trop grave. Elle allait sûrement guérir bientôt. Je n'avais pas le temps. Je me suis retournée pour me diriger vers le combat des chefs. C'était notre seule chance d'arrêter cette guerre.

************ PDV de Damien ************

Au moins, elle était en sécurité. Je n'aurais jamais pensé qu'Ellie ferait quelque chose d'aussi audacieux que d'essayer de tuer ma compagne. J'aurais dû lui donner une plus grosse punition que ça. Je l'aurais fait si nous n'étions pas au milieu d'une guerre. Je m'occuperai d'elle après que tout cela soit terminé. Personne ne menaçait la femme que j'aimais et ne s'en sortait indemne.

Je n'ai même pas eu le temps de suivre Kate pour rejoindre mes parents que je me suis fait attaquer par trois loups-garous. L'un m'a mordu le bras, un autre sur la jambe et le dernier a essayé de m'attraper le cou. Ils essayaient tous de me faire tomber pour pouvoir se mettre sur moi par terre.

J'étais fort et même si je ne voulais pas vraiment leur faire du mal, je ne pouvais pas me laisser blesser. J'ai repoussé un des loups, le jetant au sol. Mais il semblait qu'à chaque fois que j'en éloignais un, un autre me sautait dessus. Je suppose que le travail d'équipe est vraiment payant.

J'ai envoyé une vague de mon pouvoir tout autour de moi, les envoyant tous en même temps au sol. Ils m'ont encerclé en grognant. Ils étaient maintenant six, attendant juste une occasion de m'abattre.

« N'attaquez pas », a dit une voix sévère. Will est arrivé avec un timing parfait. Il s'est frayé un chemin à travers les loups et est venu à mes côtés.

« Ce n'est peut-être pas un loup, mais c'est un allié. Ce vampire que vous voyez en ce moment vient de sauver votre futur Alpha, ma sœur. »

Les loups se sont arrêtés, ils m'ont regardé intensément. Puis, comme s'ils s'étaient décidés, ils ont hoché la tête dans notre direction et sont partis.

Je me suis tourné vers Will. « Merci ! Tu m'as vraiment sauvé. »

Il a souri. « Merci d'avoir sauvé ma sœur. » Il m'a tapé dans le dos.

Arius est arrivé, essoufflé. « Vous allez bien ? »

Will et moi lui avons fait un signe de tête.

Nous avons tourné la tête pour entendre une voix familière. Steven et Bianca étaient un peu plus loin, envahis par les vampires. Steven essayait de protéger Bianca de son mieux et Bianca faisait de son mieux pour les combattre, mais ils étaient trop nombreux.

Arius et moi avons fait un signe de tête et sommes sautés dans la mêlée, pour les protéger. Ensemble, nous étions deux des vampires les plus puissants ; nous n'aurions sûrement aucun problème à les maîtriser.

************ PDV de Kate ************

J'étais près de mes parents. Je pouvais sentir une puissance écrasante provenant de leur combat contre le Seigneur et la reine des vampires. Je me suis retournée pour vérifier si les autres me suivaient, mais à ma grande surprise, ils n'étaient pas là.

J'ai crié : « Maman ! Papa ! Vous devez arrêter ! »

Aucun d'eux ne m'entendait, ou si oui, ils m'ignoraient.

J'ai essayé d'aller vers eux, mais Lilith est apparue devant moi, m'arrêtant.

« Il semble que nous nous rencontrons à nouveau », a-t-elle dit d'une voix calme.

« S'il te plaît… Je sais que tu n'es pas comme ça. Je me souviens de ton sourire. Je me souviens de comment tu étais. Tu l'aimais et lui aussi. S'il te plaît, ne fais pas ça. »

Elle a répondu, les yeux pleins de haine et de tristesse.

« Cette femme dont tu parles est morte depuis longtemps. »

Lentement, elle a commencé à réduire la distance entre nous. Elle avait un regard menaçant, et je commençais à avoir peur. J'espérais que je n'aurais pas à la combattre.

« Tu vas payer le prix de ta trahison », m'a-t-elle dit avec un regard glacial.

J'ai plaidé. « Je n'ai rien fait du tout ! »

Mais elle ne s'arrêtait pas, s'approchant lentement mais sûrement de moi, avec des yeux meurtriers. Je savais qu'elle était la compagne de Zach, mais en même temps, je ne voulais pas me laisser tuer.

« Lilith, arrête ! » a hurlé une voix derrière moi.

Cette voix, je pourrais la reconnaître n'importe où. Il semble que Lilith l'ait aussi reconnu.

Zach a couru à mes côtés, essoufflé. « Je suis venu aussi vite que j'ai pu. »

Dans ses mains, il tenait une sacoche en peau de cerf couverte de terre.

Lilith lui a crié : « Tu m'as trahi ! »

« Non… non s'il te plaît, mon amour, écoute-moi », a essayé d'expliquer Zach.

« Ne t'avise pas de m'appeler comme ça ! Tu m'as laissée seule toutes ces années ! Tu m'as trompé ! Tu n'as plus le droit de m'appeler ton amour. »

À travers ses yeux, je pouvais voir la douleur qu'elle avait en elle, bouillante, la rongeant de l'intérieur. Toute cette douleur refaisait surface avec l'arrivée de Zach. Elle avait raison, il n'avait pas le droit de l'appeler son amour après toutes ces années passées seule. Même s'il ne l'a pas blessée intentionnellement. Ces choses ont besoin de temps pour guérir.

J'avais l'impression que je n'avais pas ma place dans cette conversation. Pourtant, il n'y avait aucun moyen pour moi de m'en éloigner. Je voulais rejoindre le Seigneur et la reine et arrêter la guerre, mais Lilith me bloquait le chemin.

Zach ne parlait pas, je pense qu'il avait du mal à trouver les mots, alors j'ai parlé en premier.

« Il... ne pouvait pas revenir vers toi », ai-je dit à Lilith.

Elle m'a regardé sans rien dire.

« Quand j'ai essayé d'ouvrir le livre, la malédiction s'est activée. Parce que je ne suis pas un vampire », a expliqué Zach.

Lilith a demandé avec incrédulité. « Mais de quoi parles-tu ? Quelle malédiction ? »

« Tu en as déjà entendu parler ? Damien m'a dit qu'une malédiction protège le livre. Une malédiction pour préserver les secrets des vampires. Pour s'assurer qu'il ne tombe jamais entre les mains de quelqu'un qui n'est pas un vampire. »

Zach a continué, « la malédiction m'a fait tout oublier ! J'ai même oublié les désirs de mon cœur… Ça me fait tellement de peine… Je suis vraiment désolé Lilith. »

« Pourquoi te croirais-je ? Tu m'as abandonné ! Tu m'as trompé pour avoir notre livre et tu m'as quitté ! »

Zach avait l'air blessé.

« S'il te plaît, Lilith. S'il te plaît, crois-moi. Ce n'était pas du tout comme ça. »

« Tu n'as aucune idée de combien j'ai eu mal ? »

Zach a fait un pas vers elle.

« Je ne peux même pas imaginer combien tu as dû avoir mal… Mais s'il te plaît, donne-moi une chance de me racheter. Mon amour pour toi est inchangé. S'il te plaît, laisse-moi te montrer que c'était à cause de la malédiction. »

Zach avait vraiment l'air sincère. Le visage de Lilith s'est adouci, la colère semblant faire place à l'étonnement et à la tristesse alors qu'elle comprenait ce qui s'était passé. Bien sûr, il faudrait du temps pour que les choses redeviennent comme avant entre eux, mais au moins le premier pas avait été fait.

Zach avait l'air blessé par tout ce qui se passait, mais il semblait déterminé à continuer et à arranger les choses. Il a lentement ouvert la sacoche qu'il tenait, révélant un gros livre. La couverture semblait avoir été faite de différents morceaux de peau cousus ensemble.

Le livre a émis une vague de magie lorsque Zach l'a sorti de la sacoche, envoyant au sol tous ceux qui étaient proches, y compris les combattants.

Il y avait maintenant une zone de quelques mètres de large de calme sans combat. Tout le monde sur le sol, regardant autour d'eux avec étonnement.

Plus loin, tout le monde se battait encore. La fureur faisait rage tout autour de nous. C'était comme si nous étions dans le calme de l'œil du cyclone.

Les yeux de mes parents, du Seigneur et de la reine des vampires se sont tournés vers nous. Le Seigneur vampire s'est exclamé : « Voilà enfin le voleur ! » en désignant Zach.

Il avait l'air en colère, sur le point d'agresser Zach.

Lilith a parlé, « il… il ne l'a pas volé… c'est moi. »

Le Seigneur des vampires a demandé : « Qu'est-ce que c'est que cette histoire ? »

Zach se dirigea vers Lilith et la prit doucement dans ses bras. Elle accepta son étreinte, serra son bras en réponse et déposa un baiser sur sa joue. Elle s'est ensuite libérée de son étreinte et a fait un pas vers le Seigneur des vampires.

« C'est mon âme sœur. Je lui ai apporté le livre il y a des années, à la recherche d'un moyen d'allonger sa durée de vie, afin de vivre toute ma vie avec lui. Mais quand il a ouvert le livre, la malédiction s'est activée, et il a tout oublié. »

Zach a ajouté, en tendant le livre au bout de ses bras. « Je suis venu le rendre. »

La voix de Lilith tremblait alors qu'elle parlait au Seigneur des vampires. Il avait un regard sévère sur son visage.

« Je suis désolée d'avoir pris le livre sans demander », a-t-elle ajouté, implorant le Seigneur du regard.

Le Seigneur des vampires avait l'air furieux.

Il a levé la main et a envoyé un éclair d'énergie vers Lilith, mais Zach l'a repoussée et a pris le coup à sa place.

Zach a été envoyé voler sur le sol à quelques mètres de l'impact. Le livre des secrets du vampire est tombé sur le sol quelques mètres plus loin.

« Zach », a crié Lilith, se jetant au sol à ses côtés.

Lilith vérifiait anxieusement les signes vitaux de Zach. Elle couvrait son corps avec le sien, en pleurant.

J'ai couru à ses côtés. « Il est mort ? »

Elle a secoué la tête. « Non, mais il est à peine vivant. J'ai souhaité qu'il revienne pendant tant d'années. Et maintenant qu'il est de retour… » sa voix s'est brisée. Elle n'a pas pu finir sa phrase.

Je me suis retourné pour regarder le Seigneur et la reine des vampires.

La mère de Damien avait l'air furieuse.

« Orpheus ! Comment as-tu pu ? Tu aurais tué ma sœur ? »

Elle avait l'air fâchée. Le Seigneur vampire semblait regretter d'avoir mis sa femme en colère.

Il n'a pas eu le temps de répondre. Le groupe de succubes a commencé à planer au-dessus du Seigneur vampire. Les yeux du Seigneur se sont tournés vers le ciel. Tout d'un coup, elles se sont toutes dirigées vers le sol en même temps, envoyant une vague d'énergie au sol. La vague d'énergie était assez forte pour envoyer la mère de Damien et moi au sol, plus loin.

Le Seigneur vampire était toujours debout. Il avait une force incroyable. « Oraya, comment oses-tu m'attaquer ? C'est moi qui ai engagé votre groupe. »

Oraya a eu un sourire malicieux. « Mon cher Orpheus, je me suis lassée de cette guerre, c'est tout. Je me suis dit que je m'amuserais beaucoup plus si je me débarrassais de toi », dit-elle d'un ton enjoué en léchant ses dents pointues.

Le Seigneur vampire les regardait pensivement. Il était fort, mais les succubes étaient aussi des démons forts. Ils étaient cinq, et il était seul.

Les succubes encerclaient Orpheus, attendant qu'il fasse un geste, l'étudiant.

Quand enfin, il s'est décidé à essayer d'atteindre Oraya, les autres succubes l'ont attaqué par derrière et sur les côtés. Il n'aurait pas le dessus dans cette bataille, je le sentais.

Je me suis levée, légèrement étourdie, mais pas blessée. La mère de Damien a fait de même. Je savais que je n'étais pas aussi forte qu'eux, mais je ne pouvais pas rester ici et me contenter de regarder. Contre les démons et les succubes, ma lance de feu sacré serait sûrement utile. C'était des adversaires puissants, cela valait la peine d'utiliser mon pouvoir intérieur.

Je me suis concentré comme Ayanna me l'a dit, et assez rapidement, la lance enflammée est apparue dans ma main. Une des succubes a hissé en regardant l'arme que je brandissais.

La mère de Damien m'a regardé, surprise, mais elle est restée à mes côtés et m'a aidé à me battre contre eux. En voyant leur fille se battre, mes parents ont décidé de se joindre à nous et ont commencé à attaquer un autre succube.

Nous nous battions autant que nous le pouvions, mais Oraya, la chef du groupe, a réussi à tuer le

Seigneur vampire, déchirant sa chair et buvant son sang. Après s'être régalées du corps du Seigneur, les autres succubes ont porté leur attention sur nous.

Heureusement pour nous, Will, Arius, Steven et Bianca nous ont rejoints dans le combat. Nous étions maintenant huit contre cinq. J'ai balancé ma lance sur eux, elle semblait assez efficace. En un seul coup, j'ai réussi à décapiter le succube le plus proche. Ensemble, nous avons réussi à en tuer un autre assez rapidement et à effrayer suffisamment les autres pour qu'elles décident de fuir. J'étais contente qu'ils se sauvent, car je savais que mon arme allait bientôt disparaître.

Je n'ai pas eu le temps de dire quoi que ce soit avant que mes parents ne m'embrassent. Ils devaient avoir peur de perdre une de leurs filles. J'étais heureuse qu'ils soient en sécurité aussi, leur étreinte me faisait chaud au cœur.

Mon père m'a dit. « Je suis si fière de toi, ma fille. Ton pouvoir intérieur est impressionnant ! »

Je le regardais, remarquant sa peau épaissie.

« Le tien aussi. »

La reine des vampires a ordonné que l'on souffle dans la corne de guerre. Tout le monde a arrêté de se battre. La guerre était terminée.

J'ai regardé autour de moi ; des corps gisaient partout. Des mares de sang se formaient dans les crevasses du sol. Mais enfin, c'était fini.

J'ai regardé Lilith, qui marmonnait quelque chose pour elle-même. Je l'ai regardée s'ouvrir le poignet avec son ongle, laissant son sang couler dans la bouche de Zach avant de soigner sa blessure.

Je suis allé à côté d'elle et j'ai demandé, « qu'est-ce que tu fais ? »

Elle m'a regardé. « Zach est gravement blessé. Il ne survivra pas. Mais je lui ai donné mon sang. Grâce à cela, il va se transformer en vampire. Je ne le perdrai pas une seconde fois. »

Elle le regarda, les yeux pleins d'amour. Puis elle a ajouté avec un sourire.

« La meilleure partie est qu'il sera maintenant un loup-garou-vampire, donc il pourra vivre aussi longtemps que moi. »

Elle l'a pris doucement dans ses bras.

« Je vais l'amener dans ma chambre et m'occuper de lui. La transformation ne devrait prendre que quelques jours. Nous aurons tout le temps nécessaire pour arranger les choses entre nous. »

Je lui ai fait un signe de tête en la regardant s'éloigner avec mon oncle dans les bras. Elle semblait enfin heureuse et en paix. Je suppose que le lien d'âmes sœurs est *si* fort que même après toutes ces années, elle ne l'a pas abandonné. Et maintenant, ils vont pouvoir réparer ce qui a été cassé et recommencer à zéro.

Je me suis ensuite retourné pour voir si tout le monde allait bien.

Will allait bien, il était avec Bianca et Steven.

« Je suis si heureuse que tu sois sain et sauf », a dit Bianca à Steven.

Steven lui a fait un sourire et a sorti de sa poche le porte-bonheur qu'elle lui avait donné.

« On dirait que le porte-bonheur que tu m'as fait m'a gardé en sécurité. »

Ils ont tous ri, l'air heureux et soulagé.

La reine des vampires pleurait la perte de son mari. Arius était à ses côtés, la consolant.

Un nœud s'est formé dans mon estomac. J'ai réalisé que je n'avais pas vu Damien depuis un certain temps maintenant.

J'ai demandé à Arius : « As-tu vu Damien ? »

Lui et la reine ont levé les yeux dans ma direction. Arius a secoué sa tête.

J'ai levé les yeux vers Will, Bianca et Steven et je leur ai demandé.

« L'un d'entre vous a-t-il vu Damien ? »

Ils ont tous secoué la tête.

« Qui est Damien ? » a demandé ma mère.

J'ai répondu, « c'est mon âme sœur ».

La mère de Damien a mis une main sur sa bouche quand j'ai prononcé ces mots.

Je commençais à paniquer, mon rythme cardiaque augmentait. J'essayais de ne pas penser à tout ce qui avait pu se passer. Je ne voulais pas sauter aux conclusions.

J'ai essayé de parler à Damien par le biais de notre lien, mais je ne pouvais pas communiquer avec lui. Que se passait-il ? Où était-il ? Il était l'héritier du trône, pour l'amour de Dieu ! Il était censé être fort.

Tout le monde a commencé à chercher Damien avec moi. J'ai essayé de me concentrer sur son odeur, mais il y avait trop de corps et de sang partout. Il n'y avait aucun moyen de le trouver parmi toutes ces odeurs.

Après quelques minutes, j'ai finalement repéré Damien, allongé sur le sol, inerte.

J'ai crié en courant vers son corps. « Damien ! »

Il ne bougeait pas. Ce n'était pas possible ! J'ai touché son corps, mais il était froid. Plus froid que sa température corporelle habituelle. Ses yeux ne s'ouvraient pas et bien sûr, il ne respirait pas.

Des larmes ont commencé à couler sur mes joues. Comment cela pouvait-il être ? Ce n'était pas possible ! Je n'ai même pas encore eu le temps d'être vraiment avec lui !

Ma mère a essayé de m'éloigner de lui et de me prendre dans ses bras, mais je ne l'ai pas laissée faire. Je ne voulais pas m'éloigner de lui.

J'ai crié. « Non ! » C'était un cri profond, mélangé à un hurlement venant de mon loup.

Je savais que ma famille était là, à me regarder. Bianca dans les bras de Steven, en train de pleurer. Will, me regardant, impuissant, sans pouvoir consoler sa sœur. La reine vampire, qui pleurait son mari et son fils, et Arius, qui essayait de la consoler du mieux qu'il pouvait.

Toutes ces fois où j'ai eu besoin de lui, il était là pour moi. Il m'a soigné pour me rendre la santé. Il m'a sauvé la vie. Il était si gentil avec moi, il a pris soin de moi, comme un compagnon devrait le faire. Mais je n'étais pas là pour le sauver. À quoi servait un pouvoir intérieur si à la fin, vous ne pouvez pas sauver celui que vous aimez ?

J'ai supplié la déesse de la lune.

« S'il te plaît, Selene, ma déesse, rend-moi mon compagnon. Nous avons travaillé si dur pour pouvoir vivre ensemble ! La guerre est enfin terminée. S'il te plaît, tu vas m'aider ? »

Rien ne pouvait me consoler. J'avais mal. Mon cœur était brisé. Ma louve souffrait de la perte de son compagnon. Il lui faudra plusieurs jours pour se remettre complètement de la perte de son compagnon. D'autant plus que le lien était scellé.

De penser que je ne pourrais plus jamais entendre sa voix. Comme son délicieux parfum me manquait. Tout de lui me manquait déjà.

Je me suis effondrée sur le corps de Damien, en sanglotant. Le chagrin s'est abattu sur moi comme un tremblement de terre. Il m'a frappé, et mon monde s'est écroulé. Je savais très bien que même si je recollais mon monde, des répliques vont encore frapper, ne me laissant jamais vraiment revenir à ce que j'étais avant. Le futur que j'avais construit dans ma tête. Mes espoirs, mes rêves… tous écrasés.

J'ai senti une chaleur derrière moi. Je me suis retourné pour voir Bianca briller en blanc. Une voix de femme est sortie de partout autour de nous.

« Vous avez tous deux beaucoup aidé ma fille. Grâce à vous et à lui, ma fille s'est réveillée de la malédiction. J'ai pitié de toi, comme tu le vois, je suis une bonne déesse. Et donc, je vais te rendre ton compagnon. »

Était-ce vraiment celui que je pensais être ? Est-ce que c'était vraiment possible ? Je n'osais pas croire ce que j'entendais. J'avais peur d'avoir des hallucinations. J'ai regardé autour de moi ; les autres semblaient l'entendre aussi.

J'ai regardé avec étonnement Bianca arrêter de briller et redevenir normale.

On aurait dit qu'elle avait une conversation avec quelqu'un qu'elle seule pouvait entendre.

Bianca a fait quelques pas et s'est agenouillée devant le corps de Damien. Elle a posé ses mains sur le dessus de Damien et s'est concentrée. Un vent d'énergie a commencé à couler de ses mains. Il soufflait autour de nous, soulevant les cheveux de Bianca dans les airs. Cela a duré quelques secondes, avant que Bianca ne retire ses mains et que le vent ne s'éteigne.

Je regardais Damien, j'attendais, quand j'ai remarqué que sa poitrine se soulevait et se baissait à nouveau. Il respirait !

************ PDV de Damien ************

J'ai ouvert les yeux lentement. J'ai essayé de me souvenir de ce qui s'était passé, mais je n'y arrivais pas ; mon esprit était confus. Tout à coup, j'ai senti une étreinte chaleureuse. C'était son doux parfum, c'était mon amour. Je l'ai serrée fort, profitant de sa chaleur.

Que s'était-il passé ? La guerre était-elle terminée ? Je ne comprenais pas. J'ai regardé Kate, ses yeux étaient rouges de pleurs. Un peu plus loin, ma mère était là, elle nous regardait, pleurant, mais souriant en même temps. Arius était là aussi, ainsi que Will, Bianca et Steven. À leurs côtés se trouvaient un homme et une femme, qui devaient être les parents de Kate, car ils ressemblaient beaucoup à Kate et Will.

Je n'avais absolument aucune idée de ce qui se passait. La seule chose que je savais, c'est que j'aimais Kate de tout mon cœur. J'ai pris son visage dans ma main et je l'ai embrassée. C'était si bon, j'avais l'impression que ça faisait des années que je ne l'avais pas embrassée.

Je me suis assis. « Que s'est-il passé ? Pourquoi tout le monde était là ? La guerre est finie ? »

Kate n'a pas quitté mon côté, elle m'a tenu la main. Je ne savais pas ce qui s'était passé, mais elle avait besoin d'être avec moi en ce moment.

Ma mère est venue et m'a serré dans ses bras. « Oh, mon Dieu, Damien, tu étais parti... tu étais mort. »

Puis elle a aussi embrassé Kate.

J'étais mort ? Je ne pouvais pas le croire. Cela pourrait certainement expliquer pourquoi Kate avait pleuré. J'ai regardé mon frère, il a hoché la tête.

Bianca a parlé. « La déesse de la lune t'a rendu la vie, pour que tu puisses vivre avec ta compagne. C'est sa façon de te remercier de m'avoir aidé, moi, sa fille. »

Elle était sérieuse ? La déesse de la lune m'avait rendu ma vie ?

Je les ai regardés, mais ils ont tous hoché la tête.

Puis Bianca s'est avancée vers nous. « La déesse de la lune a également dit que je pouvais vous accorder une autre chose que vous souhaitiez ardemment. »

Je me demandais ce qu'elle voulait dire par là.

Puis elle a regardé sa sœur.

« Si tu le veux, je peux augmenter ta durée de vie, pour que tu puisses vivre aussi longtemps que ton compagnon. Cela te plairait-il ? »

C'était trop beau pour être vrai. C'était tout ce que j'aurais pu souhaiter.

Kate pleurait de bonheur en faisant un signe de tête à sa sœur et en la serrant dans ses bras.

Bianca a essuyé ses larmes et a souri. Puis, elle a fermé les yeux et a placé ses mains sur Kate. Un souffle blanc entoura les deux filles, qui se mirent à briller pendant quelques secondes, avant de s'éteindre.

Bianca a déclaré, « c'est fait. »

Les parents de Kate sont venus nous serrer dans leurs bras. « Ma fille, je suis si heureuse que tu aies trouvé ton compagnon. Quel charmant jeune homme. » a dit la mère de Kate en venant me serrer dans ses bras.

Kate a gloussé, « maman, papa, voici Damien, mon compagnon. »

Puis elle m'a regardé, « Damien, voici ma mère Sarah, et mon père Sam. »

J'ai regardé ses parents. « C'est un honneur de vous rencontrer tous les deux. »

J'ai regardé Kate. Elle semblait submergée par tout ce qui se passait.

Si c'est vrai que j'étais bien mort comme ils le disent, alors elle a dû ressentir la douleur de me perdre. Je sais que je n'ai jamais voulu vivre sans elle. Je voulais m'assurer que nous resterions ensemble pour toujours.

J'ai pris la main de Kate dans la mienne, en posant un genou à terre.

« Kate, il semble que tu aies déjà eu à subir la douleur de me perdre une fois. Je ne veux plus jamais que tu aies à subir cette douleur à nouveau. Veux-tu faire de moi l'homme le plus chanceux du monde, veux-tu devenir ma princesse, et bientôt ma reine ? Veux-tu m'épouser ? »

Kate a mis ses mains sur sa bouche et a hoché la tête. « Oui ! Oh, mon dieu Damien, oui je le veux ! »

Elle a sauté dans mes bras et m'a embrassé. Je ne pouvais pas être plus heureux.

Ma mère s'est tenue devant les vampires et a parlé d'une voix forte.

« Le Seigneur est mort à la guerre. Il y aura un couronnement dans les prochaines semaines pour que mon fils, le prince Damien, prenne sa place légitime en tant que nouveau Seigneur vampire, avec sa reine, Kate. »

Tant de choses se passaient en même temps. Mon père était mort ?

Je suppose que je devrais l'épouser bientôt alors, pour monter sur le trône avec elle. Tous les vampires autour de nous ont applaudi.

*********** PDV de Kate ***********

Je n'arrivais pas à croire tout ce qui venait de se passer. Il y avait trop de choses à assimiler en même temps et je n'étais pas certaine d'avoir encore réalisé l'étendue de tout cela. Je savais que c'était certainement à la fois le pire et le plus beau jour de ma vie. Eh bien, c'était le pire jour de ma vie quand Damien est mort, mais maintenant, c'était le plus beau jour de ma vie.

Ma louve était heureuse de savoir que non seulement mon compagnon était en vie, mais aussi que j'allais vivre aussi longtemps que lui. Je ne pouvais pas croire qu'il m'avait demandé en mariage. C'était juste parfait.

Et puis, de penser que je deviendrais bientôt la prochaine reine des vampires. Tout ça, c'était trop !

Une question a soudainement surgi dans mon esprit. Je me suis tournée vers ma sœur et lui ai demandé : « Maintenant que la guerre est terminée, es-tu enfin libérée d'Eurynomos ? »

Ma sœur a secoué la tête. « Il semble que cela n'ait pas été suffisant pour libérer complètement mon âme du démon. »

C'était décevant, mais ce n'était qu'un contretemps. Je ne l'abandonnerai pas. Surtout après qu'elle ait redonné vie à mon compagnon et prolongé ma propre vie.

« Nous trouverons ce qu'il faut pour te libérer, et nous le ferons », lui ai-je dit avec détermination. J'ai regardé Damien et il a hoché la tête.

Maman, papa, Will, Bianca et Steven sont rentrés dans la maison de mes parents. L'armée des loups-garous est retournée dans les maisons de la meute.

Les nymphes des bois ont récupéré leurs territoires, bien qu'ils aient été partiellement détruits, mais tout le monde se sont mis d'accord, loups-garous et vampires, pour venir les aider à reconstruire et à nettoyer dans les prochains jours.

Les vampires sont aussi retournés sur leur territoire. Quant à moi, il a été décidé que je vivrais avec Damien, au château, pour apprendre mes futurs devoirs de reine. Sa mère m'a prise sous son aile et me montrait tout ce que je devais apprendre. Cela signifiait également que j'allais pouvoir rester aux côtés de Damien tout le temps, ce qui était génial. Ma louve était encore mal à l'aise à l'idée d'être séparée de lui.

Damien m'a serré la main, me sortant de mes pensées.

« Quelque chose te tracasse ? »

Sincèrement, je ne m'étais jamais sentie aussi heureuse de ma vie. Je lui ai souri.

« Non, tout est parfait, rentrons à la maison. »

J'ai posé ma tête sur son épaule et il m'a serré fort dans ses bras. Très vite, nous nous sommes envolés dans le ciel pour rentrer au château.

Épilogue

Bonheur pour toujours... ou presque

*********** PDV de Damien ***********

Beaucoup de choses se sont passées ces derniers jours. Pouvoir passer toutes mes journées avec Kate semblait être un rêve devenu réalité. Elle avait beaucoup de choses à apprendre de ma mère en peu de temps, donc je ne pouvais pas passer tout le temps que je voulais avec elle. Et maintenant que mon père n'était plus là, j'ai beaucoup de choses à préparer pour lui succéder. Mais malgré tout, je pouvais prendre mes repas en sa compagnie et la tenir dans mes bras tous les soirs. En soi, c'était une bénédiction.

Le livre des secrets des vampires était maintenant de retour dans notre voûte sacrée, là où il est censé être. Avec le retour du livre, nos armées ont applaudi et accepté la paix. Tout le monde a accepté Kate comme ma fiancée facilement, même si elle n'est pas une vampire. Je ne pouvais pas être plus heureux, d'autant plus que je savais maintenant que sa durée de vie avait été prolongée et qu'elle vivrait avec moi pour toute ma vie.

L'une des premières choses que nous avons décidé de faire après notre retour de la guerre a été de déclarer que les vampires étaient libres de rendre visite aux loups-garous et de pénétrer sur leurs territoires, s'ils se respectaient mutuellement, et vice versa. Il était permis à nos deux espèces d'être amies et nous avons encouragé tout le monde à essayer d'apprendre les uns des autres. Kate et moi avions beaucoup de projets pour obtenir une paix éternelle entre les loups-garous et les vampires. Nous espérions que nos peuples se comprendraient mieux et apprendraient les uns des autres.

J'étais perdu dans mes pensées pendant que je me préparais.

« Tu ne vas pas te dégonfler, n'est-ce pas ? », m'a dit une voix derrière moi.

C'était Zach. Lilith l'avait transformé en vampire pour le sauver de la mort. Sa transformation était maintenant terminée, mais il apprenait encore à utiliser pleinement ses pouvoirs de vampire. Il a gardé ses capacités de transformation en loup, devenant le premier vampire loup-garou (à ma connaissance). Il avait l'air plus qu'heureux d'avoir été réuni avec sa compagne.

J'aimais l'avoir près de moi. Il est instantanément devenu mon oncle préféré sans même essayer, comme s'il avait fait partie de ma vie depuis le début. Et j'étais heureux que Kate ait son oncle qui vive avec nous au château, puisque le reste de sa famille vivait sur le territoire des loups-garous.

Je lui ai souri en ajustant mon nœud papillon dans le miroir. « Bien sûr que non ! »

Il portait un smoking, tout comme moi. Je lui ai demandé d'être l'un de mes témoins. L'autre étant mon frère.

« Je ne me dégonfle pas, mais je dois admettre que je suis un peu nerveux. »

Zach a souri à ma réponse. « Ça va bien se passer. »

Je savais qu'il avait raison. Il m'a tapé dans le dos quand mon frère est entré dans la pièce.

Ensemble, nous nous sommes dirigés vers la cérémonie.

Tout le monde était déjà là. Nous avions invité beaucoup de loups-garous du côté de Kate. Sarah et Sam étaient là, ainsi que Will, Bianca et Steven. Nous avons également invité certains des meilleurs amis de Kate, que je n'avais jamais rencontrés auparavant, quelques tantes et oncles.

Toute ma famille était là de mon côté. Ma mère me regardait tendrement, les larmes aux yeux à cause de l'émotion. Les rangs du fond étaient remplis de vampires nobles et de leur famille.

J'avais l'air fort et grand à l'extérieur, souriant, mais j'étais nerveux à l'intérieur.

J'attendais anxieusement l'arrivée de Kate. Je me demandais de quoi elle aurait l'air. Je suis sûr qu'elle sera magnifique.

Nous n'avons pas eu beaucoup de temps pour préparer le mariage, mais heureusement, être un prince signifiait que j'avais beaucoup de personnes à ma disposition pour déléguer des tâches. Grâce à cela, on aurait dit que tout avait été préparé il y a longtemps. Des bouquets de fleurs partout laissant leur parfum remplir la pièce. Des banderoles de dentelle blanche étaient suspendues au plafond, décorées de cristal.

Mon regard est tombé sur le tapis couvert de pétales de rose où Kate allait bientôt marcher. Je ne pouvais pas attendre qu'elle sorte. Je n'ai pas eu à attendre longtemps, car assez rapidement, la musique a commencé à jouer et Kate est apparue sous l'arche, accompagnée de son père.

Elle portait une longue robe blanche et élégante qui épousait ses courbes. Le haut de la robe était dentelé et sans bretelles, laissant apparaître la belle peau de ses épaules. Des fleurs blanches décoraient ses cheveux tressés. Et comme elle était maintenant une princesse, un petit diadème complétait le look.

Elle était encore plus éblouissante que je ne l'avais imaginé. J'étais en admiration en la regardant marcher dans l'allée avec son père. Il avait un regard fier sur son visage quand il a mis la main de sa fille dans la mienne.

*********** PDV de Kate ***********

Mon cœur battait si fort. On s'est tournés vers le prêtre et on a dit : « Je le veux. » Bien que j'aie déjà marqué Damien comme mon compagnon, le mariage l'a rendu plus officiel pour tous les autres, surtout pour les vampires.

Damien a doucement pris mon visage dans ses mains. J'ai approché mes lèvres des siennes. J'avais des papillons dans l'estomac. Une étincelle s'est allumée en moi au contact de Damien pendant que nous nous embrassions. Nous avons finalement rompu le baiser.

Le prêtre a parlé solennellement : « Je vous présente le prince Damien, notre futur Seigneur, et la princesse Kate, notre future reine. »

Tout le monde a acclamé et applaudi. J'ai rougi en réalisant que j'étais désormais officiellement une princesse. Tout cela semblait irréel. Je savais que dans deux semaines seulement, je devrais assumer le rôle et les responsabilités d'une reine. Mais pour l'instant, je voulais juste profiter de ce moment.

Nous nous sommes dirigés vers la salle de réception. Des rayons de lune entraient par les grandes fenêtres. Les portes vitrées de la salle étaient ouvertes, et les gens pouvaient sortir sur la terrasse pour profiter de la nuit. Dehors, des lumières étaient suspendues à la pergola de la terrasse.

À l'intérieur, au centre de la pièce, il y avait une grande piste de danse. Certaines personnes étaient encore assises à des tables sur le côté de la pièce, d'autres étaient debout, discutant et nous regardant.

J'ai dansé une valse avec Damien devant tout le monde. Ses yeux brillaient comme les étoiles dehors. Grâce à notre lien, je pouvais ressentir son bonheur. Je me sentais aimée et en sécurité, et je savais que je ne serais plus jamais seule. Tout le monde nous a bientôt rejoints sur la piste de danse. Le cuisinier nous avait préparé un gâteau scandaleux. La nourriture était excellente et le vin aussi.

Damien et moi étions assis à une table avec mes parents, ses parents, mon frère, ma sœur et son compagnon. Tout le monde passait un bon moment. Il semblait que j'allais enfin pouvoir me détendre un peu avec mon compagnon et envisager notre avenir ensemble. Peut-être même penser à avoir des enfants ensemble, qui sait ? J'ai souri à moi-même à cette pensée. J'avais maintenant quelques centaines d'années devant moi pour profiter de ma vie avec Damien.

Maudites soient ces misérables créatures ! Comment ont-ils pu arrêter la guerre ? La rage coulait dans mes veines. Cela n'avait aucune importance ! J'avais encore le fragment de son âme. Elle n'était pas encore libre. Ce n'était pas le moment de faire des bêtises. Je pouvais entendre mon armée s'agiter. Je vais frapper avant qu'ils puissent la libérer.

J'ai jeté un coup d'œil à mon armée. Centaures, chimères et harpies par centaines. Près de la porte, les orcs forgeaient des armes et se

préparent à passer. Bientôt... Très bientôt. Nous
allons attaquer.

Si cette misérable déesse pense qu'elle peut me
garder emprisonné ici, elle se trompe.

Soudain, Bianca s'est levée, l'air anxieuse. Nous l'avons tous regardée.

Je lui ai demandé : « Qu'est-ce que c'est ? »

Elle a répondu : « Il y a une vieille porte, une porte vers les Enfers. On dit que la porte se trouve au fond d'une grotte. Eurynomos essaie d'ouvrir cette porte pour entrer dans notre monde. »

J'ai sursauté en entendant ses mots et j'ai regardé Damien. Il m'a fait un signe de tête.

J'ai regardé tout le monde à la table. Zach et Lilith étaient juste à côté de nous, ils ont aussi tout entendu. Tout le monde avait un regard sérieux sur leurs visages. Nous savions ce qui devait être fait.

Je suppose que mon « bonheur pour toujours » devra attendre un peu.

Un mot de l'auteure

Merci d'avoir lu !

J'espère vraiment que vous avez apprécié mon livre. Merci de prendre quelques minutes pour laisser un avis. Vous pouvez également laisser un avis sur Amazon ou sur Goodreads.com.

Les critiques aident beaucoup les auteurs. Je vous serais très reconnaissante de laisser un avis positif si vous avez aimé le livre. Merci beaucoup !

Le prochain livre "A Beloved Sin" est déjà disponible sur Amazon et sera prochainement traduit en français.

Suivez-moi sur Instagram : @daniellephauthor

Mon compte est principalement en anglais, mais n'hésitez pas à m'écrire en français, c'est ma langue maternelle !

Vous pouvez aussi vous inscrire à ma mailing liste sur mon site daniellephauthor.com

Danielle Paquette-Harvey